Benito Pérez Galdós

Episodios nacionales IV
La Revolución de Julio

Barcelona **2024**
Linkgua-ediciones.com

Créditos

Título original: Episodios nacionales IV. La Revolución de julio

© 2024, Red ediciones S.L.

e-mail: info@linkgua-ediciones.com

Diseño de cubierta: Michel Mallard.

ISBN tapa dura: 978-84-1126-415-0.
ISBN rústica: 978-84-9007-308-7.
ISBN ebook: 978-84-9007-224-0.

Sumario

Brevísima presentación

La obra

La Revolución de Julio es la cuarta novela de la cuarta serie de los *Episodios Nacionales* de Benito Pérez Galdós.

En esta entrega vuelven las memorias de nuestro héroe, el actual marqués de Beramendi, José García Fajardo. El protagonista parece sufrir fuertes ataques de melancolía y aburrimiento. Ha madurado y se ha hecho más escéptico y liberal, posiblemente como contrapeso a la conservadora familia a la que se ha integrado, con su matrimonio feliz a pesar de haber sido de conveniencia. Gran mujer la que le ha tocado, María Ignacia de Emparán, que se ha convertido en una verdadera compañera y cómplice. Y en su personaje vuelve a presentarnos el autor un nuevo caso de mujer fuerte, de mujer que se salta todas las normas y convenciones sociales.

Con todo, la búsqueda de una antigua amiga con la que de joven había flirteado, llevará a Fajardo a ser, involuntariamente, testigo directo de una insurrección popular que se llamará la Revolución de Julio y que inclinará la balanza a favor de O'Donell, tras una sublevación militar que llevaba el camino de tantas otras. Pepe García Fajardo hace una confesión clara pero dura contra los de su condición social. Arremete contra la burguesía al mismo tiempo que exalta la valiente decisión del pueblo de unirse a la causa revolucionaria que cree en una España de nuevos horizontes.

Galdós nos vuelve a demostrar el dominio que tiene en la descripción de estos acontecimientos, y además comienza a hacerse patente algo que se irá acentuando en los episodios posteriores: una visión más amarga de España, a la que se nos pinta dividida en dos bandos opuestos que irremediablemente conducen a enfrentamientos fratricidas.

I

Madrid, 3 de febrero de 1852. En el momento de acometer Merino a nuestra querida reina, cuchillo en mano, hallábame yo en la galería del Norte, entre la capilla y la escalera de Damas, hablando con doña Victorina Sarmiento de un asunto que no es ni será nunca histórico... La vibración de la multitud cortesana, un bramido que vino corriendo de la galería del costado Sur, y que al pronto nos pareció racha de impetuoso viento que agitaba los velos y mantos de las señoras, y precipitaba a los caballeros a una carrera loca tropezando en sus propios espadines, nos hizo comprender que algo grave ocurría por aquella parte... «Ha sido un clérigo», oí que decían; y en efecto, recordé yo haber visto entre el gentío, poco antes, a un sacerdote anciano, cuyas facciones reconocí sin poder traer su nombre a mi memoria... Hacia allá volé, adelantándome a los que iban presurosos, o tropezando con damas que aterradas volvían, y lo primero que vi fue un oficial de Alabarderos que a la Princesita llevaba en alto hacia las habitaciones reales. Luego vi a la reina llevada en volandas... ¡Atentado, puñalada... un cura! ¿Había sido herida gravemente? Muerta no iba. Creí oírla pronunciar algunas palabras; vi que movía su hermoso brazo casi desnudo, y la mano ensangrentada. Rápida visión fue todo esto, atropellada procesión de carnes, terciopelos, gasas, mangas bordadas de oro, tricornios guarnecidos de plata, Montpensier lívido, el infante don Francisco casi llorando... Al Rey no le vi: iba por el lado de la pared, detrás del montón fugitivo... Vi a Tamames; creo que vi también a Balazote...

Mi fogosa curiosidad de lo anormal, de lo extraordinario, de lo que borra y destruye la vulgar semejanza de todas las cosas, me abrió paso, a codazo limpio, hacia el grupo donde esperaba ver al criminal. No sé cómo llegué: vi la cabeza cana de Merino, a la altura en que vemos la cabeza del que está de rodillas; la vi luego subir, y tras ella negras vestiduras nada pulcras... Apenas distinguí el rostro... Llevaban al reo hacia la Sala de Alabarderos, por detrás empujado, por delante a rastras. Entre tantas manos que querían conducirle, y al son confuso de las imprecaciones y denuestos, se me perdió aquella figura que yo quería ver en los instantes que siguen al punto trágico, ya que en este punto mismo no logré verla. Quise entrar; no me dejaron. En aquel momento me sentí cogido por el brazo, y volviéndome encaré con mi suegro, el señor don Feliciano de Emparán, en quien reconocí la imagen del terror: su boca era como la de una máscara griega, de la guardarropía de Melpómene, y sus cabellos, si no los empobreciera la calvicie, habrían estado en punta como las crines de un escobillón... «Figúrate —me dijo—, que lo he visto tan de cerca, tan de cerca, que más no cabe... Pasó Su Majestad... la vi pararse, la vi sonreír mirando hacia atrás, como si llamara a una persona de la comitiva: esta persona era el nuncio... El nuncio de Su Santidad, que se adelantó pegándome un codazo por esta parte. Y cuando me volví, por esta otra parte me dieron otro codazo. Era el maldito clérigo, que se abalanzó, se arrodilló como para dar un memorial... le vi asestar la puñalada... Creí que la tierra se abría para tragarnos a todos... No sé si la reina cayó o no cayó... Nos abalanzamos al criminal... Yo le oí decir... No sueño, no; yo le oí decir, no una vez, sino dos: *Ya tienes bastante.*»

Llegose a nosotros un gentilhombre regordete y chiquitín, a quien no conozco. Hoy me ha dicho mi suegro su nombre; pero ya se me ha ido de la memoria. Conservo en ella lo que aquel buen señor, tan corto de presencia como largo de alientos vengadores, nos dijo con caballeresca indignación: «Yo no entiendo estas pamplinas de la ley... ¡Cuidado con los trámites! ¿Procedía, sí o no, que le descuartizáramos aquí mismo? ¿Pues no le vimos todos asestar el golpe, como una fiera? ¿Qué duda puede haber? ¿A qué vienen esos interrogatorios y esos dimes y diretes? ¡Si él no niega sus perversas intenciones! ¿Saben lo que dijo cuando le levantábamos del suelo? Pues dijo: *¡Oh, si hubiera en Europa doce hombres como yo!* Por lo visto, su idea es matar a todos los Reyes y al mismo Papa... ¡Qué vergüenza, señores, para nuestra Nación, donde jamás hubo regicidas!

—Perdone usted —estuve por decirle— Regicidas hemos tenido en nuestra Historia, y regicidas que han sido reyes, de lo cual resulta algo que parece como un suicidio del Principio Monárquico.» Digo que estuve a punto de expresar esta idea; pero me la guardé, observando que no era prudente apear al buen señor de su remontada fiereza. Y él siguió así: «No sé qué daría por que ese hombre no resultara español. Un español puede ser todo lo depravado que se quiera; pero jamás atentará con mano aleve a la vida de sus queridos Monarcas... Y al fin, contra un Rey, pase; pero contra una reina, contra esta bondadosa reina, toda candor... Lo que yo digo: es una furia del Averno vestida de cura...

—¡Y qué deshonra para el sacerdocio! —exclamó entonces mi suegro echando toda su alma en un suspiro—. Daría yo... No sé qué, porque resultaran disfraz la sotana y hábitos de ese bandido; disfraz también la corona que lleva en su cabeza. No pierdo la esperanza de que el asesino haya tomado figura eclesiástica para poder engañarnos a todos, y asestar el golpe con la más sacrílega de las traiciones. Y si no es extranjero, téngolo por extranjerizado. Lo que yo vengo diciendo, señores; lo que a ti te he dicho mil veces, Pepe: *he aquí* el fruto de tanto folleto, de tanto *virus* demagógico; *he aquí* lo que nos traen esos malditos periódicos, donde meten la pluma pelafustanes cuya ciencia no es más que unas miajas de francés... Eso... y vengan acá cuantos delirios corren por el mundo... todo ello sin censura, sin permiso del Ordinario ni nada... Así está España medio loca ya, y así nos llega cada día una calamidad, primero *enciclopedistas*, luego la gaita esa de que *la propiedad es un robo*; y, por fin, estos monstruos... El Apocalipsis...»

Cedió la palabra don Feliciano a un alabardero, que con noticias frescas del asesino, por haber oído sus primeras declaraciones, fue acometido por los curiosos insaciables. «Es español —nos dijo—, riojano por más señas, y cura. Se llama Martín Merino; dijo misa esta mañana. Al salir de su casa juró que no volvería sin matar a la reina, o a la reina madre, o a Narváez...» Nada consternó tanto a mi señor suegro como que el asesino fuera real y efectivo sacerdote, con la agravante sacrílega de haber celebrado aquella mañana; y cuando el alabardero, y otro que vino detrás, dijeron que Merino era exclaustrado y había vivido en Francia muchos años, desempeñando un curato, rompió en estas o parecidas exclamaciones: «¿No lo decía yo? ¡Enciclopedia, demagogia, con su poco de *Espíritu del Siglo*, cosas que no existían en España cuando ésta era una Nación de caballeros, que no mataban a sus reyes, sino que por ellos morían!»

Nos dirigimos luego a la Saleta, y en ella el mismo gentilhombre iracundo y enano, de cuyo nombre no puedo acordarme, vino a decirnos que la herida de la reina no era de cuidado; que el puñal solo penetró *tanto así...* que habiendo sufrido Su Majestad un desvanecimiento, los médicos procedieron a sangrarla, y... En suma, que tendríamos reina para un rato. Con esto nos volvió el alma al cuerpo a mi padre político y a los que con· él estábamos. Frenéticos vivas a Isabel sonaron en la Saleta y Antecámara, y a la consternación sucedieron esperanza y regocijo, solo turbados por el anhelo que a muchos abrasaba de la inmediata matazón del malvado clérigo.

Vimos llegar jadeantes y ceñudos al presidente del Consejo, Bravo Murillo, y a González Romero, ministro de Gracia y Justicia, que estaban en Atocha esperando a Su Majestad; y recibido allí por veloces correos el jicarazo de tan descomunal crimen, corrieron a Palacio en ansiedad mortal. Fue su primer cuidado visitar a la reina en su cámara; y una vez informados de que mayor daño había recibido de la emoción del lance que del puñal de Merino, se encaminaron a donde éste aguardaba que le cayera encima la nube de jueces y escribanos para decirles: «Caballeros, mátenme de una vez, pues yo no he venido a otra cosa, y cuanto menos conversación, mejor.» Poco después de ver entrar a los dos ministros en la Sala de Alabarderos, corrió de boca en boca, por la galería, una opinión que pronto tuvo adeptos, inclinándose a ella los mismos partidarios de la venganza instantánea. «No se le puede matar sin proceso, y el proceso no puede ser corto, porque ha de haber cómplices... Esto no es un hecho aislado...

—*Yo abundo* en esa idea —me dijo mi suegro—, y no dudo que en ella *abundarás* tú también. Aquí hay complot... y complot de ramificaciones muy oscuras.» Con el honrado objeto de adquirir mayores luces sobre el particular, quise penetrar en la Sala, pegado a los faldones de un alabardero amigo mío. Pero se me negó la entrada, y de aquí tomó pie don Feliciano para decirme: «Ya nos lo contarán, hijo. Vámonos a casa, que a estas horas habrá corrido por todo Madrid, como reguero de pólvora, la noticia de esta *hecatombe*, y Visita y tu mujer estarán con cuidado.»

5 de febrero. He creído siempre que el pueblo español ama verdaderamente a su reina. Pero hasta hoy, ante el reciente suceso que mi suegro llama *hecatombe*, no había yo visto clara la exaltación de ese cariño, que raya en idolatría. Hay que leer las manifestaciones de los pueblos, que nos trae la *Gaceta*, y el lenguaje que emplean algunos alcaldes en sus protestas contra el atentado. Uno empieza diciendo: «¡Qué horror! ¿Y aún vive el regicida?» Luego llama a éste «monstruo vomitado del Infierno», y pide que le maten a escape. Domina en todas las protestas, al lado de las imprecaciones violentísimas, la implacable sentencia popular: «Matarle, descuartizarle, hacerle polvo.» Y otro funcionario exclama, dejando caer sus lagrimones sobre el papel de oficio: «¡Querer quitarnos la mejor de las reinas, la joya, la prenda más querida de todos!» Y esto es sincero, esto sale de los corazones, y nos retrata al pueblo español como un enamorado de su reina: Isabel es hija, hermana y madre en todos los hogares, y como a un ser querido y familiar se le rinde culto. Sábelo, Isabel; hazte cargo de que este sentimiento lo tienes por ti sola, no por tu padre, que se pasó la vida haciendo todo lo posible para que le aborreciéramos, ni por tu madre, más admirada que amada; acoge en tu corazón este sentimiento y devuélvelo, como un fiel espejo devuelve la imagen que recibe. Consagra tu vida y tus pensamientos todos a satisfacer a este sublime enamorado y a tenerle contento. Aprovecha este amor purísimo, el mejor de los innumerables dones que has recibido de la Divinidad, y no lo menosprecies ni lo arrojes en pedazos, como la cabeza y las manos de las lujosas muñecas con que jugabas cuando eras niña. Esto no es cosa de juego. Eres muy joven, y tu juventud vigorosa te anuncia un largo reinado. Mira lo que tienes, mira lo que haces, y mira con lo que juegas.

Pues en Madrid no hay más tema de conversación que los partes de la Facultad de Palacio, anunciando que la reina se restablece del sofoco y de la puñalada, y la sabrosa comidilla del proceso de Merino, sobre cuya criminal cabeza sigue la opinión arrojando los anatemas más horribles. Hasta los niños le llaman ya *monstruo abortado* y *oprobio de la Naturaleza*. Todos sus dichos y actitudes en la cárcel son comentados como nuevos signos de perversión; a su serenidad se la llama *insolencia* procaz; a sus graves ratificaciones de responsabilidad, *brutal cinismo*. Al juez instructor respondió, entre otras cosas abominables, «que había ido a Palacio a lavar el oprobio de la Humanidad, y a demostrar la necia ignorancia de los que creen que es fidelidad *aguantar* la infidelidad y el perjurio de los Reyes.» A su abogado le dijo que no buscara motivos de defensa, porque no los había; que si se empeñaba en defenderle por loco, él se encargaría de demostrar lo contrario. No estaba arrepentido; no tenía cómplices, ni recibía inspiraciones más que de su propia inquina, del aborrecimiento de toda injusticia y del mal gobierno de la Nación. Era una víctima de las leyes mentirosas que desamparan al débil; había sufrido ultrajes y reveses sin que nadie le amparase; detestaba toda autoridad; no tenía rencores contra Isabel; pero sí contra la reina por serlo, y contra Narváez, que nos había traído innumerables ignominias y desventuras. No temía la muerte, y al notificársele la sentencia, decía: «Pues encarguen que el patíbulo sea muy alto.» Al subir a él diría: «Imbéciles, os compadezco, porque os quedáis en este mundo de corrupción y de miseria.»

Estos dichos y réplicas comenta la gente, dándoles un sentido de infernal depravación. Ya echan también su cuarto a espadas los poetas. Uno de éstos nos habla del *Tártaro*, el cual, no sabiendo qué hacer un día, se distrae *abortando al sacrílego*, el cual sale de allí, *armada la mano impía*, sin más objeto que arruinar a España... Otro ve venir a un *tigre* disfrazado —*con el sacro vestido*— *del sacerdote del Señor Eterno*; y sospechando por su actitud sus dañadas intenciones de matar a la *tierna cordera*, empieza a dar gritos llamando al *León de España* para que *saque la garra y...* Etc. Al son de la Poesía, aunque no con acentos tan roncos y desatinados, viene la Política, que ante este grave suceso, que parece un aviso de la Fatalidad, ha borrado la vana diferencia y mote de partidos, fundiéndose todos en la emoción unánime por la reina en peligro, por Isabel amenazada de un puñal alevoso... Da gusto ver los periódicos clamando contra el delincuente, y ofreciendo al ídolo nacional los homenajes de respeto y amor más ardientes y sinceros. Sobre todo interés de bandos o grupos está la salud y la vida de la Soberana. Por esto dice muy bien El *Heraldo* que *se ha suspendido la oposición*.

¿Ves, Isabel? Todos te quieren, así los que están de servilleta prendida en la mesa del Presupuesto como los que ha largos años contemplan lejos del festín las ollas vacías. Todos te aman; en todo corazón español está erigido tu altar. Míralo bien y advierte lo que esto significa, lo que esto vale. Considera, Isabel, a cuánto te obliga ese amor, y con qué pulso y medida has de ejercer el poder, la autoridad y la justicia que tienes en tus bonitas manos. Aviva el seso, reina, y no juegues.

II

7 de febrero. A mi dulce amiga invisible, la indulgente Posteridad, doy anticipada explicación de los vacíos o faltas que notará en mis vagas *Memorias* cuando llegue a leerlas, si tal honra merezco al fin. Creerá que es mi correo el viento; que a él las confío en descosidas hojas, y que algunos puñados de éstas se le van cayendo en su carrera por los espacios. Pues no es así, que buen cuidado pongo en que todo vaya bien ordenadito, no por caminos del aire, sino por manos de depositarios y conductores diligentes. La causa de estos vacíos debe buscarse en la propia morada y época del autor, que ha visto perseguido y condenado a destrucción su trabajo, fruto de tantas observaciones y vigilias. Sepa la Posteridad que ha dos años padecí alteraciones de mi salud, cuyo proceso y síntomas fueron gran confusión de los médicos de casa; y tan desconcertado me puse, que mi amada esposa y mi bendita suegra llegaron a creer que yo había perdido el juicio, o que mis tenaces melancolías y desgana de todo me llevarían pronto a perderlo. Inquietísimas las dos señoras, como el buen don Feliciano y las damas mayores, no sabían qué hacer para mi asistencia; todo su tiempo y su atención eran para vigilarme y no perder de vista la más insignificante acción mía, por donde pudieran descubrir mis alocados pensamientos. En aquellos trances me vino una crisis de flojedad de todo mi cuerpo y de fatigas intensas, que me tuvieron preso y encamado largos días; y en lo que duró mi quietud hubo tiempo sobrado para que María Ignacia y doña Visita, que veían en mis persistentes lecturas y en mis nocturnas encerronas para escribir la causa inmediata de mis achaques, discurrieran algo semejante a lo que el ama y sobrina de don Quijote imaginaron para cortar de raíz el morboso influjo de los libros de Caballerías. Registraron mi cuarto, y una vez sustraídos bastantes libros de los que más me deleitaban, abrieron con traidora llave uno de los cajones en que guardaba yo mis papeles, y todo lo que allí encontraron perteneciente a mis *Memorias* fue reducido a cenizas. Me ha dicho después María Ignacia que no fue ella, sino su madre, la verdadera inquisidora de aquel auto; que había intentado salvar algunas piezas de mi escritura; pero que doña Visita y don Feliciano se las arrebataron al instante, pronunciando la terrible sentencia: «¡Al fuego, al fuego!»

Sin tratar de averiguar quién tuvo más culpa en aquel desaguisado, me limité a llorar la pérdida de todo lo que escribí en el 50 y en parte del 51, porque en ello puse, a mi parecer, pensamientos muy míos que no merecían fin tan desastrado. Lo restante del 51 lo pasamos en Italia, y allí nada escribí, porque mi mujer me quitaba de la mano la pluma siempre que yo intentaba contarle algún cuentecillo a mi amiga la Posteridad. Permita Dios que esta nueva ristra de memorias sea más afortunada, y permanezca segura de incendios. Así lo espero, alentado por María Ignacia, que, oídas mis explicaciones, me ha prometido respetar mi trabajo siempre que observe yo dos reglas de conducta por ella impuestas. La primera es que no consagre a este recreo cerebral más que hora y media, a lo sumo dos horas en cada veinticuatro; la segunda, que no reserve de su curiosidad mis papelotes, reconociéndole el derecho de revisión, censura y aun de enmienda si fuere menester... Mi amada mujer, a quien he confiado mis pensamientos más íntimos, no me tiene por lunático, y a cuantos en la Posteridad me leyeren les aseguro que no lo soy ni jamás lo he sido. Divago a mis anchas, eso sí, y digo todo lo que me sale de dentro, sin que me asuste la chillona inarmonía entre mis ideas y las de mis contemporáneos.

Si con los más suelo estar en desacuerdo, con mi señor padre político desentono horrorosamente, pues jamás dice él cosa alguna que a mí no me parezca un disparate. Al propio tiempo, cuanto sale de mi boca es para él herejía, delirio, necedad garrafal. Vaya un ejemplo: ayer mismo, hallándonos de sobremesa del almuerzo, con dos convidados, mi hermano Agustín y don Clemente Mier, dignidad de Capiscol de la catedral de Toledo, sacó mi suegro un papel y nos leyó la sentencia del cura Merino: «Fallamos: que por fundamentos y artículos tal y tal... Debemos condenar y condenamos... tal y tal... A la pena de muerte en garrote vil... que el reo *sea conducido al patíbulo con hopa amarilla y un birrete del mismo color, una y otro con manchas encarnadas...*»

Al oír esto, dije tales cosas que don Feliciano me quería comer, y salió con la tecla de que no sigo bien del caletre. «¿Qué razón hay —añadí—, para que se vista de máscara, con escarnio repugnante, a un pobre reo, que bastante castigo tiene ya con la muerte?» Y como el clérigo comensal y mi hermano afirmasen que ello era formas y ritualismo de la ley, para inspirar más horror del crimen que se castigaba, y mi suegro triunfante nos leyese que lo de la hopa amarilla con llamas rojas lo disponía el Código en su artículo 91, sostuve que somos un país bárbaro, donde la justicia toma formas de Inquisición, y los escarmientos de pena capital visos de fiesta de caníbales. Dentro de cada español, por mucho que presuma de cultura, hay un sayón o un fraile. La lengua que hablamos se presta como ninguna al escarnio, a la burla y a todo lo que no es caridad ni mansedumbre. Aún despotriqué más; pero ahogaron mis expresiones con risas, saliendo por un registro que iniciaba siempre mi mujer: «Cosas de Pepe.» Yo tengo cosas, y con este comodín puedo dar suelta, sin gran escándalo, a cuantos absurdos bullen en mi mente. El canónigo Mier, hombre ilustrado y tolerante, fue de los que más celebraron mis ocurrencias, y a renglón seguido me dijo que, designado por el arzobispo Bonell y Orbe para asistir a la ceremonia de la degradación del cura Merino, la cual había de ser muy interesante y patética, me proponía llevarme consigo, si yo lo deseaba. Aunque ordena el Concilio de Trento que estos ejemplares actos sean públicos, en el caso presente no se abrirán las puertas de la cárcel más que a los que asistan por ministerio eclesiástico, y a contadas personas que quieran presenciar la ceremonia, no por curiosidad, sino por edificación. Me apresuré a contestarle afirmativamente, y quedamos de acuerdo en hora y punto de cita para el mismo día.

Agustín, que a más de hermano mío lo es de la Paz y Caridad, contonos ayer que, habiendo visto en su calabozo *al monstruo del Averno*, salió de allí escandalizado y horrorizado de *un cinismo tan infernal*. No se contenta Merino con repetir que quiso matar a la reina por *vengar en ella las iniquidades de los que mandan, y por aversión al género humano*, sino que ha declarado con el mayor descoco que desde su entrada en el convento, siendo aún niño, leyó cuantas obras prohibidas le vinieron a las manos, filosofismos y herejías de lo peor que *abortan* las prensas francesas. Luego se dejó decir que en su juventud estuvo *enamorado de la Libertad*; que por huir de persecuciones se largó dos veces a Francia el 41, empleó en préstamos el dinero de sus ahorros y algo que ganó en la Lotería, siendo tan desgraciado en sus negocios, que los acreedores, sobre no pagarle, le pegaban... Sufrió vejaciones, malos tratos, estafas y vituperios mil, con lo que se le fue corrompiendo la sangre, y se llenó de hiel.

En sus últimos años, no tenía trato de gentes; se pasaba el día echando amargos ayes de su boca; quejábase continuamente de enfermedades efectivas y de otras imaginarias. Su genio era tan agrio, que no había cristiano que le aguantase... Dormía tan poco, que sus descansos salían a hora y media no más por noche, y entretenía los insomnios con lecturas continuas de cuanto papel en sus manos caía... En la cárcel afecta fría tranquilidad, desprecio de la vida, desdén de escribanos y jueces, de su propio defensor, y hasta del señor presidente del Tribunal Supremo, don Lorenzo Arrazola, lo que verdaderamente revela un *orgullo más que satánico...*

Mucho agradecí al buen amigo señor Mier que me facilitara ocasión de ver al preso en acto tan imponente y severo. Consistía la degradación en despojarle de la investidura carácter sacerdotal, para que pudiera ceñir sin mengua de la Iglesia la hopa amarilla que ordena la etiqueta del cadalso, según los artículos 160 y 91 de nuestro benigno Código penal. A la hora designada para degradar entramos en el Saladero el señor Mier y yo, y nos encaminaron a una sala baja con rejas a la calle: en el testero principal vimos un altar, y sobre éste ropas litúrgicas, un cáliz, un crucifijo y dos velas. No tardó en llegar el señor Cascallana, obispo de Málaga, con media docena de graves sacerdotes, que habían de asistirle, y casi al mismo tiempo se personaron el juez señor Aurioles, los gobernadores civil y militar, el fiscal, escribanos y algunas personas que no llevaban más cargo que el de mirones, ni otro fin que el de saciar su curiosidad ardiente. En la calle, numeroso gentío ansiaba ver cosa tan extraordinaria. Pocos eran los que algo podían vislumbrar pegados a las rejas; muchos los que empujaban disputando sitio a los que habían madrugado para cogerlo; muchísimos los que renegaban de no ver más que la pared, detrás de la cual pasaba algo terrible. Juntándose al murmullo y risotadas de los menos el mugido displicente de los más, resultaba un coro de crueldad y grosería que nos daba la sensación de los autos de fe.

El obispo se revistió de medio pontifical rojo, con báculo y mitra, y ocupó un sillón de espaldas al altar; los demás curas situáronse a izquierda y derecha; yo me agazapé en sitio donde pudiera ver quedándome casi invisible, y ya no faltaba más que el reo, parte o figura indispensable del edificante espectáculo que debíamos presenciar.

Tras una breve espera, vimos aparecer la figura escueta y pavorosa de don Martín, alto, rígido, el cuerpo todo negro de la sotana, amarillo el rostro de las hieles que le andaban por dentro, la mirada viva, la expresión desdeñosa. Traía las manos atadas atrás, y del nudo que las enlazaba partían dos cuerdas, una para cada pie. Con esta sujeción su paso era lento, como el de un gran buitre que, inutilizado de las alas, se viera en la penosa obligación de hacer su camino por el suelo. Cuando pude verle de perfil y de frente, reconocí la fisonomía del clérigo que en 1848 prestó los auxilios espirituales a la pobre Antoñita en la triste casa de la plaza mayor. Él no me vio a mí, y aunque me viera, no me habría reconocido. Diré con toda verdad que su presencia en la sala del Saladero levantó en mi espíritu el terror más que la compasión; casi casi encontré apropiadas a su persona las calificaciones de *monstruo abortado, tigre*, y demás remoquetes que la Prensa había hecho populares. El maestro de ceremonias, con su libro en una mano y el puntero en la otra, se adelantó hacia el reo y desabridamente le dijo: «Tiene usted que vestirse.» Y el reo, más desabrido aún, contestó: «¿Y cómo? ¿con las manos atadas?» Los alguaciles desliaron la cuerda de sus manos; y en cuanto éstas estuvieron libres, llegose el hombre al altar y empezó a vestirse con pausa y método, sin la menor alteración en los ademanes, lo mismo que si se vistiera para decir misa, pronunciando con voz segura la frase de ritual que el celebrante dice a cada prenda que se pone. El amito, el alba, el cíngulo, la estola, el manípulo, tienen simbólica significación, que el sacerdote va expresando al tomar la figura de Cristo en aquella oblación pura, que no se puede manchar por indignos y malvados que sean los que la hacen. Sereno estaba el hombre, repitiendo en tan lúgubre ocasión lo que hacía todas las mañanas en San Justo o en otras iglesias; y como el acólito se equivocara queriendo ponerle el manípulo en el brazo derecho, le dijo pronta y secamente: «Al brazo izquierdo.»

Vestido, el reo parecía otro. Su rostro huraño y repulsivo recibía no sé qué vislumbre apacible de la casulla que cubría su cuerpo. Se le mandó que se arrodillara, y obedeció al instante, hincándose frente al Prelado. «Más cerca, más cerca», le ordenó el maestro de ceremonias. Obedeció tan vivamente Merino, andando de hinojos hacia Cascallana, que llegó hasta tocarle las rodillas. Asustado el obispo de aquel bulto que se le iba encima con salto parecido al del cigarrón de zancas aceradas, rebotó en su silla, se puso en pie, tuvo miedo. Pensó quizás que el asesino de Isabel sacaba de la casulla otro puñal de Albacete... El gobernador, don Melchor Ordóñez, se arrimó a Su Ilustrísima, que tranquilizado recobró su asiento. En esta parte de la escena advertí un ligero matiz cómico, que anoto aquí para que nada se me escape. Pasó como una fugaz mueca de Melpómene, si en el momento de su actitud más trágica la picara una pulga. Inmediatamente después de esto, Merino se fijó en las caras de chiquillos, de descocadas mujeres y pálidos hombres que aparecían en las rejas, y en el siniestro rumor del pueblo ansioso. «¿Hay alguna rúbrica —dijo— que disponga que estos actos se celebren a la luz del día y con los balcones abiertos?» Nadie le dio respuesta ni explicación. Un señor que a mi lado estaba, viendo que el reo se encogía de hombros y alargaba el labio inferior con un expresivo *¿a mí qué?*, me dijo: «Pero ¿ha visto usted qué monstruo de frescura?»

Empezaron sus terribles funciones los que degradaban, y lo primero fue ponerle a don Martín en las manos un cáliz con vino y agua, que al punto le arrebató el obispo, dándole después el copón, que con la misma prontitud le fue quitado. El señor Cascallana pronunció la fórmula en latín, que traducida fielmente dice: *Te quitamos la potestad de ofrecer a Dios sacrificio, y de celebrar la misa tanto por los vivos como por los difuntos.* Inmediatamente cogió Su Ilustrísima un cuchillito que le dieron los acólitos, mandó a don Martín que alargase los dedos y se los raspó suavemente, acompañando el acto de estas desconsoladoras palabras: *Por medio de esta rasura te arrancamos la potestad de sacrificar, consagrar y bendecir, que recibiste con la unción de las manos y los dedos.* Luego se le quitó la casulla, y el obispo dijo: *Te despojamos justamente de la caridad, figurada en esta sacra vestidura, porque la perdiste, y al mismo tiempo toda inocencia.* Y al arrancarle la estola: *Arrojaste la señal del Señor, figurada en esta estola: por esto te la quitamos...*

Como el ceremonial que describo es a la inversa de la imposición del Sacramento del Orden, deshaciendo y desbaratando todo lo que éste significa, hasta privar al condenado de la dignidad, carácter y oficio sacerdotales, para entregarlo abiertamente *al fuero de los legos*, luego que se le quitó a Merino la calidad de Presbítero la emprendieron con el Diácono. Revestido con la dalmática, y puesto el libro de los Evangelios en las manos pecadoras, lo arrebató de ellas el obispo con estas aterradoras palabras: *Te quitamos la potestad de leer el Evangelio, porque esto no corresponde a los indignos.* Y al despojarle de la dalmática: *Te arrancamos con justicia la cándida vestidura que recibiste para llevarla inmaculada en la presencia del Señor, porque no lo hiciste así conociendo el misterio, ni diste ejemplo a los fieles para que pudieran imitarte como consagrado a Dios.* Al desnudar al Subdiácono, la tremenda voz de la Iglesia dijo: *Te desnudamos de la túnica subdiaconal, porque el casto y santo temor de Dios no domina tu corazón y tu cuerpo.* Arrebatado le fue el manípulo con esta cláusula: *Deja el manípulo, porque no combatiste las asechanzas del enemigo por medio de las buenas obras;* y el amito con ésta: *Porque no refrenaste tu voz, te quitamos el amito.*

Aún no había concluido la terrible escena. Vi que por las mejillas del Prelado resbalaban dos gruesos lagrimones. Las de Merino estaban secas: su cara, como una escultura tejida con esparto, imitaba la impasibilidad del cadáver que no chilla ni remuzga cuando le pinchan y le sajan en la sala de disección. El señor que a mi lado estaba me dijo: «Esto no es un hombre, ni siquiera una fiera: esto es un árbol. Fíjese usted: Su Ilustrísima llora; yo, que no soy aquí más que *mero espectador*, lloro también... No puedo contenerme, y él como si tal cosa... Vea usted, es un árbol...» Nada pude contestar a mi vecino: tales eran mi emoción y el ansia que yo sentía de que la desgarradora escena terminase.

III

Como dije, aún faltaban los últimos trámites para despojar al reo de las insignias de los grados menores y de la primera tonsura. El despiadado simbolismo era largo como toda la carrera eclesiástica... Al revés. La Iglesia había de borrar hasta la última señal de unción divina en el réprobo que expulsaba de su seno. Cuando, puestas y quitadas las insignias de estos grados, quedó el reo con sobrepelliz, al despojarle de ésta se levantó el obispo, y entonando la voz todo lo que le permitía su emoción vivísima, pronunció este tremendo anatema: *Por la autoridad de Dios Omnipotente, Padre, Hijo y Espíritu santo, y la muestra, te deponemos, te despojamos y te desnudamos de todo orden, beneficio y privilegio clerical; y por ser indigno de la profesión eclesiástica, te devolvemos con ignominia al estado y hábito seglar.* Acto seguido, los acólitos le quitaron la sotana y el alzacuello, y el hombre quedó en chaquetón, figura lastimosa. Permaneció inmóvil, como esperando que le arrancaran también el pellejo. El señor Cascallana, armado de tijeras, le cortó un mechón de cabellos, y al punto uno de los alguaciles trasquiló la parte superior de la cabeza, hasta borrar en lo posible el redondel de la corona. El *chis-chas* de las tijeras me daba frío, como si me estuvieran trasquilando a mí. Aún no se aplacaba la terrible indignación de la Iglesia, que con iracundo estilo pronunció este anatema al compás de los tijeretazos: *Te arrojamos de la suerte del Señor, como hijo ingrato, y borramos de tu cabeza la corona, signo real del sacerdocio, a causa de la maldad de tu conducta.*

Ya parecía que todo terminaba. Oí suspiros y toses de los concurrentes, autoridades o curiosos; oí el mugido del pueblo que no veía nada desde la calle (salvo algunos privilegiados adheridos a las rejas) y que se conformaba con aspirar la trágica emoción rezumándola al través del espeso muro del Saladero. Merino, requiriendo las solapas de su chaquetón, dijo de mal talante: «Despachemos, que me voy quedando frío.» El mísero reo no podía abrocharse, porque al ingresar en la prisión, los guardianes le habían arrancado los botones del chaquetón: parece que es costumbre carcelaria, para evitar el suicidio, que algunos reos han consumado tragándose los botones. Apenas dijo esto, resonó un estruendoso *¡viva la reina!* en la plaza, y después otro en los patios del edificio. Don Martín permaneció impasible ante las exclamaciones: solo sentía frío... Cuando le vi salir, de nuevo maniatado, el horror que al entrar me había inspirado dio paso a la compasión más viva. En su impavidez no vi cinismo, ni en su frialdad insolencia, sino más bien una entereza estoica de que yo no he conocido hasta hoy ningún ejemplo. Ansiaba ya dar espacio refrigerante a mi espíritu lejos de aquel ambiente inquisitorial, patibulario. Los eclesiásticos degradadores, y los acólitos y alguaciles que desnudaban y trasquilaban al reo, traían a mi mente imágenes, no sé si soñadas o reales, de las más siniestras figuras de la Edad Media. Salí con un remolino de confusiones en mi cabeza, y tan pronto me parecía natural, justo y humano que a Merino se le indultase después de la feroz ejecución espiritual de aquel día, tan pronto anhelaba su muerte, viéndola como un holocausto grande y bello; pero no se le había de matar en garrote ni por los medios usuales, sino con hacha... La comparación con un árbol expresada por el caballero desconocido, no se apartaba de mi mente. Yo quería ver si el estoico, como el tronco herido, crujía y soltaba un ¡ay! al recibir el hachazo.

Despedime del señor Mier, a quien el obispo llevaba en su coche, y a mí me ofreció el suyo y su grata compañía don Melchor Ordóñez, que iba al

Gobierno Civil. Acepté, y rodando por el pedernal de estas malditas calles me dijo el simpático gobernador: «Pero ¿ha visto usted qué tío? No creo que exista en el mundo otro con más agallas. El obispo se hacía cruces viendo la fibra de este hombre. Me ha contado que en tiempos antiguos hubo clérigos delincuentes que ante la espantosa sofoquina de la degradación perdieron el conocimiento, y uno hubo, en Italia o no sé dónde, que cayó patas arriba y le recogieron cadáver... Pero este tío, ya usted le vio: como si estuviera el sastre tomándole medida de un traje nuevo.» Dije yo que, en efecto, es un caso estupendo de dominio sobre sí mismo. Y él a mí: «¡Ah! Pero ¿no sabe usted lo mejor? Esta peña, este tronco de acebuche, era un manojito de sensibilidad cuando estuvo enamorado del ama que le sirvió hace algunos años... ¡Oh! había usted de ver las cartas, Aurioles las tiene. En algunas hay frases tan apasionadas que no las escribiera más sentidas el mejor poeta. Oiga usted: «Cuando en la misa me vuelvo a decir *Dominus vobiscum* y no te veo, como antes, ni la Virgen en su soledad pasaba la tristeza que yo.» ¿Qué tal? ¡En qué estaría pensando el hombre cuando celebraba!... Pues otra: ¿no sabe usted que el año 22 estuvo al lado de los milicianos en la acción del 7 de julio? Sí, hombre, y en ese mismo mes quiso matar al Rey; al menos se abalanzó al coche con todas las de Caín, gritando: «¡Mueran los perjuros!» Sí, hombre: ahora lo hemos descubierto... Bragado es el tío, como hay Dios, y de un temple que ya no se estila... ¡Vaya, que si llega a darle de veras a Fernando VII, la que se arma! ¿Qué sería hoy de España? Acá *para inter nos*, creo que le habríamos quedado muy agradecidos... Pues verá usted lo que me contó anoche. El año pasado, solía ir al gabinete de lectura de San Felipe Neri, y allí se daba unas atraquinas de periódicos españoles y extranjeros que Dios temblaba... Dice que, a pesar de sus amarguras y de su odio al género humano, se mantenía tranquilo y sin idea de matar; pero que al enterarse del golpe de Estado de Napoleón, y ver la nube de despotismo que se venía encima en toda Europa, se fue del seguro y dijo: «aquí hay un hombre...» Querido Beramendi, yo he visto locos en la política; pero como éste ninguno, ni creo que haya venido al mundo un alma más fanática.»

Terminó Ordóñez así: «Tengo que poner un bando en las esquinas; está el pueblo muy excitado contra el asesino, y tan condolido de nuestra reina, que ni aun sabiendo que la herida es leve se da por satisfecho. Me dice la policía que entre la gente del bronce hay *elementos* decididos a dar un golpe el día de la ejecución, arrancando al reo de manos de la justicia para *escabecharlo* por manos de la plebe... Figúrese usted, ¡qué carnicería, qué barbarie! Esto no es propio de un pueblo culto... Conozco yo a esos *elementos*: son los que alborotan siempre, hoy en este sentido, mañana en otro, y al fin en el sentido de la poca ilustración... Pero ellos también conocen a Melchor Ordóñez. Pregunten al pueblo de Madrid quién es Melchor Ordóñez, y dirá: *un hombre que sabe respetar y hacer respetar.*» Y era verdad. Por la fama de su probidad y rigidez, acreditadas en otras provincias, le trajeron a este Gobierno civil, en el cual ha emprendido con fortuna el escarmiento de pícaros, el acoso de vagabundos y la corrección de revolucionarios de oficio. Pero quien manda, manda. No obstante la rectitud y nobles alientos de Melchor Ordóñez, en algún caso, que he de contar si Dios me da salud, no le han dejado ser tan rígido como él quería.

Llegué a mi casa con dolor de cabeza, desconcertado de todo el cuerpo, amarga la boca y los espíritus muy caídos. El frío que cogí en la odiosa cárcel me molestaba menos que el recuerdo de lo que allí vi, la vileza y procederes bajunos del brazo secular, por una parte; por otra, el bárbaro formalismo del brazo eclesiástico. ¡Con tales brazos, valiente tronco social nos hemos echado!.. Prolijamente lo referí todo a María Ignacia, que, al verme arrumbado en un sofá, no se separó de mí en lo restante de la tarde. Horrorizada con mi relato, me autorizó para que lo escribiese, recomendándome que en lo sucesivo huya de impresiones patibularias, y consagré mis *Memorias* a cuadros y tipos placenteros, proscribiendo todo lo dramático. La misma sociedad me indica el camino que debo seguir, pues ella no quiere ya cuentas con el género trágico, y se ha hecho pura comedia, con sus puntas de sátira, y la exhibición de pasiones tibias, de caracteres excéntricos o graciosos. Esto vino a decirme mi cara esposa, aunque no con los términos que yo empleo, sino más a la pata la llana. La tragedia no existe ya más que en el pueblo bajo, y en los ladrones y bandidos. Debo, pues, concretarme a las clases superiores, que no quieren ver sangre más que en casos de recetar el médico sangría o sanguijuelas. Para mi salud es conveniente que yo ponga un freno a esta recóndita querencia mía de las cosas trágicas, volviendo mis ojos a la sociedad alta y media, y a la política, que también es ya comedia pura, de enredo muchas veces, otras de figurón. Prometí a María Ignacia seguir el camino que su buen sentido me indicó, y aquí me tenéis en plena vulgaridad social.

¿Recuerdas ¡oh Posteridad benigna! a las dos lindas muchachas, Virginia y Valeria, hijas de mi amigo don Serafín del Socobio, con las cuales honestamente me divertía yo allá por los años 48 y 49, jugando con ellas a los novios, y tratándolas siempre como si fuesen una sola mujer con dos cuerpos distintos, aunque muy semejantes? Creo haberte dicho también que les salieron efectivos novios, uno para cada una, dos tenientes, que también a mí me parecieron duplicadas imágenes de un teniente solo. Pues se casan; uno de estos días serán llevadas al altar, no por aquellos pretendientes que las cortejaban el año 50, sino por otros, militar el de Valeria, civil el de Virginia. Ambas, según me cuenta mi mujer, están rabiando por cambiar de estado, ansiosas de pasar de señoritas a señoras, con casa propia, libertad, y hombre a quien poner las enaguas para hacer de él un monigote. Me figuro que estas dos bodas son algo precipitadas, y que los padres, aunque aparezcan satisfechos, han consentido en colocar a las niñas, por no poder aguantar ya sus vehementes ganas de emancipación. Valeria ha escogido por sí su hombre, el cual es un capitancito de buenas prendas, hijo del coronel don Felipe Navascués, que figuró en la guerra civil; entra Virginia en la coyunda, más que por designio propio y libre, por la persuasión amorosa y tenaz de sus padres, que han visto la felicidad de la niña en el orondo y fresco joven Ernesto de Rementería, hijo de un señor que pasa por millonario. Dios las haga felices, y a ellos también, pues, aunque apenas los conozco, merecen mi respeto y la sana compasión que debemos a todo cristiano que se embarca para cruzar el engañoso piélago del matrimonio. Así lo llamo, porque si a mí me ha salido este mar totalmente limpio de sumideros y escollos, otros que entraron en la nave con el corazón lleno de alegrías, navegan desesperados entre bravísimas olas, y no saben en qué peña irán a estrellarse.

La educación de mis amiguitas Virginia y Valeria no las eleva mucho, por más que otra cosa creyera yo, sobre el común nivel de nuestras señoritas de la clase media tirando a superior. Poseen, eso sí, su caudal de saber religioso, todo de carretilla, sin enterarse de nada; escriben muy mal, con una ortografía que parece el carnaval del Alfabeto; en Aritmética no pasan de las cuatro reglas, practicadas con auxilio de los rosados dedos; en Historia, fuera de la de José vendido por sus hermanos, y de la de Moisés recogido en el Nilo, están rasas, y solo saben que hubo aquí godos muy brutos, y después moros que eran derrotados por Santiago. Todo lo que saben de Geografía no vale un comino: se reduce a nociones vagas de la superficie del planeta, y al conocimiento de que es forzoso embarcarse para ir a las Américas descubiertas por Colón. En Literatura moderna y clásica están a la altura de su cocinera; no les ha entrado en el entendimiento más que la comedia o el drama del día que han visto en el teatro, y algún novelón sentimental, tal vez empalagosa leyenda de caballeros tontos y sultanas redichas, que han leído en el *Semanario Pintoresco*, o en el folletín del periódico de la casa. Poseen unas cuantas fórmulas de francés *para sociedad*, y en el piano aporrean furiosamente valses y polcas. No conocen nada de la vida; no se ha permitido que en sus espíritus, amañados para la elegancia, penetre parte alguna del prosaísmo con que tenemos que luchar. No conocen ni el valor de la moneda, ni las pesas y medidas; no tienen idea de lo que es una legua, un celemín, un quintal; apenas se hacen cargo de cómo se convierte el trigo en pan, las uvas en vino, y de cómo salen del cascarón los polluelos. Su corta vida y sus ingenuos caracteres se han desarrollado entre las primarias labores domésticas, y entre novenas y funciones de teatro, perfilando la educación social en tertulias insustanciales, academias de toda humana tontería.

Hablando yo de esta pobreza educativa con las propias Virginia y Valeria delante de su señora madre, ésta, que es una idiota muy honrada y muy buena, dijo que para ser mujeres de su casa no necesitaban las niñas saber más Historia Natural que la precisa para distinguir un canario de un burro, y que los que llamados *Principios* quedáranse para los que habían de ganarse la vida como catedráticos. Quizás aquella apreciable mula tiene razón, pensé yo al oírla, y traje a mi memoria el ejemplo de María Ignacia, que, si en estudios no estaba menos cerril que Virginia y Valeria, me salió excelente mujer, y ha sabido cultivar por sí, en la vida más que en los libros, sus nativas dotes, fundando fácilmente el nuevo saber sobre el raso de su ignorancia. Esto pienso que harán mis amiguitas, guiadas por su despejo natural y por la sana índole de sus corazones. *Amén*.

Anoche tuvimos a comer a don Mariano José de Rementería, padre del joven que pronto será feliz esposo de Virginia. Es hombre de posición, según dicen, y de una cultura más brillante que sólida, elaborada en los viajes y en el trato social más que en el estudio. Suelen ser los cultos mundanos menos enfadosos que los eruditos, mayormente si éstos descuellan en la especialidad de la sabiduría rancia y del atavismo histórico y arqueológico; pero don Mariano desmiente esta regla, porque es el señor más molesto, más prolijo y más pedante (en el ramo de cultismo europeo) que yo he podido echarme a la cara en esta vida triste, valle de lágrimas... No, no, valle, vivero más bien de imbéciles. Cuando se pone a contar sus odiseas y las maravillas de la civilización, se creería que él solo las ha visto y gozado, porque a nadie deja meter baza, ni permite que otras bocas alaben cosa distinta de lo que pondera hiperbólica y neciamente la suya. Pues sucedió que el pasado año tuvo este señor la ocurrencia, y nosotros la desgracia, de ir... vamos, de que fuera él, no a escardar cebollinos, sino a visitar la Exposición Universal de Londres. Los que le alentamos a ese viaje, y yo fui uno de ellos, con rabia lo confieso, bien lo hemos pagado, bien, porque ahora, con sus enfáticas descripciones del *Crystal Palace* y de los peregrinos *adelantos* que vio en él, nos trae a todos locos, a mí particularmente, que tengo la cabeza débil, y el humor fácilmente irritable contra los habladores. ¡Jesús me valga y Santa Librada bendita, patrona de Sigüenza! Es un hombre que empieza a contar algo que le ha pasado en sus viajes, y desde los primeros conceptos pega un brinco y se mete en una digresión, de ésta en otra, y en otra, hasta que, viéndonos a todos mareados, se para y pregunta: «¿En dónde estaba yo?» «Pues estaba usted —le contesté anoche— en *Oxford Street*, queriendo darnos una idea aproximada, nada más que aproximada, de lo grande que es esa calle.

—Justamente —prosiguió él—. Pues verán ustedes: salía yo de *Hyde Park* con el famoso Losada, ya saben ustedes, el primer relojero del mundo, y nos encontramos a Carreras, el primer tabaquero de Londres... Hablamos de España, de este país tan pobre y tan atrasado... Entre paréntesis, aquí no tienen idea de la penosa impresión que a los que venimos del extranjero nos causa el llegar a Madrid, y ver el *sistema* primitivo de recoger las basuras...»

De esta digresión pasó a otra, y a mil, y fue a parar ¡a Egipto! a los carneros de cuatro cuernos que ha presentado Egipto en la Exposición Universal... ¡Cuatro mil cuernos había puesto ya en nuestras cabezas aquel condenado narrador!... Sin el menor cargo de conciencia, digo que le detesto. Su palabra fácil, sus períodos gramaticales muy pulidos, inflados por las amplificaciones, me atacan los nervios. Se oye cuando habla, y se recrea en el efecto que hace. El vértigo de sus digresiones adormece a muchos, y a mí me pone en un grado de furor que difícilmente puedo disimular en su presencia. Y para mayor desgracia, mi suegro, que ahora se pirra por aprender todos los *adelantos*, con tal que no salgan de la esfera material, le trae a su mesa un día y otro para proveerse de ideas sueltas, y *ponerse al tanto de las conquistas* más notorias que debe la industria a la ciencia extranjera. Escúchale con devoción, y acaba siempre por desearle una larguísima existencia para que pueda viajar mucho y contarnos tantas maravillas. Lo que yo le deseo es que se muera, que le maten, que le salga un asesino y nos le quite de en medio... Mi mujer me riñe cuando me oye tan despiadados disparates. «Es que me encocora este buen señor —respondo yo—, y me hace desgraciado siempre que viene a casa. Es un tonto, de la clase de los dorados, que son los peores. ¡Luego me dices tú que me consagre a los tipos cómicos de nuestra sociedad! ¡Ay, mujer mía!, me divierten mucho más los trágicos.»

IV

8 de febrero. Ya no existe Merino. Ayer por la mañana, según dicen, hizo protestación de fe, y dictó un escrito pidiendo perdón a la reina. Las dos serían cuando le condujeron al suplicio, en burro, con su hopa amarilla llameada de rojo, para que la grosería de la cabalgadura y la horripilante fealdad del empaque, disfraz sustraído a las máscaras de la Muerte, llevaran más fácilmente la ejemplaridad al pueblo. Luego, por la noche, le hicieron exequias a la romana: dieron fuego al cadáver, para que no quede hueso, ni momia, ni despojo alguno a que agarrarse pueda la memoria de los venideros. Así lo ha determinado el Gobierno de Su Majestad, sospechando que la corrupción de los corazones nos traiga una nueva demagogia, tan devota del regicidio que dé en la manía de adorar el zancarrón de este desgraciado sujeto. Ello ha sido un simulacro del Santo Oficio en la mitad del siglo XIX, para que puedan echar una canita al aire los muchos que aquí conservan el gusto de la quemazón de gentes, y se remocen viendo arder a un muerto, ya que no pueden asar a los vivos.

¡Por Cristo, que sin la prohibición terminante de mi mujer, a quien obedezco en todo, aunque me esté mal el decirlo, hubiera yo vuelto al maldito Saladero! Hubiera, sí, cedido a la tentación de acompañar al cleriguito señor Puig y Esteve, que llevó a la prisión de Merino el encargo de examinar las profundidades del espíritu del criminal con la sonda del conocimiento de Humanidades y de los clásicos latinos. Brindome a esta visita don Serafín del Socobio, presentándome en su casa al propio Puig y Esteve, quien reiteró el ofrecimiento con exquisita urbanidad. «Pues está usted fuerte en latinidad clásica —me dijo—, vamos juntos, y entre los dos haremos lo que podamos.» En un tris estuvo que yo aceptara; pero me acordé de mi costilla, y más pudo el temor de disgustarla que el estímulo de mi curiosidad. Al día siguiente, oyendo contar al curita el resultado de su misión, me maravillé del saber profundo y del buen gusto del asesino. Yo le tenía por buen latinista; pero no sospeché que lo fuera en grado eminente. Y a más de asombrarme, me desconcertó un poco la exacta concordancia de las preferencias de Merino con mis preferencias en el gusto de los clásicos. Como él, he tenido yo siempre marcada predilección por la Sátira X de Juvenal. En mis tiempos de vida romana la recitaba de memoria, sin que se me escapara un solo verso; y cuando arreglaba la biblioteca de Antonelli en Albano, emprendí la traducción de la Sátira en verso libre: no llegué a terminarla por culpa de Barberina, que se sobrepuso al gusto de Juvenal. Aún puedo recitar algunos trozos, y entre otros el que dice: *Ad generum Cereris sine caede et vulnere, pauci — Descendunt reges, et sicca morte tyranni.* Yo lo traducía de este modo:

Pocos los reyes, pocos los tiranos
son a los reinos de Plutón descienden
sin ser heridos por puñal aleve.

Fácilmente adapto al alma y a los pensamientos de Merino, en los últimos años de su vida lo que piensa y dice Juvenal en esta admirable Sátira: la turbación de las ideas en Roma, tan semejante a la turbación nuestra; la indiferencia del pueblo a las cosas públicas en cuanto se ha enterado de que la política es oficio de unos pocos; la degradante cobardía de los que pisotean el cadáver del favorito de Tiberio para que no les acusen de haber sido amigos suyos; la ingratitud de la opinión con los grandes hombres; el triunfo de los osados y perversos; la tristeza de la vida, y la vanidad de todas las cosas... Encuentro muy lógico que el elocuente pesimismo de Juvenal se infiltrara en el espíritu de Merino, dispuesto por sus melancolías y desgracias a ser el vaso más propio de tantas amarguras... La voz y el ritmo del poeta latino inspiró sin duda al enemigo de nuestra reina su ansia de morir, y de morir *públicamente*, entre el escarnio de la plebe y las iras de los poderosos, ostentando ante todo el Universo una gallarda postura de muerte.

En otras predilecciones literarias del humanista criminal, no difiere su gusto del mío. También prefiero entre los poemas bíblicos el de Job y de él conservo en mi memoria algunos pasajes, de sublime grandeza. Y cuando yo, estudiante en la *Sapienza* y en San Apolinar, me ejercitaba en el análisis exegético y retórico de los Evangelistas, San Mateo me cautivaba más que los otros por su evidente cultura, y delicado arte. En todo lo clásico estábamos conformes el regicida y yo, y si el regicidio me parece una atrocidad, más que a perversión moral lo atribuyo al empuje de las ideas negativas en un cerebro donde han perdido las afirmativas toda su resistencia. Desprecio de la vida, querencia de la muerte: ésta es la clave. El morir es bueno, aun para los tiranos; el vivir es malo, aun para los oprimidos.

Lo que el joven Esteve y otros testigos presenciales contaban de la reconciliación de Merino con la Iglesia, horas antes de subir al cadalso, no altera mis ideas acerca de su estoicismo, sino más bien las confirma. Quiso ser entero hasta el fin, y afianzarse en la calidad y nombre de cristiano, como el que se sube a la mayor altura para despeñarse con más admiración y sorpresa de los que contemplan su caída. Una vez cumplido aquel deber elemental, pudo Merino permitirse desdeñosas burlas de los que le llevaban al suplicio en tren de mascarada de la Muerte, con ropa de autos de fe y gemidos de una multitud enconada, aunque al fin compasiva. Parte de esta horrible procesión patibularia pude yo ver, valiéndome de cierto casuismo para quebrantar las saludables órdenes de mi buena María Ignacia. «Pepe mío, te suplico, te mando que no vayas a la ejecución.» Así lo prometí.

Pero al renunciar al espectáculo de la ejecución, pensé que a la obediencia no faltaría observando si se confirmaban o no las inquietudes de Melchor Ordóñez. Con ánimo de ver si el pueblo nos daba una interpretación trágica de su decantada soberanía, me fui hacia Santa Bárbara, y cuando me escabullía entre la multitud, atento a las voces y pensamientos de hombres y mujeres, tropecé con un alguacil, José Risueño, que me tiene ley, porque yo le conseguí la plaza, siendo gobernador don José Zaragoza. Creyendo Risueño que la mejor prueba que de su gratitud podía darme en aquella ocasión era introducirme en la lúgubre casa, me dijo, asimilando su rostro a su apellido: «Venga, don José, y podrá ver con toda comodidad al cura cuando salga al patio.» ¿Cómo resistir a esta tentación? Entré con mi protegido Risueño, y vi a Merino a punto que montaba en el burro. La hopa amarilla le daba un aspecto aterrador. Cuando le ataban los pies por debajo de la cincha, dijo en tono agresivo: «¡Eh, brutos, que me lastimáis! ¿Creéis que me voy a caer? Traedme un caballo y veréis si soy buen jinete.» Cuando el asno daba los primeros pasos, miró don Martín al verdugo y al pregonero que iban a su lado, y con flemático gracejo les dijo: «Buen par de acólitos me he echado»; y volviendo el rostro, se despidió con este familiar laconismo: «Abur, señores, abur.»

Vi la oscilación del pueblo, y oí su inmenso clamor de curiosidad satisfecha, el goce del horror gustado en visión teatral y objetiva. No advertí nada que indicase movimiento sedicioso para arrebatar a la Justicia su presa. Más que pueblo, me pareció público aquel mar ondulante de cabezas espantadas, de ojos ávidos del menor detalle, de alientos contenidos, de bocas abiertas sin ninguna sonrisa. En miles y miles de pensamientos humanos brotaba en tal instante la idea de que el pescuezo de aquel hombre vivo, amortajado de amarillo, iba a ser muy pronto triturado dentro de un cepo de hierro, y esta idea ponía en todos los rostros una gravedad y palidez de rostros enfermizos. Decidido a no seguir la pavorosa procesión, me escabullí por la Ronda con ánimo de tomarle las vueltas al gentío, para observar su actitud. De lejos vi que el paso del reo iba levantando la exclamación trágica, y que ésta le seguía por una y otra banda, como siguen las nubes de polvo al torbellino de viento que las eleva.

No vi más al condenado: de lejos distinguí un punto amarillo que se perdía entre bayonetas y sobre la movible crestería de las muchedumbres. Contáronme aquella misma tarde que, en todo el camino, don Martín no dejó de *guasearse* de la Justicia, del verdugo, de los clérigos asistentes y de los respetables Hermanos de la Paz y Caridad. Todo este interesante personal se veía defraudado en el ejercicio de sus caritativas funciones; por los suelos estaba el programa patibulario, pues el reo faltaba descaradamente a sus obligaciones de tal, negándose a llorar, a besuquear la estampa, y a dejar caer su cabeza sobre el pecho con desmayo que anticipaba la inacción de la muerte. Al sacerdote que le exhortó a recitar salmos y a besar la estampita, le dijo: «Ya rezo, señor. Quiero ver al pueblo y que él me vea a mí.» Y como de nuevo le incitara el clérigo a mirar la estampa, sus palabras: «Ahora estoy mirando la nieve de la Sierra. ¡Qué hermoso espectáculo!» Al conductor del asno reprendió en esta forma: «Torpe eres tú para criado mío, con mi genio... Creo que no vas a servir ni para ahorcar.» Y luego siguió así: «¡Cuánto tiempo que no doy un paseo tan largo, y de balde! ¡Qué buena borrica es ésta!» Llegó al cadalso, subió con aplomo la escalera, y acercándose al banco, tocó y examinó los instrumentos de suplicio para ver si estaba todo en buen orden. Besó el crucifijo, sentose para que el verdugo le atara, y mientras lo hacía, le encargó que no apretase mucho, que él prometía moverse lo menos posible en el momento de morir. Se le probó la argolla, y como notara que le lastimaba un poquito de un lado, hizo un mohín de disgusto. Pero no era cosa mayor la molestia. Expresado el deseo de hablar, permitiéronle pronunciar solo algunas palabras, repitiendo que no tenía cómplices, y terminó con la fórmula: «He dicho.» El verdugo volvió a colocarle la argolla; acomodó Merino su pescuezo... Sus últimas palabras fueron: «Ea, cuando usted quiera.»

Cumplió el verdugo... En mi memoria reviven estos versos de la Sátira de Juvenal, que toscamente traducidos dicen:

> Pide un ánimo fuerte que no tema
> morir, y que la corta vida mire
> como precario don de la Natura.

9 de febrero. Y voy con lo urbano y apacible, con lo que mi mujer llama comedia, y es la trama vulgar y descolorida de la existencia, mundo medianero entre la risa consoladora y el llanto dolorido, entre el sainete y el drama... Allá voy, allá voy. ¡Pues no se pondría poco enojada la Posteridad si me descuidara yo en informarla de que hoy lunes se han casado mis amiguitas Virginia y Valeria! Ya lo saben las presentes y futuras generaciones; sepan también que hubo gran gentío, y después un copioso refresco en casa de Socobio, y que los recién casados se fueron por la tarde a ocultar su vergüenza, una pareja a San Fernando, orillas del manso Jarama, de regaladas truchas; la otra a Canillejas, donde parece que el señor Rementería tiene un *cottage*, así lo dice él, muy para el caso. Sepan cuantos las presentes vieren y entendieren que las dos chicas lloraron a moco libre cuando al término de la ceremonia las abrazó su madre; que esta voluminosa dama sufrió, de la emoción, un repentino desmayo, y que yo fui, por mi proximidad al sitio de la catástrofe, el desgraciado mortal a quien tocó la china de recogerla en sus brazos. Feo me vi para sostenerla, y con hábil maniobra, como quien no hace nada, pude arrojar toda aquella pesadumbre sobre mi vecino Rementería.

Sabrán asimismo que Rogelio Navascués, marido de Valeria, es un militar nada bonito, pero simpático y airoso. Creo que bastaría su hoja de servicios a darle crédito y fama de valor si ya no lo acreditara casándose. Es despierto, picado de viruelas, delgado y rígido. Del de Virginia, Ernesto Rementería, se hace lenguas la gente ponderando sus buenas cualidades y su finísima educación a la extranjera. Es gordito, sonrosado, de rostro pulido, limpio totalmente de bigote y barbas, la melena lustrosa y ahuecadita sobre las orejas. Vestido con traje talar podría pasar por una mujer metida en carnes, o por un lindo clérigo francés. Viste muy bien, y sus maneras no pueden ser más atildadas. Habla tres o cuatro idiomas, según dicen, que yo siempre le oigo expresarse en un castellano premioso, arrastrando las *erres* con sones de gargarismo. Educose en el Mediodía de Francia. Su padre, antes de traerle a España, le ha dado una pasada por diferentes naciones cultas, teniéndole seis meses en Francfort, otro tanto en Londres, y año y medio entre distintas poblaciones de Austria, Suiza y Holanda. Han procurado instruirle principalmente en el alto comercio y en la magna industria. Por su distinción, su gravedad y el aquél de tanto viajar con fin educativo, yo le llamo El *Joven Anacarsis*. Él se ríe, enseñando unos dientes blancos como la leche, y poniéndose un tanto colorado.

En fin, yo les deseo a todos mucha felicidad, e invoco a la diosa tutelar del matrimonio, la honrada Juno de brazos de alabastro, y a la prolífica Cibeles, para que les conceda...

V

Sigüenza, 20 de abril. Al reanudar con tanta distancia de espacio y tiempo estas vagas *Memorias*, mi primer plumada será para explicar por qué quedó interrumpida y suspensa la última hoja de lo que emborroné con fecha 9 de febrero. A punto que me acercaba a la terminación de aquel escrito, fui sorprendido por una carta de Sigüenza que, con los emolientes de costumbre, me notificaba la muerte de mi buena madre. Días antes habíamos recibido carta de ella poco firme de pulso, en los conceptos vigorosa: solo nos hablaba de sus inveterados alifafes sin importancia, y se mostraba gozosa, muy esperanzada de vernos pronto por allá. Como nada temía, la triste nueva fue para mí un escopetazo, y María Ignacia, que amaba a mi madre tanto como a la suya, se afectó en tal manera que la tuvimos ocho días en cama. Con el vivo dolor mío y la dolencia de mi mujer, imagínese qué gusto tendría yo para redactar memorias... El fallecimiento de mi adorada madre parece que desató sobre mi familia todos los infortunios, y desde aquel aciago día de febrero ya no hubo para nosotros tranquilidad. A poco de restablecida mi mujer, empezó nuestra niña a ponerse muy descaecida, y...

Aguárdense un poco: ahora caigo en la cuenta de que, por la quemazón de mis papeles del 51, no sabe la Posteridad que el Cielo me concedió una niña, la cual no nació tan robusta como su hermanito; que la pusimos por nombre Librada, como mi madre, y que desde los primeros meses de su existencia nos dio no poca guerra con el quita y pon de leches, pues atribuíamos el desmedro a las malditas amas. Ya la teníamos al parecer metidita en caja, cuando de improviso se nos echó de nuevo a perder, y luchando hemos estado, hasta que al fin, hartos de doctores y tratamientos, resolvimos venirnos con las dos criaturas a esta saludable tierra y a estos purísimos aires. Tanto a Ignacia como a mí nos probó muy bien el cambio de suelo, de ambiente, y de paisanaje sobre todo, pues en este sentido Madrid me iba pareciendo ya tierra clásica de majaderos. La niña también ha mejorado, y el primogénito está hecho una fiera de apetito y codicia vital. He llegado a creer que la sombra de mi madre, vagando entre nosotros, nos arregla la vida del modo más llevadero y fácil; misteriosa tutela de ultratumba, que uno cree y admite como se creen otras cosas sin someterlas al contraste de la razón. Doy en pensar que la santa señora nos trae, en forma de consuelos, proyecciones de la Bienaventuranza con que Dios ha premiado sus virtudes... Y de *Memorias* nada, porque aquí no hay vida pública; ningún acontecimiento sonoro rompe el plácido runrún de la existencia. Ecos llegan acá del rebullicio político que anda en Madrid por la Reforma Constitucional; pero como nada me importa que nos quiten la vigente Constitución para ponernos la que más guste a la reina Cristina, a los señores eclesiásticos y a los realistas disfrazados de liberales; como pienso que con libertad y con despotismo siempre seremos los invariables ciudadanos de *Majaderópolis*, dejo pasar la racha, y, venga lo que viniere, aquí me tienen, como el impávido varón de Horacio, mirando las ruinas de ayer... y las fáciles construcciones de hoy, añadiré que son las ruinas de mañana.

Madrid, 13 de enero de 1853. ¡Vaya una lagunita!... Para saltar de la orilla en que dejé mis *Memorias* a esta ribera en que ahora las reanudo, tengo que dar un brinco tan grande, que es fácil me caiga en medio del agua, o sea, en el cenagoso abismo de mis calamidades. ¿Saben que se nos murió la niña a fines de septiembre del año pasado? ¿Saben que mi padre está si cae o no cae, pues desde la muerte de su esposa no ha levantado cabeza el pobre? ¿Saben que a nuestra hija dimos tierra en el mismo sepulcro de mi madre, para que juntas esperen la resurrección de los muertos? Ignacia y yo nos hemos consolado con la idea de que la Librada grande y la chiquita gozan abrazadas la dicha eterna... ¿Saben que cayó Bravo Murillo, y que se llevó la trampa todo aquel tinglado de la Reforma Constitucional; que María Cristina y los demás realistones que patrocinaban esta idea se echaron atrás asustados, dejando solo al extremeño don Juan con sus economías para fuera y sus chorizos para dentro de casa? ¿Saben que ha venido, como quien viene de Belén, un Ministerio Roncali, con Federico Vahey, Alejandro Llorente y otros que no recuerdo? ¿Saben que me afecta tanto la emergencia de esta trinca de gobernantes como si vinieran a decirme que se han descubierto mosquitos en la Luna? ¿Y saben, en fin, que he perdido en absoluto las ganas de continuar pergeñando estas deslavazadas *Memorias*, y que me cosquillea en la voluntad el prurito de quemar todo lo escrito desde febrero del año anterior, con lo que vendré a ser inquisidor de mí mismo? Pues saben todo lo que yo sé, y no necesito escribir más.

Madrid, noviembre de 1853. A instancias de mi mujer, intento reanimar mi espíritu con el enredo de contarle cositas a la Posteridad; pero ello ha de serme difícil en grado sumo, pues ya parece que de mi mente se alejan esquivas las formas literarias, negándose a entrar en ella, como en venganza del largo desuso a que las he tenido condenadas. ¿Cómo empiezo? ¿Qué materia social o política cogeré del montón de la vida presente para probar en ella mis fuerzas mentales embotadas? Nada encuentro que me sirva; y sin materia rica en elementos psicológicos, ¿qué ha de hacer el pobre ingenio mío, que veo acortarse de hora en hora, como la piel de lija que sirvió a Balzac para su famoso simbolismo de la humana vida? ¿Hablaré de la muerte de mi padre? Esto a mis lectores poco interesa, y a mí, por dolerme tanto, me lastima traer asunto tan íntimo a estas páginas frívolas, amargas, que sin quererlo suelen salirme irónicas. Y lo malo es que, apartando la mente de mi desgracia para llevarla a la vida general, no encuentro más que muertes, muertes célebres, como podríamos llamar a las que no circunscriben su duelo al término de una familia. Murió Mendizábal. Tres días ha le llevamos al cementerio con gran multitud de pueblo y señores, tributo tardío y menguado a un hombre que estimo como de los más altos de nuestro siglo por las ideas grandes y la voluntad poderosa. Últimamente, los políticos de tanda le hacían poco caso. Muerto, se ha visto su talla gigantesca, y hemos empezado a mirar y a medir su obra colosal, incompleta, porque aquí siempre ha de perderse en el tiempo el remate de las cosas: así lo dispone la envidia. Los envidiosos callaron al ver pasar su entierro; el pueblo, que, por ser tan poco envidiable, es quien menos envidia, le siguió con respeto y emoción, comprendiendo con seguro instinto todo el valor de la figura política que ya teníamos arrumbada, y que ahora revive, aunque solo en nuestra memoria.

Murió también Jenara, la viuda de Navarro, mujer de larga historia propia y de grandísimo ingenio para contar la de los demás. Era la dama más guapetona y más salada que nos legó el ominoso reinado; su trato cautivaba; su sinceridad era la mayor de sus virtudes, con haber tenido muchas, aunque no todas las que manda el Decálogo. Desde el azaroso tiempo de José hasta las dos Regencias inclusive, precursoras de Isabel II, y aun un poquito más acá, no había fragmento anecdótico relacionado con la vida pública que no existiera en sus archivos, y estos solía mostrarlos, cuando estaba de vena jovial, a sus buenos amigos. Deja una memoria dulce sin sombra de rencores. En su testamento ha repartido entre las amistades algunas joyas y objetos de valor. A María Ignacia le ha dejado una pulsera que le regaló doña Francisca de Braganza, y a mí dos cartas de Chateaubriand en que habla del Congreso de Verona de Alejandro de Rusia, y particularmente se sí mismo. R. I. P.

El que no se ha muerto es Rementería, ni trazas tiene de óbito cercano; al contrario, disfruta de una salud aterradora, que, según dice, debe a las abluciones con agua fría... Este azote de la humanidad no ha concluido de contarnos todo lo que vio en la Exposición de Londres, y siempre acaba diciendo: «estamos muy atrasados», o «vivimos en un grande atraso.» Pasa por hombre de posibles, y así lo manifiesta su casa, que es también la de sus hijos, Ernesto y Virginia. Sus alfombras, sus cortinajes, su comedor *vieux chène*, sus dos salones con tapices, imitación de Gobelinos el uno, el otro de severo estilo inglés, son la admiración de Madrid... Y además de hombre adinerado, es muy entendido en negocios. España le debe, si no la implantación, el perfeccionamiento de las Sociedades de Seguros sobre la Vida, pues la Sociedad suya, la que fundó y dirige, nombrada *La Previsión*, ha empezado sus operaciones con un éxito loco, según dicen. No pocas Empresas de esta clase se han fundado en España de algunos años acá, y parece que todas prosperan... Los milagros de la asociación y del mutuo auxilio, en Inglaterra y en Francia, por diversas plumas han sido explicados aquí en periódicos y boletines. ¡Si llegaremos algún día, con la ayuda de Dios y el concurso de estos entendidos negociantes, a la categoría y significación de pueblo rico y civilizado!... Guizot dijo a los franceses: *enriqueceos*, y nuestros aseguradores de la vida contra la pobreza, de la propiedad urbana contra incendios, y de las naves contra los riesgos de la mar, dicen a los españoles: «asociaos; traedme vuestras economías, y os haré poderosos.» Los españoles, borregos *a nativitate*, llevan, sí, sus economías... «¡La previsión, el ahorro, el mutuo auxilio!... ¡ah! Estamos muy atrasados...»

A instancias de mi mujer, leo los párrafos antecedentes, y ella me dice: «Parece que tomas a broma la sociedad de don Mariano José... y en eso no eres justo, Pepe. Rementería tiene mucho talento, ha visto medio mundo, aprendió en el extranjero estas cosas de juntar los ahorros de todos para hacerlos crecer y... Pero ¿qué gestos haces?

—Estamos muy atrasados...

—No te rías, ni tomes esto a broma. Aquí tengo el prospecto.

—Lo sé de memoria. Trae primero la retahíla del Consejo de Vigilancia, en el cual han metido a tu padre; después dice: *Director, don Mariano José, etc. Caballero de la Legión de Honor...*

—Y por ser de la Legión de Honor, ¿crees que le llevarán más pronto el dinero?

—Naturalmente. Ya sabe el pie de que cojea todo español que tenga cuartos. El español con ahorros camina ciegamente hacia un hombre estirado, que se los pide mostrando un cintajo en el ojal de la levita.

—¡Qué exagerado eres, y qué disparates dices! Explícame esto de las imposiciones y del 3 por 100. Dime cómo se aumenta el capital o fondo; qué significa esto de la *amalgamación* de intereses, y cómo y por qué se enriquece el asegurado que conserva la vida...

Di a mi mujer explicación clara de las bases y mecanismos de la Sociedad, que son excelentes, y añadí: «La idea es en sí fecundísima: desconfío de las personas que la ejecutan.» Tronó María Ignacia contra mi pesimismo, y apuntando el propósito de asegurar a nuestro hijo, me leyó este incitativo párrafo del prospecto: «La combinación de imposición de fondos en títulos del 3 por 100 y de la herencia mutua entre los asegurados, produce resultados sorprendentes, en términos que una imposición de 1.000 reales anuales que un padre hace encabeza de un niño recién nacido, promete a este hijo un capital de 470.000 reales si alcanza su vida la edad de veinticinco años.»

—¡Parece milagro! Aseguraremos al pequeño, si quieres. Somos ricos. Si en esta lotería no nos cae premio, poco perderemos... ¡Adelante las Sociedades de Seguros! Con desconfianza de sus manipuladores, yo las admito y enaltezco. El principio económico en que se fundan no puede ser mejor. La base del negocio es la muerte, infalible cosecha, y lo que en otros países ha dado buenas ganancias, aquí debe darlas triples, porque los españoles, en su gran mayoría, se mueren antes de tiempo, por la falta de higiene, por las guerras civiles, por la miseria. Yo te concedo que las tales Sociedades son buenas y que debemos alentarlas hasta ver en qué paran; pero no me mandes incluir estas vulgaridades en mis *Memorias*, que o no serán nada, o deben transmitir desde mis días a los venideros los graves hechos políticos y militares...

—Ven acá, tonto de capirote —replicó mi mujer, poniendo en sus ojuelos claros toda la agudeza de su espíritu—: ¿quién te dice que esto no es un tema social, un tema político, el más político de cuantos pueden existir... histórico además, por ser cosa que va de un día para otro y de un año para otro año?... Ciego estás si no ves lo interesante que ha de ser este capítulo de las Sociedades para los que te lean dentro de medio siglo. Piénsalo, Pepe, y hazme el favor, te lo suplico, de no romper lo que has escrito de don Mariano José y de la flamante *Previsión*, que es una mina, créelo, el grande hallazgo de todos los españoles que se tomen tiempo para morirse. Piénsalo, Pepe, y no rompas...»

No rompí, pensé...

VI

Diciembre de 1853. He comprendido que mi mujer, en quien cada día reconozco más claras dotes de profetisa y adivinadora, me señala la verdadera fuente de la histórica filosofía, y su talento admirable arroja mayor brillo cuando me dice: «En los actos más insignificantes encontrarás el filón de pensamientos que buscas.» A los pocos días de la conversación relatada en mi anterior confidencia, salimos de compras. Algo necesitábamos para nuestra casa; pero íbamos acompañando a Valeria, que aún no había completado el ajuar de la suya, y nos llevaba de asesores inteligentes. En muebles importados de Francia vimos maravillas. De algún tiempo acá se han establecido en Madrid no pocos marchantes que nos traen las formas gallardas y cómodas de la ebanistería y tapicería francesas. ¿Qué sillones y qué sofás de blando asiento! Los huesos duros del español de raza, hechos a toda incomodidad y dureza, caen en ellos embelesados y no saben levantarse. Todavía tenemos espíritus ascéticos que se escandalizan de esta blandura y la llaman ¡sibaritismo!... Pues en muebles de puro adorno hay preciosidades que quitan el sentido a las señoras de buen gusto y de aficiones suntuarias. Los veladores *maqueados*, las sillas del mismo estilo, hacen el agosto de estos buenos mercaderes, en quienes advierto, con grande asombro, que se han asimilado la relamida finura francesa para enseñar el artículo, regatearlo, venderlo y cobrar su importe, si es que lo cobran. En juegos de habitaciones completas, comedores de nogal tallado, alcobas de palo santo, salas y gabinetes, vi gran variedad, a precios razonables, al alcance de los que tienen poco dinero y aun de los que no tienen ninguno...

Pues mayor fue mi sorpresa cuando me llevaron (Valeria era la que guiaba) al 17 de la calle mayor, *La Exposición Extranjera*, suntuoso almacén de objetos de laca, de bronces para regalos, y de mil bagatelas elegantes, graciosas, útiles, obra del inagotable ingenio parisiense. No me había yo enterado de que nos traen acá toda esta superfluidad bonita, y menos de que se vende como pan, echando por tierra la leyenda de las austeras costumbres españolas. Vi gente innumerable que compraba, o al menos que veía y regateaba. Aquel género de pura distinción y lujo también se va poniendo al alcance de los que no tienen sobre qué caerse muertos. Compran los ricos, los que disfrutan un modesto pasar, y los empleados de catorce mil reales que dan reuniones en su casa, y se prometen mayor ostentación cuando logren el ascenso a dieciséis mil... ¡El mundo está perdido! Algunos cuartos dejamos en *La Exposición Extranjera*, y no volvimos a casa sin echar un vistazo a otros establecimientos: género blanco y mantelería, encajes, *plata Ruolz*, etc. Cuando María Ignacia y yo comentábamos a solas nuestra correría por las tiendas de tan grande novedad, me dijo ella: «¿Tú qué te creías, que Madrid no progresa? Pues déjate que pongan los ferrocarriles; verás cómo se cuelan aquí todos los adelantos.» Y yo: «Ya veo, ya: nuestro pueblo se asimila los progresos del lujo y de la comodidad más pronto de lo que yo pensaba. Tenías razón en decirme que estas cosas insignificantes y comunes merecen que se les indague el busilis. Escribiendo yo de ellas, escribo Historia *sans m'en douter.*» Y ella: «Yo no sé si escribes Historia o no: solo sé que esto es comedia y de las entretenidas, es sátira, es pintura de costumbres.»

«Relaciono estos hechos —dije— con la epidemia reinante, que llaman *pasión de riquezas, fiebre de lujo y comodidades.* Así nos lo cuentan y así lo vemos con nuestros propios ojos. Un día y otro nos hablan de los *escanda-losos agios,* de los negocios y contratas con que el Gobierno premia a los que le ayudan. Ya viene de atrás este tole-tole; pero don Juan Bravo Murillo fue quien más abrió la mano en las concesiones de vías férreas, de explo-tación de minas, de obras para nuevos caminos y para puertos y canales. Esto es muy bueno, esto es vivir a la moderna, esto es progresar. No hemos de ser un eterno Marruecos petrificado en la barbarie y en la pobreza... Aunque sigo aborreciendo a nuestro amigo Rementería, por hablador insu-frible, pienso que este hombre enfadoso y cargante es un mesías que viene a traernos vida nueva. Poco vale el mesías; pero sin duda no merecemos otro. Ahora falta ver qué regeneración nos trae, y cómo la recibimos.» Y ella: «No hay duda de que los españoles quieren entrar por el camino de la ilustración, madre del bienestar.» Y yo: «Pero no empiezan por el principio, que es instruirse y civilizarse, para después gozar. Dicen: *gocemos, y luego nos civilizaremos.* Ven todo ese material bonito y elegante que los extran-jeros han inventado para su goce, para su descanso y recreo; y tomando el fin por el principio, piden que vengan acá esas maravillas, las compran, las usan, quieren gozar de ellas, creyendo que con adquirirlas y poseerlas son tan civilizados como los que las inventaron y luego las hicieron. Signo de cultura son las ricas alfombras, las tapicerías, los sillones de muelles en que se hunde el cuerpo perezoso. Pues tráiganmelo, dicen: decoraré con ello mi casa, me daré tono de hombre culto, y ya se verá luego de dónde saco los dineros para pagarlo. No ha de faltar un buen negocio, un repen-tino hallazgo de veta minera, un cambio político, un premio de lotería, una herencia de tíos de América.»

Enero de 1854. Mi simpatía por Sartorius, motivada quizás de su cumplida urbanidad y de las atenciones que de él merecí en otra época, no se amengua con el zarandeo en que le traen los innumerables cesantes de alta categoría, moderados inclusive; los que ministraron el pasado año con Roncali y con Lersundi, y toda la caterva progresista y democrática. Ni entiendo este remoquete de *polacos* y *polaquería* con que se designa toda corruptela, los verdaderos o imaginarios chanchullos de que nos habla la vocinglera opinión. Ello es que desde que entró San Luis a dirigir el cotarro, en septiembre del año anterior, se ha desatado un viento de huracán, que conmueve el cimiento del poder público. Las polvaredas que a todos nos ciegan, no nos dejan ver la mentira ni la verdad.

A la nariz me llegan olores de revolución sin que sepa precisar de dónde salen; pero ya puedo presumirlo, porque les acompaña tufo de cuarteles. Se nota en el vecindario madrileño esa especial alegría del pueblo español cuando hierve dentro de él el caldo de las conspiraciones, algo como preparativos de bodorrio plebeyo. Hasta me parece que noto en las personas de afición filarmónica el prurito de componer himnos, y en las de armas tomar, ojeadas estratégicas para el emplazamiento de barricadas. Comparten con Sartorius el vilipendio de la impopularidad el ministro de Hacienda, don Jacinto Félix Domenech, ayer progresista, hoy *polaco*, y Agustín Esteban Collantes, contra el cual los maliciosos no fulminan ningún cargo concreto: que fue redactor de La *Postdata*, secretario del Gobierno Civil de Madrid, Director de Correos, ministro después; motivos suficientes para que le aborrezcan los que no han sabido ser nada. Me enfadan estos aspavientos de la ineptitud, que se disfraza de catonismo para que la oigamos. A los hombres que con vigorosa voluntad han sabido encumbrarse, les tengo siempre por mejores, en todo sentido, que los entecos que solo saben tirar de los pies al prójimo que sube. Hablo de Collantes con más extensión que de Domenech, porque a éste apenas le conozco, y aquél es amigo mío. Pienso que ambos están llamados a grandes amarguras, y por anticipado les compadezco...

Mi mujer, firme en la idea de que un constante y metódico empleo de mis facultades anímicas ha de ser muy provechoso para mi salud, me recomienda que ponga mi atención en la política, ahora que está cual nunca interesante, *preñada*, como dice algún órgano de la Prensa, de *formidables acontecimientos*. Anhelo yo que esos acontecimientos vengan, y que me traigan aspectos y emociones dramáticas, con algún perfil cómico que dé humana realidad a mis historias. Anhelo también que, si los sucesos políticos toman vuelo y se hinchan con trágica grandeza revolucionaria, salga del seno agitado de los tiempos algún privado suceso de los que se miden y confunden con los públicos, formando una conglomeración sintética. Revolución quiero y necesito: revolución en los cerebros y en los corazones, revolución arriba y abajo, dentro y fuera...

17 de enero. ¡Vaya que esto parece brujería! Cuando con tanta fe y devoción pedía yo al Destino, a las Musas o al Demonio coronado, una revolucioncita privada o pública para mi solaz y entretenimiento (con tal que no venga por mi casa), ¿quién me había de decir que tan pronto sería complacido por las ocultas divinidades celestiales o demoníacas que me protegen? Todo suceso, sin excluir los políticos de mayor monta, palidece ante el que me ha traído una carta que esta mañana recibí, sin que me haya sido posible averiguar qué mano la entregó a mi portero con encargo de que me la subiese pronto, pronto... ¡Vaya unas prisas!... Lo primero que hice al desdoblar el papel fue buscar la firma, y con estupor leí: *Virginia*... Pues veamos lo que Virginia cuenta. Corrigiendo su criminal ortografía, para que la Posteridad no vitupere a esa criatura más de lo que merece, copio lo que ya he leído cien veces, sin que tantas lecturas me curen de mi asombro.

«Querido Pepe: a ti que eres tan bueno, y sabes apreciar las cosas como son, te digo lo que te digo, a ti solo antes que a nadie... Y te lo digo sin remilgos, de escopetazo, como deben decir las personas valientes lo que hacen con firme voluntad. Te asustarás, Pepe; pero ya se te irá pasando el susto.

Sabrás, querido Pepe, que me he escapado de mi casa con el hombre que amo, con el que es primero y único amor mío. Dios sabe que nunca amé a otro, y que mi corazón estuvo muerto hasta que conocí al que ha de ser mi pasión y mi felicidad ahora y siempre. Con él me lanzo por el camino de la vida. De mi casa he salido tranquila y animosa, sin llevarme más que alguna ropa y las alhajitas que tuve de soltera.

Querido Pepe: no te digo el nombre de él, porque no quiero que nos descubran ni nos persigan. Te diré que es joven, que es bueno, y que me ama con delirio, como yo a él.

No siento dejar mi casa, que me era odiosa: en ella se queda Ernesto, de quien te diré que el mismo día de la boda, y al siguiente, ya vi bien claro que no le quería, ni podría quererle nunca. Ernesto no es un marido, ni sabe más que hacer cuentas. No te escribo para que vayas a consolarle. ¡Como que se habrá quedado tan fresco! él, y el ladronazo de su padre, y su casa, y toda la sociedad me importan a mí un rábano.

«Te escribo porque mis padres y mi hermana sí que me importan, y pensando en el sentimiento que tendrán por mi fuga, se me amarga el júbilo de mi estado libre. De tu buena condición y de tu amistad espero el favor de que vayas a ver a mis padres y a Valeria, y les digas que aunque me escapé, rompiendo por todo, siempre les quiero, y soy su invariable hija y hermana... Querido Pepe: les dirás también que estoy buena, aunque con la zozobra natural de saber lo que ellos padecen, y que no me arrepiento de haber tomado el portante, porque soy feliz, y me importa un rábano la opinión pública... A ellos les deseo conformidad, y les pido que me perdonen el mal rato que les he dado, y que se vayan haciendo, porque ya digo... Me importa menos que un rábano, por lo que toca a la sociedad y a los conocimientos de casa... Les dices también, como cosa tuya, que no me busquen ni den parte, ni nada, porque ni hecha pedacitos así, vuelvo yo con ese marmolillo de Ernesto... y tú, ya sabes, Pepe querido, que no has de hacer por averiguar dónde estamos... No lo sabrás aunque te vuelvas mico... Si te portas como caballero, yo te escribiré alguna vez que otra, para que por ti entiendan mis padres que estoy buena y que les quiere mucho su hija. Adiós, buen amigo. *Éste* te saluda y te manda expresiones. Tú se las das mías a María Ignacia, y a tu niño dos besitos, uno de cada uno de nosotros dos... Pepe, mira bien lo que te encargo: que no nos busquen, que no den parte... Si así lo haces, tendrás la confianza de tu leal amiga —*Virginia.*»

No pude yo contar las cruces que después de leída la carta trazó María Ignacia sobre su rostro y pecho, ni las exclamaciones de pena y asombro, que fueron su primer comentario a suceso tan inaudito. Al fin hizo estas observaciones rápidas: Ya dije yo que esa chiquilla no era tan buena como parecía. Recordarás que era de las dos la más modosita, y, para mayor absurdo, la menos romántica. Pero yo he creído ver en ella, antes y después de casada, relámpagos de locura. Mira por dónde sale ahora. ¡Dios mío, qué desgracia, qué vergüenza! Pero ¿cuándo ha sido la fuga? ¿Ayer noche? No lo dice... Y el hombracho, ¿quién es, Pepe? ¿Será de estos mequetrefes sentimentales que engañan a las tontas cantándoles el *Suspiros hay, mujer, que ahoga el alma en flor*, o será algún cotorrón maduro de éstos que...? En fin, tú sospecharás, tú tendrás algún indicio.»

Respondile que nada sé ni sospecho, y que, en vez de dar vanamente al viento nuestras lamentaciones y conjeturas, debíamos acudir a las dos familias heridas por aquel escándalo, para ofrecerles el consuelo de nuestra amistad, como es costumbre, así en los duelos de muerte como en los de honra. Con perfecta unanimidad de pensamiento tomamos la resolución de proceder en sentido contrario a los deseos de la bribonzuela de Virginia, dando conocimiento de la carta a los padres, y ayudando a la busca, captura y castigo de los fugitivos. Media hora después de tomado este acuerdo, entrábamos mi mujer y yo en la casa que podríamos llamar mortuoria, y que encontramos toda revuelta. A don Serafín le habían sangrado, y doña Encarnación estaba en cama con furibundos ataques nerviosos. Eufrasia y Cristeta, que atendían a todo y recibían las visitas de duelo, nos informaron de la tribulación de los desdichados padres; y como yo pidiese noticias del estado de ánimo de los Rementería, contestome Eufrasia: «Pues esta mañana estuvo aquí don Mariano José a ver si sabíamos algo, y al responderle yo que seguíamos a oscuras, me dijo: "Lo más lamentable es que en España no tengamos divorcio. ¡Estamos muy atrasados!"»

De acuerdo con María Ignacia, determiné practicar por mi cuenta y riesgo las primeras diligencias para dar con la prófuga, y me fui derechito a Gobernación.

VII

13 de enero de 1854. Mal día para negocios que no fueran de política. En la Puerta del Sol me encontré a dos amigos que salían del Ministerio: eran Antonio Cánovas del Castillo y Ángel Fernández de los Ríos. Al primero le conocí el año pasado en casa de su tío, don Serafín Estébanez Calderón. Es malagueño, cecea un poco; su talento duro y poco flexible me cautiva precisamente por eso, por la dureza y rigidez. Ya está uno harto de los ingenios chispeantes, volubles, imaginativos, que fascinan, y no van ni nos llevan a ninguna parte. Éste no dice más que la mitad de lo que piensa, y hará, creo yo, el doble de lo que dice. Así me gustan a mí los hombres. A Fernández de los Ríos le trato desde que fundó *Las Novedades*, en diciembre del 50.

Quiso que yo escribiera en su periódico; pero mi pereza y el deseo de conservar la libertad de mi juicio pudieron más que mis ganas de complacerle. Es buen periodista y gran plasmante de periódico; pero mi pereza y el deseo de conservar la libertad de mi juicio pudieron más que mis ganas de complacerle. Es buen periodista y gran plasmante de periódicos. Su idea dominante es la unión de España y Portugal... ¿Cuándo madurarán esas uvas?

Ambos amigos me dijeron que no intentara ver a Sartorius, porque a nadie quería recibir; estaba con las manos en alto sosteniendo la nube que se le viene encima, y lo mismo pesa sobre el Gobierno que sobre las instituciones. Un rato fui con ellos hacia la Carrera de San Jerónimo, donde se nos separó Cánovas para entrar en la librería de Monnier, y se nos juntó Nicolás Rivero, que de ésta salía. Andando, nuestro grupo llegó a tener ocho personas, entre las que recuerdo a Romero Ortiz y al poeta Gabriel Tassara. No necesito decir que todos hablaban horrores del Gobierno, de su arrogancia frente a la opinión, y de lo arisca y deslenguada que ésta se va poniendo. En las conversaciones particulares y en los papeles clandestinos, se prodigan a la situación *polaca* los siguientes piropos: *tahúres políticos, cuadrilla de rateros, turba de lacayos y rufianes.* La tormenta empezó a levantarse a la subida de San Luis, y sus primeros rayos cayeron en diciembre sobre el Senado, con motivo de los debates y votación famosa del Proyecto de Ferrocarriles. Derrotado Sartorius, limpió el comedero a todos los senadores que habían votado en contra, de lo que provino un mayor estallido de la tempestad, con los truenos y el furioso granizar de la prensa desmandada. Acudió el Gobierno a poner a cada periódico su correspondiente mordaza. Chillaron los periodistas por la boca de una protesta colectiva. Fue también ahogada la protesta, y de aquí vino una manifestación general, enérgicamente escrita, firmada por hombres de diversos colores y opuestos cotarros, comprendidas figuras tan grandes como Quintana y el duque de Rivas, otras de lucida talla, como González Bravo, Pastor Díaz y Olózaga, y toda la gente joven de más valía, Cánovas, Florentino Sanz, Vega Armijo, Ayala... En este punto de la tempestad estamos ahora. En tanto que descargan nuevos rayos y se ennegrecen las pavorosas nubes, los periódicos amordazados se vengan del Gobierno y de la Casa Real, callándose todo lo que habían de decir del parto de Su Majestad. El 5 nació una Princesita, y el mismo 5 se volvió al Cielo, dicen que para no ver las cosas tremebundas que aquí ocurrirán pronto. Sé que en Palacio ha sentado muy mal el torvo silencio de la Prensa: esperaban oír los ampulosos ditirambos que en loor de la Institución se prodigan a cada triquitraque. Pero esta vez falló la costumbre: los periodistas se han callado como cartujos; no han escrito una palabra de *regio vástago*, ni de nada de eso... Lo que ellos dicen: «o estas trompetas suenan para todo, o no suenan para nada.» Por ahí duele.

Proponiéndome yo que no pasase el día sin iniciar por lo menos mis diligencias en busca de la dislocada Virginia, abandoné a mis amigos y me fui al Gobierno Civil, que desempeñaba otra vez el buen Zaragoza; mas tampoco pude verle. ¡Desgracia como ella! Fue uno de esos días aciagos en que no hay puerta ni mampara que no se cierre adustamente sobre nuestras narices. Traté de ver a Chico en el Gobierno Civil; luego estuve dos veces en su casa, y todo inútil. Evidentemente, el Cielo protegía con manifiesta parcialidad a los amantes prófugos. Ya me retiraba, reconociéndome con muy mala mano para la cacería de criminales de amor, cuando me deparó el Cielo a don José María Mora, director de *El Heraldo*, hombre muy amable y de extraordinaria corpulencia. Recordando al punto la gran amistad de aquel cetáceo con los Rementerías, le paré en medio de la calle; hablamos... Poco más que yo sabía del suceso; pero algo me dijo que era la primera luz que debía esclarecernos el camino de la verdad. Sus palabras, entre resoplidos, fueron: «Pero ¿ha visto usted qué trasto de niña? ¡Qué borrón para las dos familias! Y ello no tiene remedio. ¡Si aquí hubiera divorcio, como dice don Mariano José...! Pero quia: no hay lañadura para este puchero roto. Estamos muy atrasados... Pormenores no sé, mi amigo. Naturalmente, no he querido preguntar... Me ha dicho el secretario de *La Previsión* que Ernesto se ha ido a Canillejas... Parece que tiene obra en la casa. Quiere aumentar la altura de todas las puertas y entradas del edificio, ja, ja... Y del gavilán que se ha llevado a la paloma, nada sé... Oí que es pintor.»

Nada más pude sacarle, porque el buen señor, que temía exponer al frío su gordura sudorosa en tarde tan fría, dio por terminado el plantón, y se despidió, apretándome mis dos manos con una sola suya... «¿Con que pintor? —pensaba yo, encaminándome a la casa de Socobio para recoger a mi costilla—. Algo he descubierto; no dirá *esa* que he perdido el día.» Visitas fastidiosas que iban sin duda a guluzmear, metiendo el hocico en el dolor de los padres de Virginia, me impidieron comunicar a Ignacia mi precioso descubrimiento. Llegó a la puerta nuestro coche, nos avisaron, partimos, y al bajar la escalera desembuché lo poco que sabía. En el trayecto de la calle de las Infantas a nuestra casa, Ignacia no hizo más que burlarse de mí con desenfado y gracejo. «Yo creí que esta tarde nos traerías a los dos fugitivos, cada uno por una oreja. ¿Y Sartorius, Zaragoza y Chico no te han dado más que esa luz: que el galán es pintor? ¿Y lo sabes por el gordo Mora?... ¡Pintor! Pues eso yo también lo supe, a poco de salir tú para el Ministerio. Me lo dijo Ceferina, una de las criadas de la prófuga.»

En casa, tratando del mismo asunto, mi mujer, con poca seriedad a mi parecer, me dijo: «Averigua tú ahora qué es lo que pinta ese bandido, y quizás por el género de pintura saquemos el nombre.

—No creo que sea difícil sacar el nombre por el género, y el género por referencias que yo pediré a Federico Madrazo, a Carlos Rivera, o a Jenaro Villaamil...

—Pues no tardes, que ello corre prisa.

—¿Y no te dijo Ceferina si es pintor notable?

—Notabilísimo.

—Pues los chicos que en Madrid descuellan en la pintura se pueden contar. Verás qué pronto doy con ese pillo.

—¿A ti qué te parece?, ¿será pintor de historia, pintor de paisaje, de asuntos religiosos, o de Mitología?

—Me parece a mí —dije viendo asomos de chacota en la sonrisa de mi mujer— que es pintor de historia, y que la pinta al fresco.

—Sí, sí —exclamó ella, rompiendo a reír—, y voy a satisfacer tu curiosidad diciéndote el género... Es pintor... ¡de puertas!

—¡De puertas! ¡Mujer, tú te chanceas!

—No... Pero no vayas a creer que pinta solo puertas. Pinta también ventanas... En fin, Pepe: hablando seriamente: sabemos el oficio, el nombre no. Oye otro dato muy importante: es un chico guapísimo.

—¿Joven?

—No representa más de los veinte años. Decía la Ceferina... y puso los ojos en blanco diciéndolo... que nunca creyó que pudiera existir un mozo tan guapo. Por la descripción que hace del tal, debe de ser un perfecto modelo de la hermosura de hombre.

—Bueno: ¿y cómo entró en la casa? ¿Le llamaron para que diera una mano de pintura al armario de la cocina?...

—No: fue llamado para componer una cerradura, porque su verdadero oficio es mecánico.

—No compondría una cerradura sola.

—Fueron dos, tres o más. Eran cerraduras que no querían dejarse abrir. Parece que lo arregló tan a gusto de Ernestito, que éste le dio el encargo de nuevas composturas. En la casa había molinillos de café y aparatos de asador con mecanismo, que no funcionaban. Pues él lo dejó todo que no había más que pedir, muy a satisfacción de Ernestito y de la señora. Luego le dijeron que buscase un pintor; querían dar una mano de blanco a la galería grande. A esto replicó que no había por qué llamar pintor, pues él era amañado para todo, y también pintaba.

—Eso es verdad. Bien probada está su maña para todo. Bueno; y en eso empleó algunos días...

—Más de cuatro, y más de seis. Observó Ceferina que la señora iba a verle pintar, y con él pasaba ratos largos de parloteo. Cuando las criadas llegaban allí, se callaban como muertos, o solo hablaba la señora para decir: «Maestro, tiene usted que dar otra mano.» En los últimos días, la señora le llevó a las habitaciones interiores para que le barnizara un entredós. No llegó a barnizarlo, y todo se quedó en la preparación, raspando y afinando el mueble con lija...

—¿Y no sabe más Ceferina?

—No sabe más. La fuga fue el lunes por la noche. Salió sola, con un lío de ropa, y dijo a Manuela, la criada vieja, que no volverá más. La hermana de la portera la vio por la calle del Baño andando presurosa con el pintor, cerrajero y alijador... Atravesaron la calle del Prado, y se perdieron de vista en la de León...

—Pues hay una pista segura. Cuando se necesitó en la casa un oficial mecánico para componer las cerraduras, ¿a quién se dio el encargo de buscarlo?

—A un albañil que fue al arreglo de las chimeneas. Este albañil se ha ido a la Mancha. No hay rastro de él.

—El caso es raro, extrañísimo por las circunstancias de tiempo y lugar; pero no nos asombremos de él como de un fenómeno estupendo, no visto jamás bajo el Sol.

—Vamos, Pepe: eres capaz de disculpar la frescura y la indecencia de esa mujer? Yo concedo a las flaquezas humanas todo lo que se quiera; comprendo las pasiones repentinas, la ceguera de un momento, de un día; ¡pero fugarse así... Condenarse a la deshonra para toda la vida, a la miseria...! No creas: yo tengo en cuenta todo, y, entre otras circunstancias, lo guapísimo que es el muchacho. Pues figurándomelo como un perfecto Adonis, todavía no entiendo la pasión de Virginia: ¡Vaya, que enamoricarse de un bigardo semejante, que quizás no sepa leer ni escribir... Apestando a aceite de linaza y todo manchado de pintura... Con aquellas manazas!... Pero ¿no piensas tú lo mismo?

—Querida mujer, me permitirás que reserve mi opinión mientras no conozca el caso por el anverso y el reverso, por la cara que da a la Sociedad y a las leyes, y por la otra cara, generalmente poco visible, que da a la Naturaleza y al reino de las almas.

19 de enero. Concertado tenía yo mi plan de campaña con el gobernador don José de Zaragoza; pero este digno funcionario presentó inopinadamente su dimisión por escrúpulos políticos muy respetables, y como no conozco al nuevo Pilatos, don Javier de Quinto, me entiendo con Chico, jefe de la Policía. Presumo que este inmenso gato, buen conocedor de todos los agujeros donde se ocultan ratones y ratoncillos señalados por la ley, sabrá coger las vueltas a los ladrones de mujeres solteras o casadas. Hace tres días le vi en el Gobierno Civil: concertamos una entrevista en su casa; en ella estuve ayer y hablamos lo que voy a referir.

—Cuénteme, don Pepito, lo que le pasa —me dijo empleando las formas confianzudas a que cree tener derecho por sus años, por su autoridad policíaca, y aun por el miedo que inspira—, y yo veré en qué puedo servirle.»

Expuesto el caso, resultó que ya tenía conocimiento de la *evasión* por referencias de don Pedro Egaña, íntimo amigo de los Socobios, y que había mandado buscar ese rastro, sin resultado alguno.

—Lo que contesté al don Pedro se lo repito a usted, señor don Pepito, a saber: que la política nos ocupa hoy todo el personal, y aun no basta, por lo que nos es muy difícil atender a los negocios de familia.

—Ya, ya comprendo —le dije— que con el cisco que se está armando no tiene usted ojos ni manos bastantes para perseguir y cazar conspiradores...

—Mi opinión es ésta: o suprimir la policía, dejando que haga cada *quisque* lo que le salga de los riñones, o aumentarla hasta que tengamos tantos agentes como españoles existen. Esto está perdido. Desde que cogió San Luis las riendas, se ha desatado el infierno: aquí conspiran progresistas y moderados, paisanos y militares, las señoras *del gran mundo* y los cesantes de todos los ramos, que se cuentan por miles; conspiran los aguadores, los serenos y hasta las amas de cría. Yo digo a los señores: «a las cabezas, a las cabezas...»

—Y a las cabezas apuntan. Ya van saliendo deportados casi todos los generales...

—Que es avivar la hoguera en vez de apagarla. Créame usted a mí, don Pepito, que he visto mucho, y soy, aunque me esté mal el decirlo, *el testigo presencial* de la Historia de España, de la Historia que no se escribe ni se lee... Pues verá usted: las deportaciones no sirven más que para poner en fiebre de revolución toda la sangre de la Península.

—En fin, parece que han salido ya los Conchas, uno para Canarias y otro para Baleares. Infante y Armero también están de viaje. ¿Y O'Donnell, a dónde va?

—Debió salir para Tenerife; pero no hemos podido echarle la vista encima. Se ha escondido, y locos andamos buscándole. Ese irlandés es muy largo... tan largo de cuerpo como de vista. Échele usted galgos.

—Para esa cacería y otras, don Francisco, le sobran a usted agudeza y olfato. Y espero que podrá dedicar parte de su atención a este asuntillo que le recomiendo. Fíjese, en que es un caso grave de violación de la fe conyugal, en que esos loquinarios atentan a lo más sagrado, la familia, el santo matrimonio...

—¡Ay, mi don Pepito de mi alma! —exclamó moviendo la cabeza y golpeando los brazos del sillón—. Dónde está ya en España la moral, la familia y todo ese tinglado! Mire para el Cielo a ver si lo divisa por allá, que lo que es aquí, tiempo hace que volaron las virtudes. Llevo cuarenta años en esta faena, y cada día veo menos virtudes. A veces me digo: «Será que esas señoras no andan por los caminos míos.» ¡Pero si yo vengo y voy por todos los caminos, hasta por las iglesias! Y de palacios no digamos... En fin, que más vale no hablar.

Decía esto el fiero polizonte desfigurando por un instante su rostro seco y amarillo con una sonrisa que adelgazó más sus delgados labios. Sentado estaba frente a mí en un dorado sillón, estilo Luis XV... Mirábale yo con examen casi impertinente; en él veía una figura del pasado siglo, rígida, severa y no falta de elegancia. La chafadura que tiene en la nariz, efecto de la pedrada con que le obsequiaron en su juventud, le da la expresión de mal genio y de carácter torcido, atravesado. Pues luego que echó de su boca los amargos conceptos acerca de la dudosa moral de nuestros días, varió de tono para decirme: «En ese asunto de la señora escapada con un silbante se hará lo que se pueda. Considere que si tuviera yo un millón de agentes, no me bastarían para perseguir los papeles clandestinos, y descubrir quién los escribe, quién los imprime y los reparte. Son una peste las tales hojas secretas. En los años que llevo en este oficio, no he visto desvergüenza mayor... Y, como usted sabe, ya no van las injurias solo contra el *Gabinete*: van contra la misma reina, de la que dicen horrores... ¿Cómo demonios se arreglan para que los papeles lleguen a todas las manos, para que Su Majestad misma se los encuentre en su tocador? Yo no lo sé... Digo, sí lo sé. Es que en Palacio hay manos traidoras, blancas o sucias, que de todo habrá... y el Gobierno no tiene poder para cortarlas o siquiera echarles un cordel... Allí dentro no puede nada Francisco Chico... Yo se lo digo a Sartorius: "Señor don Luis, mire que en Palacio hay mar de fondo y peces muy malos...". Él suspira... Tampoco puede nada.»

Dijo esto poniéndose en pie, forma cortés de señalar el término a la visita. Me despidió con esta útil advertencia, que no he de echar en saco roto: «Y ya sabe, don Pepito: en cuanto adquiera usted alguna noticia por referencia, por soplo, por anónimo, véngase al instante acá. No desprecie usted ningún dato, aunque le parezca mentiroso, inverosímil...»

VIII

24 de febrero. La tempestad que tenemos encima ha lanzado en Zaragoza chispazos que ponen miedo en los corazones. ¿Qué ha sido? Continuación de la Historia de España, sublevación militar. Malo es que empiecen los soldados con estas bromas, porque serán la Historia o el cuento de nunca acabar. Dice la *Gaceta* que la intentona fue sofocada al instante, y lo creo, porque en estos duelos puramente españoles entre la fuerza y la ley, el primer golpe suele ser en vago; el segundo ya se verá. Refieren lenguas, no sé si buenas o malas, que el brigadier Hore, impulsor y víctima del movimiento, contaba con más fuerzas de las que efectivamente arrastró a la sedición, y que los compañeros comprometidos le volvieron la espalda en el momento crítico. Es la eterna quiebra y la eterna inmoralidad de estos arriesgados y oscuros negocios, porque a los que desde el borde de la prevaricación se vuelven a la disciplina, les premia el Gobierno con ascensos y honores. En fin, que al pobre Hore le mataron en las calles de Zaragoza... La *polaquería* se pavonea con su victoria, sin ver el larguísimo rabo que falta por desollar.

Voy creyendo que este Gobierno toma por modelo al de la *Sublime Puerta.* No ha celebrado su triunfo de Zaragoza con actos de clemencia, sino a la manera turca, decretando nuevas proscripciones, y metiendo en las cárceles a cuantos infelices se han dejado coger. Previa declaración del estado de sitio, la policía echó su red para pescar a los periodistas de oposición, y a los directores de los diarios de más ruido. Cayeron Rancés y López Roberts, de *El Diario Español;* Galilea, de *El Tribuno,* y Bustamante, de *Las Novedades.* Los cuatro fueron inmediatamente empaquetados para Canarias. Eusebio Asquerino, que estaba enfermo, pasó de la cama al Saladero, y a Bermúdez de Castro no le valió la procedencia moderada, ni el haber sido ministro de Hacienda en el Gabinete Lersundi: al romper el día le sacaron de su casa, y en silla de postas, acompañado de guardias civiles, fue a tomar aires al castillo de Santa Catalina de Cádiz... Más listos otros, supieron imitar la viveza escurridiza del sagaz O'Donnell, dándose buena maña para no estar en sus casas ni en las redacciones cuando se personó en ellas la policía para ofrecerles cortésmente sus respetos. No han sido habidos Fernández de los Ríos, ni Montemar, ni Romero Ortiz, ni Barrantes, de *Las Novedades*; volaron también Coello, de *La Época*, y Lorenzana, de *El Diario Español*. Pero ninguno de los pájaros perseguidos ha dado tanta y tan inútil guerra como Cánovas, contra quien se desplegó todo el ejército policíaco; ¿sabéis por qué?... Porque en sus conferencias del Ateneo sobre los políticos de la casa de Austria retrató el malagueño a nuestros ministriles en las figuradas personas de don Rodrigo Calderón y del conde-Duque, describiendo tan al vivo y con tan fino matiz de actualidad sus mañas y picardías, que el público lo celebró como una sátira de las picardías y mañas presentes... Desapareció, como he dicho, Cánovas, burlando a los ojeadores y sabuesos. Pero no ha salido de Madrid: en Madrid está; lo sé, y sé también dónde.

He leído a mi mujer estos párrafos, y le han parecido bien. Después nos hemos puesto a hablar mal del Gobierno, y no porque éste nos haya hecho ningún daño, sino por la imposibilidad de sustraernos al enconado pesimismo del medio ambiente. Repetimos todos los horrores que se dicen de Sartorius y de sus desgraciados compañeros, y luego, por fin de fiesta, dirigimos nuestros tiros a la calle de las Rejas, palacio de Cristina, que es, según la fraseología de los papeles clandestinos, el *antro de la corrupción, el inmundo taller de los chanchullos de ferrocarriles*, y más, mucho más... Es un *serrallo*, es un *pandemónium* donde se fraguan todos los *planes maquiavélicos* contra la Libertad. Observamos luego que el sinnúmero de términos estrambóticos, a troche y moche difundidos por periódicos y hojas volantes, traen harta confusión al pueblo, que los oye y los repite ignorando lo que significan. A este propósito me contó Ignacia que la servidumbre de nuestra casa estaba el otro día en gran controversia sobre el significado de la palabra *agio*. Tanto la oyen, que sienten, ¡pobrecillos!, la necesidad de saber lo que es. Entró mi mujer en el comedor de criados cuando más acalorada era la disputa, y Bonifacia, la pincha, pidiole que sacase de dudas a la reunión. «Señorita, ¿quiere hacer el favor de decirnos qué son *agios*? Porque dice la Juana que debe ser algo así como *ajos* echados a perder...» Echose a reír Ignacia, y como Dios le dio a entender despachó la consulta. Pero vino la más gorda. Tiburcio, el mozo de cuadra, planteó a la señorita un problema mucho más grave. «Señorita, ¿quiere decirnos lo que es eso de que tanto hablan los papeles, el *pandemónium*? (y lo pronunció acentuando la última sílaba), porque, como no sea el *pan de munición* que se da a los soldados, no sé qué demonches podrá ser.» Mi mujer se moría de risa, y no pudo explicarles lo que es *pandemónium*, porque ella tampoco lo sabe.

—Bueno, querida mía —dije yo a mi cara mitad, cuando acabamos de reír—. Estas jocosidades de la plebe también tendrán un hueco en mis *Memorias*.

Pues, hijo, mal historiador de tu tiempo serías si no lo hicieras. En nada de lo que ves y oyes hay tanta Historia como en eso que te he contado de los *agios* y del *pandemónium*. Ya ves: ¡un pueblo que pide las cabezas de sus gobernantes sin saber de qué se les acusa!

—¡Sí lo sabe, sí lo sabe! El pueblo, que no es solamente la clase inferior de la sociedad, sino el conjunto de todos los seres que se llaman españoles, la gran masa nacional, posee la percepción clara de la conducta de sus mandarines. ¿Cómo adquiere este conocimiento? Ello ha de ser por fenómenos morbosos que nota en sí misma, estados eruptivos, congestivos, qué sé yo... por algo que le duele y le pica... Este picor doloroso es la conciencia nacional... Este picor dice: «los que me gobiernan, me engañan, me tiranizan y me roban.» La gran masa todo lo sabe. Poco importa que los menos instruidos desconozcan el valor de algunas voces. El enfermo, cuando algo le duele, tampoco sabe designar su dolor con el terminacho científico que le dan los médicos.

—Está muy bien, gran Pepito. Y ahora, ¿por qué no empleas tu perspicacia en buscar a Virginia, para que sus infelices padres tengan algún consuelo?... Tanto hablar, tanto ir y venir los primeros días, y después nada.

—Yo no soy policía. Habrás visto que, en estos tiempos, Dios guarda las espaldas a los que huyen, y protege a los escondidos. Si hay una nube providencial para O'Donnell y Cánovas, haya también para Virginia y su pintor... *El pintor de su deshonra*. Yo continúo estudiando el caso, que es singularísimo, y hoy mismo he descubierto un dato muy importante. Voy a decirlo: esta tarde he visto al *Joven Anacarsis* guiando un carricoche en la Castellana. En su rostro epíscopo infantil vi pintada una tranquilidad seráfica y un evangélico menosprecio de los juicios de la opinión. Ya veo claro que Virginia, no aviniéndose a tener por marido a un marmolillo, lo ha tirado al arroyo.

—Pepe, no desbarres... ¡Vaya una moral que sacas tú ahora! Cierto que los Rementerías, hijo y padre, están más frescos que una lechuga. Anoche dio don Mariano José una gran comida...

—A la que asistieron, lo sé, la flor y nata de la *polaquería*: el imponderable Domenech, ministro de Hacienda; Saturnino de la Parra, y Eduardo San Román... También se atracó allí, como de costumbre, el cetáceo Mora, y a los postres, al olor del riquísimo café y de los puros de a cuarta, acudió el brigadier Rotalde, que ahora pide la bicoca de ochenta mil duros por las obras del Teatro Real... Y me dice el corazón que se los van a dar. ¡Viva *Polonia*!... Volviendo a Virginia y al *pinturero*, te diré que me alegro de que no parezcan.

—¡Pepe, Pepito!... Si no fuera por el aquél de que eres mi marido, te tiraba un arañazo... No me hagas reír.

Marzo de 1854. ¡Bomba, bomba!... ¡Gran novedad, estupenda noticia!... No, no es cosa de la Revolución... Digo, revolución es; pero no la chica, no la de liberales, o sean *chorizos* contra *polacos*, sino la grande, la de... Ha llegado otra carta de Virginia.

La trajo el correo interior... Aquí la copio, retocándole la ortografía: «Pepillo, mala persona: ¿con que se pone en movimiento la policía para buscarnos? Fastídiate, que no nos encontrarán... Porque recibas ésta con franqueo del Interior, no vayas a creer que estamos en Madrid. Buenos tontos seríamos, y tú más simple que las habas si lo creyeras. Vivimos muy lejos de esa Babilonia sucia; pero no tan lejos que no nos llegue el mal olor... Ya sabemos que se está armando una muy gorda. Yo le pido a Dios y a la Virgen que *haiga* revolución, que *haigan* tiros, y que escabechen a tantos *lairones*... Quiero que por mi manera de escribir comprendas que me estoy *golviendo* muy ordinaria. Es lo que deseo: *jacerme* palurda, y olvidarme de que fui señorita del pan *pringao* y señora *de poco acá*.

«Para que tú rabies, y hagas rabiar a otros contándolo, te diré que estoy contenta, fuera de la penita que me da el no saber de mis padres. Harás el favor de decirles que me acuerdo mucho de ellos, y les deseo paz y salud. La mía es buena. ¿Quieres que te cuente mi vida? Pues lee. Dos semanas llevamos albergados en un magnífico garitón, llámalo más bien pajar, donde no pagamos alquiler. Nos han dado esta espaciosa vivienda de teja vana y paredes de tablas, con la condición de que trabajemos. ¿En qué? No te lo digo. *Él* y yo trabajamos, y sin gran apuro nos ganamos la casa y el sustento... Dormimos tranquilos, nos levantamos antes que el Sol, y oímos los canticios de las aves del Cielo, que nos regocijan el alma. Rendidos nos acostamos a la entrada de la noche; y como a nadie envidiamos ni nadie nos envidia ni tenemos cavilaciones, nos coge pronto el sueño... Hay aquí un prado verde por donde yo ando descalza, Pepe, riéndome mucho de los zapateros. ¡Vaya con el negocio, que harán conmigo! El viento me despeina y me vuelve a peinar: es un peluquero *à la dernière*, que no pasa la cuenta como *Monsieur Pinaud*, el de la calle de las Infantas... Más abajo del prado pasa un río, en el cual me meto yo hasta las rodillas y lavo mi ropa y la de *Él*. Luego la tiendo al Sol, y con este aire bendito, pronto se me seca, y me la traigo a casa más blanca que la nieve... ¡Ay, Pepe!, ¡de qué buena gana te convidaría a las sopas que hago yo al anochecer en mi cazuela puesta sobre una trébede!... No has comido nunca cosa más rica. Le pongo de todo lo que encuentro, y encima nuestra alegría, que es la sal, y nuestro buen diente, que es el picante. Son unas sopas que *ajuman*. Ya ves qué fina me estoy volviendo. Bueno; pues te lo diré en francés: cenamos *potage aux finis yerbis*, y luego alabamos a Dios, acostándonos en nuestra cama grandísima, que también es de *yerbis*... Sabrás que no la cambio por la de la reina.

»¡Qué gusto tan grande no tener que ocuparse de lo que dirá don *Efe* y don *Jota*, ni de lo que murmurarán las de *Eme*! Este vivir libre y sano no lo conoces tú, ni ninguno de los desgraciados que se pudren en ese presidio, condenados a pensar en el sastre, en la modista, en lo que traerá el cartero, en lo que dirá el periódico, en si cae el Gobierno, en las pisadas del aguador y en el precio de la carne... Solo de pensar que he vivido de ese modo, se me nublan las alegrías... ¡Ay, Pepe!, para que le puedas decir a Madrid todo mi desprecio, te pongo aquí una larga fila de *emes*...

«Con que, mi buen Pepín, haz el favor de poner a un lado la moral, o *morral*, que gastáis vosotros para disimular tantos crímenes, y dejarnos aquí en paz, o donde estuviéramos. ¡Cuidado con echarnos la policía! Nosotros no hemos hecho daño a *naide; semos* libres, y el único que podría perseguirme, que es ese *Caranarsis*, o *Acanársilis*, ya no me acuerdo, no dará ningún paso contra mí, por la cuenta que le tiene.

»Y ahora, señor *morralizador*, allá van memorias para los que por mí preguntaren. Al Ernesto, aunque no pregunte, le dirás que estoy muy contenta desde que le he perdido de vista, y como cosa tuya le das una palmadica en las mejillas sonrosadas. A mi suegro, director de *La Previsora*, por mal nombre *El Robo ilustrado*, le darás expresiones. Paréceme que le tengo delante cuando, después de atracarse como un buitre en las comidas, se lleva la mano a la boca con finura para tapar un regüeldo. Con las expresiones le darás un papirotazo en las narices... Como cosa tuya, se entiende. Y si quieres que después del papirotazo te dé don Marianico las gracias, asegúrate la vida aunque sea por dos cuartos al año... A todos los que suelen ir de comistraje a la maldita casa donde tanto pené, les das mis recuerdos, y con disimulo les metes pica-pica por el cuello de la camisa, para que se estén rascando tres días con sus noches. Eso pensé yo hacer con el ministro de Hacienda, señor Domenech; pero no me atreví. Me parece que le estoy viendo, tan pulcro, tan tiesecito, sin juego de la bisagra del pescuezo. Siempre que tiene que mirar a un lado, ladea todo el cuerpo... Al gordo don José Mora, memorias también, y que deseo que alguien le dé una patada y que vaya rodando, para que reviente y podamos ver lo que lleva dentro de aquel barrigón... A mi tía Cristeta, que es una enredadora, de ti para mí, y la que lleva los chismes a Palacio, le dirás que le deseo una pulmonía. Ella es, para que lo sepas, la que mete en la cámara de la reina los papeles clandestinos, y al mismo tiempo alcahuetea en otras cosas. Es mi tía y no digo más. En señal del amor que le tengo, te encargo que le levantes las enaguas y le des una buena solfa en semejante parte... Expresiones a la Puerta del Sol, que yo vea convertida en hoguera donde se achicharre tanto pillo; expresiones a la Cibeles, llevándole de mi parte un poco de cordilla para sus leones; memorias al *salooon* del Prado, y le pongo muchas oes para expresar lo que me he aburrido en él; y memorias a los teatros. Te vas a cualquiera, y echas una mirada al público, y le dices de mi parte que estoy contentísima de no verle. Doy gracias a Dios porque me ha concedido oír el ruido del viento en vez de oír palmadas, y el *jipío* de las actrices...

«Pepito, siento que no conozcas una cosa que yo he descubierto y disfruto en algunos instantes, después que me tomé lo que era mío: mi preciosa libertad. ¿No sabes lo que es esto que yo disfruto y tú no? Pues

58

es la alegría, una onda fresca que sale del fondo del alma y te embriaga, y te hace más enamorada de lo que amas, y más... En fin, no sé decirlo. Tú lo entenderás, porque, como buen entendedor, ya lo eres.

«Si yo supiera que tranquilizabas a mis padres y les convencías de que no deben llorarme, sería completamente dichosa, y te estaría muy agradecida. Hazlo, por Dios, Pepe; hazlo por tu niño y por tu mujer. A esos tus seres queridos, mando abrazos y besos. Y ya sabes que, sin saber dónde, tiene *dos* buenos amigos: te lo dice la que lo fue y lo es... Virginia.»

IX

Marzo. Mi mujer y yo:

—Ese idilio... ¿no se dice *idilio*?, será interrumpido, cuando menos lo piensen, por la Guardia Civil.

—La Guardia Civil, mujer, está ahora muy ocupada con otros idilios.

—Según eso, ¿tú crees que les durará la libertad, y que esa alegría, de que habla la muy bribona, será eterna? ¿Crees que se pueda vivir en ese salvajismo, sin que les salgan mil calamidades, la miseria, la envidia y las malas voluntades de los pueblos, y acaben por hacerse aborrecibles el uno al otro, y maldecir la hora en que se juntaron violando...?

—Acaba, mujer; es frase que se dice sola: *violando todas las leyes divinas y humanas...*

—Yo, qué quieres, dudo que tanta dicha sea verdad. ¿Sabes lo que es esa chica? Una gran embustera. ¡Sabe Dios, sabe Dios cómo estarán! Llenos de miseria, con más hambre que Dios paciencia, y deseando que la Guardia Civil les coja y les lleve bajo un techo de abrigo, aunque sea la cárcel.

—Yo creo lo contrario: que viven pobres y felices, sin ambición, sin cuidados. En la vida complicada, presa en mil artificios, a que nos ha traído la civilización, hemos perdido la idea de la verdadera felicidad.

—Podrá existir la felicidad en un mundo en que todos los seres sean salvajes y buenos; pero ese mundo, ¿dónde está? A las puertas de las ciudades, el salvajismo no puede existir, y si existe tiene que ser de corta duración.

—Quizás; no te digo que no. Nos falta saber en qué se ocupan ella y él, y con qué especie de trabajo se ganan la vida. ¿Son labradores, poseen algún ganado? Esto no lo dice la carta. Supongo que donde ellos viven no habrá puertas que pintar, ni cerraduras que componer.

—Habrá otras cosas y otros oficios; vete a saber... Ya sabes lo que él dijo: «soy amañado para todo.» Puede que sea leñador o carbonero; que recoja hierbas para los boticarios; que pesque anguilas o sanguijuelas. Di otra cosa: ¿en la carta no habla de viñas?...

—No nombra viñas, ni dice que beban vino.

—Lo pregunto por ver si los datos de ella casan con uno que hoy me han traído... Dato importante, que puede dar mucha luz... Pues verás: ya te dije que las criadas de Virginia me hablaron de una lavandera que por aquellos días iba mucho a la casa, madre de la Casiana, que a nosotros nos sirvió el año anterior. La hemos buscado: dimos ayer con ella... Nos ha dicho que una tarde, entrando en la galería donde el pintor estaba dale que dale a la brocha, le oyó decir, como respondiendo a una pregunta que ella le hizo acerca de su familia... De él: «Tengo una hermana casada con un rico de la Villa del Prado.» Y ella dijo: «Pues ya le mandará a usted buenas uvas.» Por eso te pregunté si en la carta habla de viñas.

—A juzgar por la carta, el sitio en que están no revela la vecindad de una hermana rica, ni de nadie que verdaderamente les ampare. La vida salvaje y mísera de que habla Virginia debe de estar lejos de toda ciudad, villa o villorrio. Presumo yo que es en la falda de la Sierra... En lugar medio despoblado.

—Por sí o por no, llévale pronto este dato al señor Chico, o al gobernador de la provincia, para que pidan informes al alcalde de allá, o a cualquier conocido... Todo es empezar, Pepe... Verás cómo de una referencia sale otra, y al fin la verdad y el escarmiento de esos pícaros. Valeria, en cuanto supo el dicho de la lavandera, se fue a ver a unas amigas, que son de un pueblo próximo a ese de las uvas: Cadalso... ¿Hay un pueblo que se llama Cadalso?... Pues las amigas han quedado en escribir... Y ya que hablo de Valeria, Pepe, tengo que contarte... Hoy me he cansado de reñirla. Figúrate: los padres están chochos con ella. Naturalmente, es la honrada, es además la única, porque a la otra la tienen por muerta. Y ella, la muy ladina, se aprovecha... Sabrás que le ha entrado el delirio de la casa elegante, de los muebles de última moda, cortinas a la *Gobelín*, alfombras de moqueta, y reclinatorio y estantitos maqueados... Sin contar otras elegancias y refinamientos. No hay mañana que no eche dos o tres horas a tiendas.

—Historia, hija, Historia de España. Sigue.

—Ya sabe que los padres no le niegan nada. Es la buena, es la honrada, es la única. Si les ve reacios, allá van cuatro carantoñas, y ya tienes catequizados a los pobres viejos. Con una mano se limpian la baba que se les cae, y con la otra sacan y acarician la bolsa, que solo se abre para la niña. Ésta les besuquea, y corre a las tiendas a pagar lo que debe y a traer más, más...

—Historia de España... iy qué Historia! Adelante.

—Ayer me la encontré en casa de los *Hijos de Sobrino*, en Majaderitos, donde fui a comprar tela para los delantales del niño, y en poco más de un cuarto de hora hizo Valeria compras de batista superior para camisas, y de adorno en blanco, por valor de mil y cuatrocientos reales... Después fue a la perfumería de Quiroga, y se dejó una buena porrada de duros.

—Historia nacional, retrato del pueblo español... Sigue... Entre paréntesis: a Valeria le ha sentado bien el matrimonio; se ha puesto muy linda.

—Es una monada... Pues sigo. Como yo, cuando me intereso por una familia, no reparo en tomarme todas las libertades, también he reñido a Navascués... Como lo oyes: iayer le eché una andanada!... Al hombre, un color se le iba y otro se le venía. Pues ¿no es un dolor ver que esa pobre niña no halle distracciones y alegría más que en las tiendas?... Y todo porque al zángano del marido se le cae encima la casa, y no sabe vivir fuera del Casino y los cafés, demente con la dichosa política. ¿Sabes, Pepe, que, a mi parecer, este joven va por mal camino? ¿Quién le mete a regenerador de la patria? ¡Lucida estaría esta pobre enferma si sus médicos fueran capitanes y tenientes! Navascués es de los que creen que, echando a los *polacos*, ataremos aquí los perros con longaniza... Pues en los *Dos Amigos* le tienes mañana, tarde y noche... Me lo ha dicho él mismo con una ingenuidad que le honra... Allí le tienes *siguiendo paso a paso*, son sus palabras, *el movimiento revolucionario*, y sacando la cuenta de los comprometidos, de los que no quieren comprometerse... O mucho me engaño, o este joven nos dará el mejor día un disgusto.

—A mí no. Sigue, hija, sigue: tu capítulo de Historia no tiene desperdicio.

—Yo le he puesto de vuelta y media... «Usted es un simple, Rogelio, o un ambicioso vulgar; y si no es esto, seguramente será otra cosa peor. Todo militar que no se encierre en la esclavitud de la disciplina, es un perjuro... A usted le han dado esa espada y le han puesto ese uniforme para que defienda la ley, no para que se meta locamente a cambiarla. ¿Quién es usted para cambiar la ley? Eso es cuenta de otros. Usted no sabe una palabra de leyes, ni ha cogido jamás un libro, como no sea el de la Táctica. ¿De dónde saca toda esa palabrería que ahora usa? Quisiera yo poder oír, por un agujerito, las gansadas que usted y sus amigos hablarán en el café... Ya puede andarse con cuidado. El mejor día le recetan los aires lejanos de Filipinas, o le encierran en una fortaleza, si no es que el niño se va del seguro, y entonces, ¡pobre Rogelio!, sus cuatro tiros no hay quien se los quite.»

—Ese caso no llegará, porque triunfarán los sublevados... Ahora toca triunfar; lo asegura el historiador... y Navascués tendrá el ascenso que busca. Si he de decirte lo que siento, Ignacia, los militares, siguiendo la rutina histórica, no van a cambiar la ley, sino a restablecerla, a levantarla del suelo en que arrojada fue por la *polaquería*. Esto debe hacerlo el pueblo, la masa total; pero aquí nos hemos acostumbrado a que el pueblo delegue esa función en los militares, y ya no es fácil cambiar de sistema. Lo que te digo es un hecho, que arranco de las entrañas de la Historia efectiva, muy distinta de esa otra Historia que sale al mundo cubierta de artificios, como una vieja que se adoba el rostro, y todo lo lleva postizo, empezando por el lenguaje. Los militares se sublevan cuando la Nación no puede aguantar ya más atropellos, inmoralidades y corrupciones, y en estos casos el brazo militar triunfa, sencillamente porque debe triunfar... Y con esto dimos fin a nuestra charla sabrosa, porque llegó la hora de comer, que todo llega en este mundo.

Abril. Apenas salgo del fastidioso ataque de reúma que me ha tenido cerca de un mes condenado a encierro, tristeza y emplastos de belladona, me decido a vaciar mis pensamientos sobre el papel de estas *Memorias*, donde me atormentarán menos que amontonados en el caletre. Allá voy con el material histórico que almacenado tengo aquí; y empiezo por afirmar que la conspiración continúa su labor profunda, pero no se la ve, porque se ha metido bajo tierra y...

Espérense un poco, que aquí llega, como llovido, un asunto al cual es forzoso dar la preferencia. ¿No lo dije? Cartita de esa loquinaria, de esa que ha hecho mangas y de los santos principios, de esa, en fin, que ahora la gaita de resucitar la edad de oro, funesta para los sastres y maestros de obra prima... Llevo la epístola a mi mujer, que la lee en voz alta. Dice así:

«¡Ay, Pepe, déjame que te cuente las amarguras que he pasado! Te horrorizarás cuando leas esta carta y me tendrás mucha compasión, ¿verdad que sí? Aplacado el sufrimiento mío, puedo contártelo, para que lo sepa María Ignacia, y lo sepan también mis padres y hermana. Tan desgraciada he sido, que creí que Dios me castigaba cruelmente; mas ahora veo que no ha sido castigo, sino prueba, y que de ella sale mi alma como de un crisol, con lo que ahora está más fuerte, más brillante; y si no lo crees, entérate de lo que te escribo... Pues sabrás, Pepillo, que hará hoy catorce días, a punto de anochecer, vino del trabajo mi *Ley* muy alicaído, con la cara arrebatada y quejándose de un horrible dolor de cabeza. (Pongo este paréntesis, querido Pepe, para decirte que le llamo *Ley*, porque de algún modo he de llamarle, que ahora de él tengo que hablar, y me será preciso nombrarle a menudo; conque *Ley*, ya sabes.) Su piel abrasaba, y transido de frío daba diente con diente. Le hice acostar y le arropé lo mejor que pude. Todo se me volvía decirle: «*Ley*, ¿qué tienes?» y él no me respondía: estaba como aletargado, de la fuerza del dolor y de la calentura... Yo, como puedes suponer, angustiadísima; hazte cargo... *Ley* enfermo; *Ley*, que es mi vida, como si fuese a perder la suya. ¡Y yo sin tener a quién volverme, ni a quién pedir socorro; yo sola con él, y sin médico ni botica... Con las estrellas encima por únicos testigos de lo que me pasaba!...

»En fin, para mis adentros dije: aquí yo con mucho valor, y sobre mí y sobre mi *Ley*, la voluntad de Dios. Lo primero fue calentar agua: afortunadamente tenía un poco de azúcar morena, como unas dos libras; tenía también algo de vino. Pues a darle agua templada con azúcar y unas gotas de vino; no había otra cosa: el corazón me decía que aquello era muy bueno... La noche, ya puedes figurarte cómo fue. *Ley*, abrasado de calor, a destaparse, apartando con sus manos la paja y la única manta que tenemos, agujeradita; yo a volverle a tapar, y a darle calor con mi cuerpo. Te advierto que nuestra habitación es como una jaula, y que por los costados y techo, las troneras y rendijas dejan entrada libre a los aires de Dios. Y la noche era ventosa; no quiero decirte más...

»En fin, Pepe, lo que te cuento fue principio de una larga y malísima enfermedad, que no sé cómo se llama, pero para mí que es algo como tabardillo; y si en los primeros días pareciome que no iba peor, de repente le entró una tan grande agravación, que llegué a creerme que me quedaba sin *Ley*... ¡Dios mío, lo que he penado! Ahora que pasó todo, pienso que Dios no está en contra mía, sino a favor: buena prueba me ha dado de ello. Yo no tenía recursos, ni a quién llamar en mi auxilio. Como a distancia de medio cuarto de legua están los vecinos más cercanos. Son dos viejos, marido y mujer, con un nieto enano, idiota y casi mudo, pues solo dice *mu*, como los animales. Corrí a darles aviso; fueron a verme; lleváronme unas patatas, más vino, hierbas de malva para cocimiento, hierbas de sanguinaria y pan. Después no volvieron, y mandaban al mudo a que preguntara... ¡Pues fueron ocho días, Pepe, que me parecieron ocho siglos! Cada tarde creía yo que mi *Ley* anochecía y no amanecía, y por las mañanas pensaba que no vería la tarde. No puedes imaginar mi angustia. Siempre he querido a *Ley*: figúrate si le amé, que por unirme con él tiré al arroyo familia, sociedad, posición, todo. Luego de unirnos, le quise más, sin que mi amor flaqueara ni un punto en ninguna ocasión. Pues viéndole con aquella enfermedad terrible; viendo que se me moría por momentos, sin que yo pudiera evitarlo, le quería y le adoraba de una manera tan loca, que yo no sé, Pepe, no sé que haya palabras con que expresártelo. Y cansada ya de pedir inútilmente a Dios y a la Virgen que no me quitaran a *Ley*, les pedí con muchísimo fervor que me llevaran a mí también en el instante en que él muriese...

«El día y las dos noches en que llegó al extremo peligro, si muere o no muere, noches y día que no puedo señalar, porque para mí no hay almanaque, ni fechas, ni nada de eso, los pasé como puedes figurarte, abrazada a mi Ley, queriendo darle vida con mi aliento, fija la vista, fijo el oído en su respiración fatigosa, que a cada rato me parecía con un compás más lento, y yo no cesaba de pensar que una de aquellas respiraciones sería la última. Cuando no hacía esto, ponía yo en limpiarle toda mi atención: pensaba que limpiando su cuerpo de la miseria de la enfermedad había de salvarle... Y entre tanto, a lo que llamaré mi casa, por darle algún nombre, no llegaba más que el mudo, que desde la puerta decía *mu*, y con él un perro que se colaba dentro y me revolvía todo. El mudo me veía llorar, y corría con la noticia de que *Ley* se estaba muriendo. Yo decía: «¿Pero tan mala soy, Señor, que así me abandonas?» A la Virgen de los Dolores, a quien siempre he tenido devoción, le rezaba yo con todo el fervor de mi alma para que me amparase, y me la figuraba con la imaginación, por no tener delante efigie ni estampa en que fijar mis ojos... En la madrugada del último día, viendo a *Ley* que, después de una gran congoja, se quedó atontadito y como si durmiera, me puse de rodillas, y a grandes voces pedí a la Virgen que me socorriese, dejándome la vida de *Ley*, o llevándose la mía con la suya. Después de amanecer, le acometió otra congoja tan fuerte que pensé que de ella no volvía... Le di agua con azúcar, que era toda mi farmacia, y se le calmó la sofocación. Pareciome que respiraba mejor. Dijo algunas palabras, le di muchos besos, y me reí para ver si le hacía reír.

«El resto de la mañana fue de mayor tranquilidad. A ratos me hablaba, diciéndome con mimo que no me separase de él; que no le hacía falta médico, ni medicinas, ni nada más que verme. Viéndome, creía el pobre que se iría curando... Por fin, a la tarde, observándole despejado y con más animación en los ojos, tuve alguna, muy poca esperanza; pero yo me empeñaba en aumentarla pidiéndole a la Virgen y al Señor Crucificado que, después de darme aquel poquito de esperanza, no me la quitasen. A la noche, *Ley* no tuvo recargo; se despejó mucho, se le animó el rostro, crecieron mis esperanzas... Me andaba por toda el alma una luz divina. Me quedé dormida junto a *Ley*, tan rendida estaba de tantas noches, y él se durmió también. Yo desperté primero, y estuve un gran rato mirándole dormir, y escuchándole la respiración, que ya era sosegada... Despertó *Ley*, y echándome los brazos me dijo: «*Mita*, de ésta no muero...» ¡Ay, qué alegría se me metió por los oídos y por los ojos, viéndole y oyéndole! Desde aquella madrugada, ya las esperanzas fueron a más, a más, hasta que he visto a mi *Ley* salvado... y con mi *Ley* salvado, ya soy tan feliz, Pepe, que no cambio mi choza por todos los palacios del mundo. Y viendo que la Virgen y el Señor han librado de la muerte a *Ley*, por el afán y dolor grande con que yo se lo pedí, bendigo mi pobreza, bendigo mi soledad, y no quiero otra vida ni otro mundo.

«Ahora que *Ley* se va fortaleciendo, y sacudió aquel terrible mal, todo me parece bueno, todo muy bonito; y cuando el viento entra silbando en mi alcázar por los huecos y rehendijas, se me antoja que viene a felicitarme por haber arrancado a *Ley* de la muerte, con la ayuda de Dios, sin más medicina que mi cariño y las agüitas azucaradas; y presento mi cara a los vientos para que me la besen, y les digo: «Venid, aires del Cielo, a ver a *Mita* contenta...»

X

Suspendió María Ignacia la lectura, y llevose la mano al pecho, como si el aliento le faltara. Un ratito estuvimos los dos silenciosos, mirándonos. Yo fui el primero en vencer la emoción.

—¿Qué piensas de esto? —le dije—. ¿Te parece que debemos apurar las averiguaciones del sitio en que están, para que pueda ir allá la Guardia Civil y traerles codo con codo?

—Eso no... ¡pobrecitos! Sepamos dónde están para mandarles un par de mantas, ropa, comida... Pero ¿no vivirían mejor en un pueblo, por miserable que fuera?

—Ya ves que no les va tan mal en ese despoblado. Es muy probable que en un villorrio, asistido *Ley* por curanderos o veterinarios, y metido en un local fétido, no habría escapado de la muerte, mientras que, en la choza ventilada, el cariño de *Mita* y las agüitas con azúcar le han sacado adelante.

—¿Y por qué la llamará *Mita*? ¿Qué quiere decir *Mita*?

—Contracción será de algún nombre cariñoso, inventado por él. Estos amantes libres, por borrar la última relación con el mundo que abandonan, suprimen hasta sus nombres de pila.

—Sigue leyendo tú: aún faltan dos carillas... Yo no puedo más. ¡Siento una opresión... y unas ganas de llorar...!

Aquí va el resto de la carta, que yo leí: «Desde que vi a *Ley* fuera de peligro de muerte, hasta que se recobró y fortaleció, volviendo a ser lo que era, han pasado otros ocho días, en los cuales he tenido que discurrir mucho para sacar adelante a mi amado convaleciente. Pero como ya estaba yo tranquila y contenta, por nada me afligía, y el afán de las dificultades lo compensaba el gusto de vencerlas. Era forzoso alimentar a *Ley* para que recobrara sus perdidas fuerzas y se le renovara la sangre. Pero carecíamos de todo recurso, y no había más remedio que buscarlo... Yo seguía pidiendo socorro a Dios y a la Virgen, y éstos, a mi parecer, me decían: «busca y encontrarás.» Porque no habían de traérmelo los ángeles... Acudí primero a los vecinos de que antes te hablé, y me dieron pan, cebollas y un poco de vino; esto no me bastaba. Algún alimento más delicado necesitaba mi enfermo.

»En esto, llegó un día que me sonó a domingo; en esta soledad conozco los días de fiesta por los sones de campanas que el viento me trae... De campanas llamando a misa en pueblecitos que están distantes. Pero el viento, unos días más que otros, trae los toques de campana tan al vivo, que parece que las tienes a un tiro de fusil. Yo le dije a mi *Ley*, después de arroparle bien y darle unas sopas en vino: «Hoy es domingo, *Ley*: si tú me prometes estarte aquí bien tapadito, sin que te entren tentaciones de echarte fuera, yo me voy a la iglesia que campanea, y en ella oiré misa y daré gracias a Dios por haberte curado. Y como en derredor de esa iglesia ha de haber un pueblo, después que oiga misa buscaré almas caritativas que me den algo para tu alimento.» Y *Ley* me dijo: «Mita, ve a la iglesia que campanea y da gracias a Dios por haberme salvado. Después buscarás almas caritativas que nos socorran. Te prometo no moverme; pero no tardes más de lo preciso, que estaré muy triste sin ti...» Dejándole tan conforme me puse en camino. Era un día, Pepe, que... Me río yo de lo que llamáis días buenos en ese Madrid pestilente... yo no sé decirte cómo aquel día era. Mucha luz, un Sol que consolaba sin calentar demasiado, y un aire fresco que, sin alborotar, hacía ruiditos mansos en las encinas... Los pajarillos, las maricas y los cuervos, tan contentos todos, buscando cada cual su remedio... Pues, señor, anduve, anduve, siguiendo la dirección que me indicaban los toques de campanas, y llegué por fin a un cerro, desde donde divisé un campanario, y otro más allá... pero la torre más cercana distaba todavía como un cuarto de hora... No se me apartaba del pensamiento mi pobre *Ley*, allá tan solito, y los minutos que tardara en volver a su lado me parecían siglos. Calculé que si me llegaba hasta el primer campanario, se me iría toda la mañana; y estando en estos cálculos del tiempo y la distancia, tuve una inspiración, Pepe... tuve la idea de oír mi misa en el mismo cerro donde me hallaba. Me arrodillé, mirando al campanario, y rodeada del Sol y el viento, con tanto mundo de campiñas y montes delante de mis ojos, le dije al Señor y a la Virgen todo lo que se me ocurría... que no fue poco... y cosas muy sentidas y de mucha religión se me vinieron al pensamiento, y del pensamiento a la boca, puedes creérmelo.

»Cuando yo estaba en lo mejor de mi misa, sonaron más las campanas próximas y otras lejanas, como si hubiera gran festejo y procesión... De rodillas estuve un largo rato, y al concluir mi misa, pensaba que por allí cerca encontraría el socorro que necesitaba para *Ley*. Yo había visto dos casitas; las volví a mirar: eran blancas, y sus chimeneas echaban humo... Bien podía ser que en ellas vivieran almas caritativas... No había dado yo cuatro pasos hacia las casitas, cuando sentí son de cencerros, y vi que por el cerro subían cabras; tras ellas venían dos hombres y un chiquillo. No creas que me dio reparo de pedirles limosna. Les conté lo que me pasaba, y que había dejado a *Ley* acostado, convaleciente de una terrible enfermedad. Les rogué que, por el amor de Dios, me dieran un poco de leche, que yo sé trabajar. «*Ley* también sabe —dije—, y en cuanto se ponga bueno trabajaremos y pagaremos la leche que nos den.» El más viejo de los pastores, alto y huesudo, con unas barbas muy grandes, que parecían las del Padre eterno, se encaró conmigo, y poniendo la cara como de enfadarse, y echando un vozarrón que atronaba, me dijo: «Alguna leche le diéremos, mujer; mas no trujo cuenco para llevarla. ¿Llevarla ha en el pañizuelo?» Yo le contesté que no había traído cuenco porque no pensé encontrar rebaños; pero que pediría me prestasen un jarro en aquellas casas de abajo. Y él entonces, echando el vozarrón más fuerte, y enarbolando el palo como si quisiera pegarme, me dijo: «Arrea *cacia ti*, mujer, que allá te daré la leche.»

«Hacia casa me vine, y conmigo el viejo parecido al Padre eterno, y las cabritas, que eran cuatro, muy saltonas, con las ubres contoneándose entre las patas. Por el camino hablamos poco; el viejo echaba un cantorrio entre dientes. Me preguntó cómo me llamo, y le contesté que me llamo Ana. Nunca declaro mi verdadero nombre. El dijo: «Arrea, moza, que tengo priesa... Voy a bajarme con mis cabras a...» (callo este lugar, que es un soto junto al río). Pues llegamos a casa; me adelanté corriendo para ver si *Ley* estaba bien arropadito, y le encontré lo mismo que le había dejado... y tan contento de verme. No necesité decirle lo que le traía, porque cuando el viejo y sus cabras entraron en mi guarida, ya tenía yo dispuesto un cazolón bien lavado para la leche que el buen pastor quisiera darme.

»Sin decirnos nada, se puso el hombre a ordeñar, y yo a tener el cazolón y a ver cómo salían de los pezones de las ubres los hilos de leche, alternando uno con otro y cayendo con fuerza dentro de la vasija. A medida que ésta se iba llenando, los chorritos levantaban espuma. ¡Ay, Pepe!, lo que entonces sentí, no puedo explicártelo... Viendo los chorritos de leche, y oyendo la musiquita que hacían, aquel rasgueo y aquel *chirrís-chirrís*, se levantó en mi alma una alegría tan grande, tan grande, que no podía yo tenerla dentro, y me eché a llorar... Mis lágrimas corrían silenciosas. No había más ruido que el de los hilos de leche... Ordeñada una cabra, luego fue el hombre con otra... «Basta, señor», le dije yo con toda mi alegría y mi agradecimiento y mis lágrimas, que no acababan de correr... ¡Ay, Pepe, Pepillo loco!, esta alegría, ni tú ni María Ignacia la habéis sentido nunca, ni sabéis lo que es...»

Suspendí la lectura viendo que mi mujer, vencida de su grande sofocación, rompía en llanto, y con su gesto me decía que callase. Hicimos un descanso, sin cambiar observación alguna, hasta que al fin María Ignacia, recobrado su aliento, pudo decirme: «¡Qué pena siento, Pepe, qué vacío tan grande aquí!... ¡Pobre *Mita*! Una duda tengo todavía: después la sabrás... También me extraña mucho que en la miseria de esa choza, donde se carece de todo, haya papel, tintero y pluma para escribir carta tan larga.

—Espérate un poco. Pasando la vista por el pliego último, me parece que he visto la palabra *tintero*. Si te parece, acabaré. Ya falta poco.» Sigo leyendo: «Puse a cocer la leche, y todo el día estuve dándole a *Ley* racioncitas cortas y frecuentes, marcando el tiempo con el reloj de mi cuidado. ¡Oh, cómo le gustaba la leche y cómo se relamía de gusto, pidiéndome más, más! Por horas, por minutos, le veía yo reponerse... Pues al siguiente día, a punto del amanecer, el viento me trajo son de esquilas. Salí a ver, y era el *Padre eterno* que venía con sus cabras a darnos más leche. «No te apures, Anica —me dijo con su vozarrón, viéndome algo confusa ante tanta bondad—. Ya me la pagarás cuando puedas... y si no puedes, que pase a la cuenta de las ánimas...» Pues asómbrate, Pepe: volvió el pastor otro día y otro, y *un porción* de días... ya ves cómo me voy afinando de lenguaje... En fin, que *Ley* sale adelante: pronto volverá al trabajo. Ayer bajé yo a lavar al río... Tan alegre estoy, que a lo mejor me pongo a cantar... Canciones mías, cosas que invento. Ni yo misma sé lo que canto, porque es como un gorjeo... Ayer subía yo gorjeando del río, y por el camino, con mi carga sobre la cabeza, decía yo: «Tengo que escribir esto a Pepe, para que él y María Ignacia, las personas que más estimo después de mis padres, sepan lo desgraciada que fui y lo dichosa que soy.» En la puerta de mi palacio estaba *Ley* sentadito, esperándome. Yo me quité la carga y senteme a su lado. En aquel momento llegó *Mu*, el enano de nuestros vecinos: nos traía cebollas, pan y dos lechugas. Como el pobre chico no dice más que *mu*, y no sé su nombre, *Mu* a secas le llamo yo. Pues le dije, digo: «*Mu*, te agradeceré que me traigas el tintero de cuerno y la pluma de tu *güelo*. Papel tengo yo.» En cuanto se fue *Mu*, le dije a *Ley*: «¿Te parece que escriba al buen amigo de Madrid todo esto que hemos pasado? Así verán allá que Dios mira por nosotros.» Y Ley me dijo, dice: «Cuéntale todo al amigo de Madrid, y él verá, si quiere verlo, que Dios mira por nosotros.»

«Ya he salido de la grandísima tarea de esta carta, y créete que no me ha costado poco trabajo concluirla, porque el tintero de cuerno venía muy escaso de tinta, y he tenido que bautizarla, por lo que notarás que esta letra se parece más al agua que a la tinta. Concluyo encargándote... No, no: espérate un poco, que se me olvidaba una cosa.

«Lo que te dije en mi anterior de echarle pica pica al gordo Mora, darle un papirotazo a don Mariano y unos buenos azotes a mi tía Cristeta, tenlo por no dicho. No hagas nada de eso, que a todos perdono y todo resentimiento se ha borrado de mi alma. Perdón general, perdón hasta para mi tía Cristeta, que fue la que me hizo más daño, porque ya tenía yo a mis padres convencidos de que no debía casarme con Ernestito, cuando metió ella sus narices en el negocio; tales cosas dijo a papá y mamá de las riquezas del niño y de lo feliz que iba yo a ser con tantos millones, que les embaucó, y ellos a mí, y al fin pasó lo que sabes. Gracias a que supe descasarme a tiempo, que si no... En fin, no más por hoy.

«Adiós, Pepe: a tu mujer, todos los cariños que se te ocurran; a tu nene, besos mil, y tú recibe, con los afectos de *Ley*, el de tu amiga — *Mita-Virginia*.»

En silencio hicimos, cada cual a su modo, los primeros comentarios. Suspiraba mi mujer, limpiándose el rostro de lágrimas. Yo esperaba oír sus opiniones antes de manifestar las mías. «Vas a saber —dijo María Ignacia— la duda que tengo... La carta de Virginia me ha conmovido, me ha levantado en el corazón una pena muy grande, y luego un... No sé cómo llamarlo... un tumulto de ideas... Veré si puedo explicarme... No te diré yo que estos cuentos de Virginia sean puro embuste... pero sí sospecho que nuestra pobre amiga se nos ha vuelto poetisa... que posee el arte de adornar los hechos, y de componerlos y retocarlos para que impresionen más a los que han de leerlos. Esto que ha escrito nos ha hecho llorar. ¿Habría producido el mismo efecto contado por ella o visto por nosotros? Ésta es mi duda. Tú me dirás lo que piensas.

—¿Crees tú que Virginia es artista y obra literaria su carta? Algo de arte hay siempre en todo lo que se escribe, y los hechos, aun referidos en forma descarnada, se revisten de un extraño resplandor más o menos vivo, según la sensibilidad de quien los refiere. En la carta de Virginia resplandece la narradora que no carece de habilidad: adorna un poquito. Pero bien se ve que es cierto lo que nos cuenta, y en el sello de verdad está todo el interés y todo el encanto de lo que hemos leído.

—¿Según eso, no crees tú que esa desdichada nos haya salido poetisa, y quiera trastornarnos la cabeza... versificando en prosa, como quien dice?

—No, mujer... No hay en esta carta versificación. El olor de poesía que nos da en la nariz sale de los hechos, y estos son tales, que ninguna de *nuestras primeras poetisas* o literatas sería capaz de inventarlos... Ateniéndome a la realidad, yo te pregunto: ¿qué hacemos ahora? ¿Perseguimos a *Mita y Ley*?... Creo que no ha de ser difícil descubrir la guarida, poniéndose a ello con fe y perseverancia.

—Sí... ¿qué duda tiene? Basta de salvajismo. *Mita* y su hombre merecen mejor suerte y otros medios de vida... Pero espérate un poco, Pepe. ¡Vaya un torbellino que tengo en mi cabeza! Si les descubrimos, será forzoso sacarles de su estado salvaje y de su condición libre. Así lo manda la moral. Dejarles en esa independencia, favorecerles con recursos que les ayuden a campar por sus respetos, será dar una bofetada a todas las leyes divinas y humanas... No habría más remedio que poner a cada cual en su lugar, separarles... No, no: esto tampoco puede ser... Discurre tú por mí, que yo no puedo... ¡Separarles a viva fuerza! Eso nunca. Sería un atentado a la moral... ¿a qué moral? ¿Hay por ventura dos morales?

—Yo no sé cuántas hay, ni cuál es la mejor, en el caso de que haya más de una. Mientras esto se averigua, no atentemos a la libertad de nadie, y dejemos a cada pájaro en su nido. ¡La ley!... ¡la moral! Créeme a mí, mujer: si queremos dar con la moral y la ley, busquémoslas en nuestros corazones.

—¡Una moral por este lado, otra moral por el otro! —dijo María Ignacia vacilante y confusa—. Y nuestros corazones en medio... ¡Pobres corazones!, ¿acertaréis a elegir el mejor camino?... En este torbellino de dudas, ¿sabes lo que pienso ahora? Pienso que el soplado hablador don Mariano José no es tan tonto como tú crees. Me suenan en el oído las palabras del asegurador de vidas: «No tenemos divorcio... Estamos muy atrasados.»

XI

Abril de 1854. Recibo un pliego en sobre con filetes de luto. «¡Quién se habrá muerto!», digo al abrirlo, no sin ligero temblor, porque me asustan las defunciones de personas conocidas... Resultó que no era un muerto, sino un vivo que coleaba, un papel clandestino titulado *El Murciélago*... Leo en él furibundas diatribas contra los *polacos*. Cada párrafo es emponzoñada flecha, o un canto muy duro disparado contra cabezas altas y medianas. Los anuncios son crueles epigramas. «El que desee conseguir un destino, diríjase a don Fulano de Tal. En el Ministerio de Fomento darán razón. La cantidad que se estipule, se ha de dar anticipadamente. No se admiten corredores.» Versos no mal construidos ponen en la picota a los ministros, y en ella reciben una zurribanda de azotes. A San Luis se le llama el *condesillo*; *lacayos* a los ministros; a la Corte, *centro de liviandades*. En el pie de imprenta se lee: «Editor responsable, don José Salamanca. Imprenta del conde de Vilches.»

Luego vi que todos mis amigos lo habían recibido. El maldito pájaro, metiéndose por ventanas y puertas, visitaba las moradas de próceres y magnates. ¿Lo habrán encontrado la reina en su tocador, y el Rey en su reclinatorio? Ya se lo preguntaremos a Cristeta Socobio y a doña Victoria Sarmiento, que me parece a mí que están en el ajo, y se dejan caer del lado de la conspiración. Éstas dos naturalezas astutas, ratoniles, criadas en los escondrijos de Palacio, olfatean ya el nuevo queso... No necesito decir que el periódico misterioso tiene en Madrid un éxito colosal. Su aparición ha sido como un rocío del Cielo para las almas resecas del odio al *pola-quismo.* No hay idea de lo que a las muchedumbres regocija y entusiasma ver en letras de molde las opiniones subversivas, que ahogadas nacen en la conversación privada. Se ensancha el pecho viendo que el periódico dice lo que pensamos y aún más, con nuevas gracias, y sin pedir perdón por el modo de señalar. Todo el que posee el primer número de *El Murciélago* se cree dichoso mortal: lo enseña con precaución; hace constar que lo recibió directamente, con sobrescrito a su nombre, prueba de lo mucho que le estiman los incógnitos redactores; coge a los amigos por la solapa y les conduce al reservado de un café para leerles el papelito; niégase a transmitir a manos extrañas aquel tesoro; ofrece sacar copias, *para que corra*, y las saca con extrañas adiciones. Todo el mundo quiere ser *Murciélago*. He leído en las copias del primer número: «*La Muñoza y consorte, esa familia rapaz...*» Persignémonos.

Mayo. Ayer puse en conocimiento de don Francisco Chico el único dato que se ha podido adquirir acerca del gavilán que se llevó a la paloma de Rementería. «Se sabe que tiene una hermana casada en la Villa del Prado.» Oída esta referencia por el astuto cazador de criminales, se rascó una oreja; después la punta de la nariz, estirando levemente los delgados labios en una sonrisa casi imperceptible. «¿Sabe usted, don Pepito —me dijo—, que ese dato, con parecer tan poca cosa, podría ser el primer jalón de un camino seguro? No me pregunte qué pienso, porque no pienso nada. Me dijo usted hace días que el tal es buen tipo; vamos, un chicarrón guapo, despejado él...

—Oí que es guapo; de su despejo, nada sé... Debo advertirle ahora, mi buen don Francisco, que no tengo interés en que los fugitivos sean presos, ni menos que les traigan para que se cebe en ellos la Justicia.

—Vamos, quiere usted que cacemos a la señora sola, para meterla en las Arrepentidas.

—No, no: nada de Arrepentidas, ni de coger a la señora. Mi deseo es tan solo saber quién es él, y dónde está la pareja. Quiero ponerme al habla con ese irregular matrimonio.

—Pero la Justicia...

—De la Justicia, nada. Dejémosla en sus altares, bien guardada entre papeles.

—¿Y la Moral, don Pepito?

—Dejémosla también, dondequiera que esté metida.

—¡Oh, si aquí tuviéramos divorcio!... Pero estamos muy atrasados.

—Progresemos. En este asunto, el progreso consiste en dejar las cosas como están. ¿No piensa usted lo mismo?

—Por mí... Figúrese usted... Adelante o atrás, todo me parece igual. Ya estoy curado de espanto... Dos caras tengo yo: una me sirve para mirar al pasado, otra para mirar al porvenir... Pero a veces, señor mío, me equivoco de cara, y cuando me pongo a mirar lo nuevo, veo lo viejo, y viceversa... De modo que ya no sé si empeorando mejoramos, o si mejorando vamos a peor, a peor... En las revoluciones no creo; en la tradición tampoco... He visto progresistas del 40 besándole el anillo a Bonell y Orbe; he visto realistas del 24 tirando del coche de Espartero... ¿Qué más me queda que ver? Pues eso, que descubra a un raptor de casada y a la casada, para dejarles en la libertad de su delito... Pero ¿a mí qué me importa? Se hará como usted quiera, siempre que no se me adelante alguno que le lleve a él a presidio y a ella a las Magdalenas... Yo le aseguro a usted que trataré de averiguar quién es él, y dónde se esconde la parejita. Si yo tuviera personal disponible, pienso que en ocho días saldríamos de dudas. Pero ¿usted sabe cómo estamos con esto de *El Murciélago*, y la guerra que nos está dando el pájaro maldito? ¡Qué quién lo escribe, que quién lo imprime, que quién pone los sobres, que quién lo reparte!... Averígüelo usted en un Madrid, que cada día es más grande, más poblado de pillos... y con un vecindario que es todo de encubridores...

—Trabajo le mando, don Francisco. Hoy, en Madrid, el que no conspira, tapa, y el que no tapa, está en acecho de la policía, para dar el aviso: «¡Qué vienen!... ¡a esconder!»

—Es verdad. ¿Y en un pueblo así, quién es el guapo que descubre a un *Murciélago*?

—Si no se me enfada, don Francisco, diré que no está ya descubierto y enjaulado porque usted no quiere. Las imprentas de Madrid no son tantas... El periódico tiene que pasar por multitud de manos, pues no ha de ser un solo hombre el que lo escriba, lo componga y lo tire... Yo policía, le aseguro a usted que el pájaro no se me escapaba.

—¡Ay, don Pepe, qué mal conoce usted el mundo, y este Madrid, este pozo Airón de los delincuentes!... No, no. A usted policía, le pasaría como a mí: no cazaría *El Murciélago*.

—Porque no querría cazarlo; porque no querría indisponerme con los conspiradores de hoy... A quienes seguramente tendré que obedecer mañana.

—No, no, don Pepito, no... Bien sé que esto está perdido... Pero no somos... No somos tan adulones del que ha de venir.

Al decir esto, su cara de pillo, en la cual no se cuidaba de poner la máscara del disimulo, contradecía sus medias palabras. «¿Cómo me hace creer a mí don Francisco Chico —proseguí— que no sabe dónde está el general O'Donnell? Pues qué, ¿se puede esconder un hombre tan alto, y estar cuatro meses oculto sin que asome un pie, una oreja... un codo?

—¡Vaya si puede... En un Madrid tan grande!

—Naturalmente, usted qué ha de decirme... Y, sin duda, soy yo algo impertinente al hablarle de este modo.

—Eso no: diga lo que quiera...

Y la picardía brillaba ya en su cara, eclipsando a la sagaz reserva del oficio. «¿Cómo me hará creer el policía astuto que no sabe quién escribe *El Murciélago*?

—Como saberlo, no... Como sospechar, sí... Todos los días me traen soplos: no hago caso. Los escritores del pajarraco son dos. El uno creo que no se me despinta. Me equivocaré mucho si no es ese malagueño... El Cánovas.

—Hombre, no.

—Déjeme acabar: el otro... Estoy en que es uno de *Las Novedades*, ese Ríos.

—¿Pues si eso sabe por qué no les mete mano?

—¡Ah! Créame usted que al Cánovas le tengo ganas, muchas ganas; pero no puedo cogerlo.»

Se pasaba la mano suavemente por la barbilla y quijada inferior, y sus ojos bajos afectaban un respeto hipócrita. A las expresiones de mi asombro, contestó al fin con este concepto que me dejó helado: «Señor marqués de Beramendi, me aseguran que el Antonio Cánovas está escondido en su casa de usted.» El estupor no me impidió negar desde el primer momento con una energía que sobrecogió al fiero polizonte. «Bueno, bueno: no es para incomodarse —dijo mirando al suelo—. Si no está con usted, estará en casa de alguno de sus hermanos, don Agustín o don Gregorio. Para el caso es lo mismo. Negué también que Cánovas fuese huésped oculto de mis hermanos; pero Chico, en quien la suspicacia y la desconfianza eran una segunda naturaleza, pareció no darme entero crédito. Levantose del sillón Luis XV, y paseándose delante de mí, metidas las manos en los bolsillos del pantalón, me dijo: «¡Qué venga Dios vivo a dirigir la policía, y veremos lo que hace en este Madrid, donde todo es un juego de compadres!... ¿Cómo hemos de cazar a los conspiradores, si ellos saben esconderse en lugar sagrado, o en burladeros donde no podemos entrar?... Corremos tras de Fulanito: ¿y dónde está *Fulanito*? Pues en su palacio le tiene, a mesa y mantel, el propio duque de Berwick. «¡Que cojan a Menganito; que nos le traigan vivo o muerto!» Pues nos echamos en busca del *Menganito*, y descubrimos que habita con el propio don José de Zaragoza... ¡guarda que es podenco!... Pues verá usted: hemos andado locos tras de un tal Bartolomé Gracián, militar él, condenado a muerte, indultado y luego vuelto a condenar... la cabeza más destornillada que echó Dios al mundo... Al fin mis agentes le descubren el rastro. Vamos a echarle mano. ¿En dónde creerá usted que se guarece ese pillo? Pues entre faldas. En las habitaciones altas de Palacio le tienen escondido dos señoras que no quiero nombrar. Naturalmente, allí no podemos... Y no es ése solo el que ha hecho su burladero en lugares, como quien dice, sagrados. Óigame usted otra: ¿a que no me acierta dónde han ido a celebrar sus aquelarres los malditos masones, que yo desalojé de la logia de Tepa? Pues a la casa de una tal Rosenda, frescachona ella y desahogada, que hoy es querida del señor Toja, uno de los primeros saca-platos y mete-sillas de la Casa Grande. Llamamos a la puerta de la Rosenda, una, dos veces, y entramos sin encontrar a nadie. Al día siguiente vino a verme el señor Toja, y aquí entró, andando como un lorito, y me dijo, dice: «Amigo Chico, no se meta en vedado si no quiere tener un disgusto.» ¡Pues anda, y que se les lleve a todos el demonio!... Aquí, lo primero de que se cuidan los que revuelven a España es de buscarse un buen fiador... Detrás de cada revolucionario hay siempre un padrino gordo. ¿Qué hemos de hacer nosotros, tristes empleados sin libertad, atenidos a un sueldo? ¿Hemos de ser los únicos que cumplan con su deber, cuando los de arriba no cumplen? Crea usted que en este tabernáculo, ningún santo está en su puesto, ni tampoco en el suyo el Santísimo... Pues que venga el tronicio gordo, y a vivir todo el mundo como pueda. ¡Señores *polacos*, el que tenga aldabones, que se agarre, y el que no, que se estrelle... porque lo que es el terremoto de la Martinica viene... vaya si viene!

Antes de que yo pudiese contestar a esta honda crítica del ser interno de nuestra patria, don Francisco, parándose ante mí, me sorprendió con esta peregrina proposición: «Ea, don Pepito, ¿quiere que hagamos un trato? Si usted no tiene al Cánovas en su casa, de seguro sabe dónde está... Dígamelo... yo no he de prenderle, ¡cuidado! Puede estar tranquilo. Con saber el paradero me conformo... Y a cambio de que usted me diga dónde se esconde el malagueño, me comprometo yo, en el término de tres días, a descubrir los prados en que viven comiendo hierbas la hija del señor De Socobio y el pillastre que la robó.»

No me convenía el trato, pues aunque yo supiera el paradero de Cánovas del Castillo, no había de revelárselo por nada de este mundo. Cien veces le aseguré no tener la menor noticia del escondite de mi amigo; pero el muy tunante no me creía: tan metida tiene en el alma la desconfianza. Entiendo yo que constituyen su alma el escepticismo de todo lo bueno y la credulidad de cuanto malo hay en el mundo. La profesión de Chico, ejercida con un sentimiento parecido a la fe, no puede menos de crear grandes profesores de maldad, que nada ven donde la maldad no existe. Sin duda es un pájaro de mucha cuenta este don Francisco. Su vuelo rápido y bajuno se pierde de vista, sin que nadie pueda saber a dónde van a parar sus pensamientos. Y tanto desconfía, que jamás inspira confianza. La proyección de su malicia sobre el espíritu del que le escucha es tal, que, tratándole a menudo, llega uno a sentirse delincuente.

Sigue mayo del 54. ¡Pataplum! Otro número de *El Murciélago*. Lo primero que me echo a la cara, al desdoblar el papel, es esta piadosa frase: «Salamanca colgado del balcón principal de la Casa de Correos, sería una gran lección de moralidad.» Temblemos, y sigamos leyendo: «A Salamanca se han unido cuantos ministros ladrones hubo en España, y, por último, se le agrega también el duque de Riánsares para los ruidosos negocios de ferrocarriles.»

En otro párrafo se burla del gobernador, conde de Quinto, y de sus inútiles esfuerzos en la persecución de la hoja clandestina; y dice con frescura: «Este *Murciélago* no podrá ser habido: está en parte más segura de lo que parece, y entra hasta donde S. E. No podrá entrar siempre que quiera.» Razón tiene Chico. ¡Ah, los altos burladeros...! Leo esto, que es muy interesante: «Corren por Madrid, y parece que están próximos a imprimirse, algunos versos contra la reina, en los que se habla hasta de su vida privada... Sabemos que estos versos están escritos y serán publicados por cuenta de *los polacos*, con el objeto de hacer ver a Su Majestad que la oposición la trata de una manera violenta.» ¡Hola, hola! Truena después contra los llamados *agios*: el regalo de 80.000 duros a Rotalde por las obras del Teatro de Oriente; la concesión a la casa Sangróniz de un servicio de vapores para La Habana, y el empréstito forzoso de 180 millones... Hablando de esta operación, *El Murciélago* toca el cielo con las negras alas. «¿Y van siquiera a emplearse con utilidad del país los 180 millones? Una parte, no pequeña, se invertirá en esos *agios*, que con el nombre de giros, descuentos, etc., enriquecen a los que comercian con la fortuna pública... Después, 40 millones servirán para pagar el camino de hierro de Langreo...» Y sigue poniendo como chupa de dómine a la que llama *familia Muñoz*, hasta declarar que es una familia que *vende su honra por dinero*. Me parece que al pájaro se le va un poco la cabeza. Entre los sueltos cortos, leo: «Dícese que el conde de Quinto ha sido nombrado Gentilhombre. De seguro hace de la llave una ganzúa.» Pasa luego revista a los militares que defienden al *polaquismo*, y no deja hueso sano a Blaser, Lara, San Román y Vistahermosa. Del ejército dice que *calla, avergonzado del inmundo cuadro de desmoralización que tiene delante...* Se atreve, por fin, con la reina, contra quien va esta china: «Ya empieza a rodar por la cabeza de mucha gente la idea de un destronamiento...» ¡Qué nos coja confesados!

XII

Junio de 1854. Sorprendido fui hace pocas noches, a deshora, por la visita de Rogelio Navascués, esposo de Valeria, al que acompañaba otro sujeto desconocido, que por el aire me pareció militar. Ambos vestían de paisano, con afectada traza de señoretes pobres de provincias, de los que años ha llegaban sin más objeto que ver *La Pata de Cabra*, y hogaño vienen a ponerse en contacto con la novísima civilización, llevándose, como señal o muestra de ella, baratijas de corto precio adquiridas en las tiendas más a la moda. Encarar con ellos en mi despacho, y ver sus fachas, y darme en la nariz olor de conspiradores buscando un escondite, fue todo uno. Lo primero que hizo Navascués fue presentarme a su compañero: «Bartolomé Gracián, comandante con grado de teniente coronel, uno de los más fervientes enamorados de la Libertad... Etc...» Luego se rieron los dos del pergenio que traían, alabándose de su agudeza para burlar a los corchetes, y acabaron por poner sus apreciables personas bajo mi amparo, para que yo las guardase en el sagrario de mi domicilio. La verdad, no me inspiraban interés ni lástima, y a ello contribuyó la cínica ligereza con que hablaban de sus trabajos, el menosprecio de sus superiores, y la confianza en salir victoriosos siempre que lograsen una libertad relativa con el escondrijo y la engañosa vestimenta. Además, mi suegro, don Feliciano, con egoísta previsión de hombre acomodado que aborrece toda molestia, me había dicho que nuestra casa no facilitaría el tapujo a *patriotas* militares o civiles acosados por la autoridad.

De esto hablábamos, cuando entró Valeria compungida, y con temblorosa frase y estilo de teatro imploró la hospitalidad, asegurando que sería por poco tiempo, pues la Revolución había de triunfar, y los perseguidos serían prontito los perseguidores. Mi mujer, que desde la pieza inmediata oyó la voz de su amiga, no tuvo más remedio que intervenir tomando su parte en las demostraciones de piedad que el sexo le impone, y no necesitó más Valeria para romper en llanto y hacernos una escena dramática, hiposa y sofocante, de ésas que en la escena nos encocoran y en nuestra casa mucho más. Sin que se nos ocultara que en la tribulación de la señora de Navascués había no poco de artificio, Ignacia y yo nos rendimos al formulismo de la amistad, y los perseguidos fueron amparados. Mas, no siendo posible tenerles en casa por el rigor cívico de mi suegro, discurrimos darles asilo seguro en otra casa de mi familia. Desechada la hospitalidad de mi hermano Agustín, por miedo de comprometer gravemente su furioso ministerialismo, con Gregorio me entendí aquella misma noche para traspasarle el embuchado; y tan bien dispuesta encontré a mi cuñada Segismunda, que no necesité gastar saliva para que consintiera en ser patrona de conspiradores. Oscuros y sutiles negocios, de que hablaré en otra ocasión, han enriquecido a Gregorio en poco tiempo. Segismunda se lanza con ambicioso vuelo a más altas esferas; quiere brillar y meter ruido, poner en su persona relumbrones aristocráticos recogidos en medio de la calle, o traídos del invisible Rastro en que van a parar las efectivas grandezas; y aunque las ideas de Gregorio y Segismunda son *moderadas*, como es ley de gentes que improvisan su posición, ambos ven con gusto que se alberguen en su casa dos caballeros revolucionarios de la clase militar. En estos revueltos tiempos, el conspirar ha llegado a ser de buen tono. A mi hermano, y particularmente a mi cuñada, les halaga que, cuando triunfe la Revolución, se les señale como generosos encubridores de los que hoy son facciosos y mañana serán héroes. ¡Qué no darían por esconder a un O'Donnell, a un Messina, o al avisado malagueño Cánovas del Castillo!

Todo quedó arreglado a media noche, y antes de amanecer, los paladines de la Libertad dieron fondo en el cómodo asilo que con maternal solicitud les preparó la esposa de mi hermano. Y ya muy entrado el día, pidiome audiencia en mi casa un sujeto que se anunció como funcionario de la Seguridad Pública, sin decir su nombre. Picada mi curiosidad, no tardé en recibirle; y si de la persona no puedo decir que fuera interesante, lo que el tal echó de su boca en la visita merece cabida preferente en estas Memorias de mi tiempo. En el hombre vi, como rasgos culminantes del tipo, un bigote negro cerdoso cortado en forma de cepillo, cabellera abundante cortada como escobillón, nariz pequeña y atomatada, bastón de cachiporra, gabán claro de largo uso, y sombrero, que en toda la visita permaneció en la mano de su dueño. Ostentaba la pelambre de esta prenda innumerables cicatrices, testimonios de una vida azarosa, estrujones, apabullos, palos ganados en escaramuzas callejeras. Quizás, en alguna reunión tumultuosa, sirvió de asiento a persona de extremada gordura; quizás, antes de cubrir la cabeza de su actual propietario, fue remate del figurado guardián que se arma en medio de las huertas para espantar a los gorriones. Pero si mucho el sombrero decía, más dijo el hombre, y sus manifestaciones encerraron tanta enseñanza, que aquí las copio, sin más enmienda que la supresión de mis observaciones y preguntas en el curso del diálogo. Así parece más clara y compendiosa esta página viva de la Historia Nacional.

«Vuecencia no me conoce, señor don José. Yo soy *Sebo*... quiero decir que así me llaman, y por *Sebo* me conoce todo el mundo en Madrid, aunque mi nombre es Telesforo del Portillo. El mote proviene de que nací y me criaron en un taller de extracción de sebo, calle del Peñón, donde mi padre y toda mi familia tenían la industria de velas, que allá por el 48 vino a parar en ruina, por causa de la introducción de la maldita esperma y otras porquerías, sacadas, según dicen, de las ballenas de mar... Desde que yo empecé a discurrir, más que los oficios de mano me gustaban los de cabeza, todo lo que fuera cosa de ilustración, o por mejor decir, de literatura. Con otros chicos representaba comedias, y de noche, en mi casa, copiaba versos de algún periódico para aprendérmelos de memoria. Llevado de mis aficiones, el primer pan que gané me lo dieron en la escuela de párvulos de la calle de Rodas, donde serví la plaza de auxiliar dos años cumplidos. Aunque me esté mal el alabarme, yo aseguro que no me faltaban disposiciones para desasnar criaturas. Con la paciencia que Dios me ha dado y cierto don natural para dominar las almas infantiles, hice verdaderos milagros en aquel desbravadero de las inteligencias. A muchos borricos domé, y más de un idiota me debe el dejar de serlo. El maestro, mi jefe, me tenía en grande estimación; era yo su brazo derecho, y en los últimos meses llevaba el peso de la escuela. Pero como nadie me agradecía los servicios que yo prestaba a la Nación, cogiendo de mi cuenta a los españoles chicos para convertirlos de animales en ciudadanos, y como mi estipendio era tan corto que apenas pasaba de dos reales y medio al día, insuficiente para pan y arenque o molleja, me vi precisado a cambiar de oficio. Por aquel tiempo empezó a salirme familia... pues, aunque yo no estaba casado todavía, la que hoy es mi mujer me había dado ya el primer hijo, principio de la cáfila de nueve que ya lleva paridos, de los cuales me viven seis para servir a Dios y a Vuecencia.

»Para no cansarle, señor don José, después de mil contradanzas molestando a medio Madrid en busca de colocación, el señor Beltrán de Lis me metió en este *pandeldemonio* de la policía, que es, hablando pronto y mal, el oficio más perro del mundo... y el más deshonrado, el más comprometido, si no se pone uno al igual de los criminales, y come de ellos y con ellos, para ayuda del gasto de casa... que es muy grande, señor. Los ricos no tienen idea de las fatigas de un padre de familia con seis criaturas, mujer, hermana mayor, y otros parientes que acuden al olor de un triste puchero. Esto no lo sabe el rico, que nos paga míseramente para que le cuidemos su vida y hacienda, y sobre pagarnos tan mal, tan mal, que todo mi haber, pongo el caso, no pasa de nueve reales y medio al día, nos exige que tengamos virtudes... ¡virtudes, señor, virtudes! maniobrando uno entre todos los vicios, y cuando en su casa no le entran a uno por los oídos más que clamores de la mujer: ¡que si los chicos están descalzos, y ella sin camisa, y todos con hambre por la cortedad del alimento! Yo tendré todas las virtudes conocidas, y algunas más, el día en que me las avaloren por moneda corriente, que de otro modo no puede ser. Si quieren virtudes baratas o de gorra, formen un Cuerpo de Policía de anacoretas, clérigos u otra calaña de gente sin familia ni necesidades. Suprímase la familia, seamos todos sueltos, tengamos refectorios públicos para matar el hambre, y habrá virtudes. De otro modo no puede haberlas y aquí estoy yo para decir con el corazón en la mano que no soy virtuoso. Gazmoñerías hipócritas no entran en mí. Y frente a un caballero que sabe apreciar las cosas como son, abro primero mi conciencia, después mi boca, y alargo mi mano para que los pudientes me den el pedazo de pan que el Gobierno, mi amo, no quiere darme por mi servicio. Yo huelo donde guisan y allá me voy. Hablo con un caballero, y humildemente le digo: «Señor, *Sebo* se pone a sus órdenes para todo lo tocante a dejar tranquilos a esos beneméritos Navascués y Gracián, que...»

....

»Gracias, señor, por su ofrecimiento de socorro, que debe hacer efectivo a toca teja, porque en mi casa se carece de lo más preciso... Y paso a informarle de lo que desea saber. Anoche, cuando entraron en su casa el Navascués y el Gracián, vestidos de paisano, di conocimiento al señor Chico, que me ordenó suspender la vigilancia de estos sujetos. Naturalmente, ¿qué vamos ganando nosotros con extremar las cosas? ¿Apurar la ley para que el día de mañana los perseguidos de hoy nos limpien el comedero? Españoles somos todos, con derecho a vivir, y el grano que para nuestro alimento nos tira la Providencia desde el cielo, lo hemos de coger donde caiga... Digo, señor, que si el granito cae en campo revolucionario, allá nos tiramos a comerlo. Revolución quiere decir: «Caballeros, apártense un poco, que ahora vamos los de acá.» En fin, que Juanes y Pedros todos son unos... y si el señor no se incomoda, le diré que mis chicos andan descalzos...

....

»Gracias, señor, por su nuevo ofrecimiento. ¿Quiere saber los antecedentes criminales de esos dos *peines*? Pues allá van: al Navascués le conozco poco, pues no ha sido de mi *parroquia*. Le *tenía* un compañero mío, por quien sé que se pasa la noche comprometiendo a la oficialidad de *Constitución* y de *Extremadura*. Al otro, al Gracián, sí le conozco, y más cuenta me tendría lo contrario, porque los porrazos que de él y por él he recibido no se pueden contar. Créame, señor: entre todos los españoles locos, el más rematado es ese Gracián. Si el conspirar no existiese, él lo hubiera inventado. Desde que estrenó el uniforme anduvo en líos de pronunciamiento. Por poco pierde la pelleja en Madrid, el 48, y después en las Peñas de San Pedro. Vive de milagro: le matan y resucita. Es valiente; pero de esos que no pueden vivir sin faltar a la ley. A mujeriego no hay quien le gane. Cuando no engaña a dos, a tres engaña. Las mujeres quieren salvarle, y él no se deja. No hay en la Policía quien no tenga en alguna parte del cuerpo señal de sus manos. Yo, *sin ir más lejos*, estuve dos semanas con la cara hinchada, porque... verá Vuecencia: quise cogerle una noche, a su salida de Palacio, ¡de Palacio, señor!, que allí tenía su albergue. Me dio tan fuerte golpe que perdí el sentido, y creí que escupía todas las muelas de este lado. A dos compañeros míos, otra noche, junto a Caballerizas, les descerrajó un pistoletazo, pasándole a uno el sombrero y quitándole a otro un pedazo de oreja. Intentaron echarle mano; pero él sacó un cuchillo de este tamaño, con perdón, y les acometió con tanto coraje, que si no echan a correr, allí se dejan el mondongo. Asómbrese Vuecencia: hasta hace poco vivía en los altos de Palacio; parece que es sobrino carnal de una señora que vistió el hábito de monja en el convento de Jesús. Don Francisco Chico, cuando le llevamos esta referencia, nos dijo: «Cepos quedos, muchachos. Tres sitios hay donde no debéis meteros nunca: *río, rey* y *religión*...»

....

«Razón tiene mi señor don José: dentro de Palacio hay ideas y personas para todos los gustos... Bien dice don Francisco Chico que el piso segundo es una república... Al tercero suelo subir yo, porque allí vive un primo mío, que me debe ochenta y dos reales de unos colchones que mi mujer vendió a la suya, y por cobrárselos a pijotadas, apechugo, en los primeros de mes, con el sin fin de peldaños de aquellas malditas escaleras. Por el primo sé muchas cosas, de ésas que se le dicen a uno para que las calle, y así hago yo... Oír y callar. Los magnates se encargan de pregonarlas: ellos, que de presente adulan, por detrás despellejan. El pobre es el que habla siempre bien de las personas altas, pues como está mal comido, no tiene aliento más que para honrar y aclamar. El pobre mal comido dice a todo que sí, porque para el *sí* no necesitamos tanto aliento como para el *no*... Por esto, yo sostengo, y no se ría don José, yo sostengo que si el pueblo estuviera bien comido, bien bebido, y asistido en total de sus necesidades, diría que *no*, viniendo a ser enteramente revolucionario. Lo que oíamos cuando éramos niños, seguimos repitiéndolo de grandes. ¡Viva *Isabel!* fue el son con que nos arrullaban en nuestras cunas, y ¡Viva *Isabel!* gritamos hasta la muerte. Es un estribillo que tiene por causa la mala alimentación. Los hambrientos cogen un decir y no lo sueltan en toda la vida. Los señores bien cebados son los que pueden discurrir y hacerse cargo de las cosas públicas, mientras que el pobre sin sustancia es perezoso del cerebro, y no le entran más ideas que las que ya entraron, o sea las que recibió como herencia al mismo tiempo de recibir el patrimonio de su pobreza. Tomando pie de esto, excelentísimo señor, le suplico que mire por Telesforo del Portillo, *alias Sebo*, que es buen hombre, aunque en este oficio condenado no lo parezca; y puesto Vuecencia a proteger, eche una mano a toda la familia. Verbigracia, el chiquillo mayor de los míos, a su padre sale en lo agudo y a su madre en lo hacendoso. Sabe leer y escribe con buena letra. En esta gran casa podría tener colocación, aunque solo fuera para llevar y traer recados. Si quiere ponerle librea, mejor, que así se acostumbrará el niño al empaque tieso y a las posturas nobles, como quien dice. La niña mayor, aunque me ha salido un poco jorobadita, es muy dispuesta para todo, y un águila para la costura... quiero decir, que cose con primor y que sus dedos vuelan... Bien podría la señora marquesa traerla acá, y tenérmela empleada de Sol a Sol en la costura de casa tan grande... De mi esposa, solo digo que tiene manos de ángel para el planchado en fino, y que en la compostura de encajes da quince y raya a la más pintada...

Vea el señor marqués qué fácilmente puede ayudar y socorrer a este pobre *Sebo*, a este honrado *Sebo*, que por las callejuelas de su oficio camina en persecución de las virtudes sin poder encontrarlas, y...»

XIII

No le dejé concluir: ya el sonsonete de su voz, que había empezado festiva, volviéndose gradualmente cavernosa y lúgubre, retumbaba en mi cerebro como el insufrible aleteo del moscardón. Con un socorro pecuniario correspondí al ofrecimiento de sus servicios, y puse precio razonable a su filosofía policíaca, forma vaga de humanismo no disconforme con mis ideas... Para él sería yo el verdadero Gobierno, el Estado efectivo; y pues mi bolsa suplía las escaseces de la nómina oficial, a mí debía darme *Sebo* el fruto informativo de su trabajo, entendiéndose que jamás haría yo uso inconveniente de tan extraña subrogación. Retirose el hombre muy contento, y aquel mismo día por la tarde medio pruebas del entusiasmo y diligencia con que a mí se acogía, llevándome nuevos informes del Bartolomé Gracián, los cuales avivaron hasta lo indecible la curiosidad que aquel extraño conspirador había despertado en mí. Y el gran *Sebo*, como si su memoria fuese un canasto repleto de inútiles cosas cuya pesadumbre le estorbaba, vació en mis oídos estos fragmentos de Historia privada.

Es Gracián el más atrevido y el más afortunado mujeriego de España y sus dominios. Su extraordinaria guapeza de figura y rostro le dan las primeras armas; las completa y afina con su increíble atrevimiento y con su exquisita labia para trastornar el seso a las hembras. Desde que fue hombre, declaró guerra sin cuartel a dos principios fundamentales: la moral doméstica y la disciplina militar. Es éste en él un doble apetito, una doble pasión que le coge toda el alma, sin dejar espacio para más. No hay situación política que él no intente destruir con las armas, ni mujer bonita, casada, soltera o viuda, que no quiera conquistar por el amor. Aseguró *Sebo* que todas absolutamente se le rinden, y extendiéndose en este sabroso asunto, alargaba el hocico, erizando las cerdas de su bigote, y entornaba con picardía sus ojos vivarachos.

—Cuidado, *Sebo* —le dije—, que eso del rendimiento de todas no puede constarle a usted ni a nadie.» Y él, afectando imparcialidad y moderación:

«Pongamos casi todas, señor don José. Hay en la vida de este hombre un caso que sé por referencia, pues en aquel año, que era el 51, no estaba yo encargado de él, ni le había echado la vista encima. Andaba escondido; sobre él pesaba sentencia de muerte; vivía con una moza muy guapa, que le quería y le cuidaba como si fuera su esposo por la Iglesia, y de la noche a la mañana... No, no es que la abandonara, señor; no es eso... El abandono de la moza bella no tendría nada de particular. Fue un caso más raro y nunca visto. Otra mujer, a quien él no conocía más que de oídas, le robó... Robó al capitán, llevándosele a sitios escondidos para tenerle por suyo... No se ría, señor: es como se lo cuento. Se ven raptos de mujeres en el mundo muchas veces; en el teatro a cada momento. Pero raptos de hombres, así, cogiéndole en un camino, por manos de policías y cargando con él, como se carga a una doncella, no se ha visto, creo yo, más que en el caso del capitán Gracián.

—¿Y la otra, amigo *Sebo*, la que vivía con él?

—Buscándole estará todavía, pienso yo...

—¿Y él?...

—Un compañero mío que estuvo en el ajo me ha contado que el muy tunante hizo poca o ninguna resistencia... Vamos, que se dejó robar. O algún antecedente tenía ya de esa señora ladrona de hombres guapos, o por ser tan listo, le dio en la nariz olor de una barraganía de provecho.

—¡Vaya, que la mujer que tal hizo era de veras arriscada y jaquetona! ¿Y anduvieron policías en ese gatuperio? En él veo yo la mano experta de don Francisco Chico.

—El señor coge las cosas al vuelo, y así no tengo yo que decir nada malo de mi jefe.

—Es un travieso de marca mayor, y sin ningún escrúpulo. Pero la dama ladrona, solo por idear el robo de un hombre y afrontar las consecuencias, tiene sus puntas de heroína. ¿Quién es, *Sebo*?

—Pues una solterona que por lunática fue arrojada del convento de Jesús; mujer de cuidado, que, según dicen, es un poco boticaria y un poco droguista. Compone aguas de olor para refrescar el cutis o para pintar el pelo, y bebedizos para echar del cuerpo los demonios, o meterlos en él si a mano viene. Entiendo yo que es bruja, señor, y de aquellas que, por criarse en conventos, saben más que Merlín y su hijo. ¿Me pregunta Vuecencia que qué cargo tiene en Palacio? Pues el de centinela, para ver quién entra y sale, quien priva y quién no priva, y contarle todo a la *Madre*. La *Madre de las Llagas* es su verdadera reina y el amo a quien sirve... Vea el señor si tendrá poder la *Boticaria*, maniobrando entre dos reinas, la de acá y la de Jesús...

Al llegar a este punto, se apareció en mi mente la figura que yo creí desconocida, y de pronto resultaba persona de mi particular conocimiento. ¡Acabáramos...! En la compleja vida social, sucede a menudo que oímos referir peregrinos hechos, y dudando de su certeza, los atribuimos a individuos fantásticos. Nuestro asombro se asemeja al infantil interés que despiertan los maravillosos cuentos de hadas. Mas por cualquier circunstancia descubrimos que el héroe, o la heroína, de tan singular historia es un ser vivo, le conocemos, le tratamos, y entonces nuestro asombro se concreta, se refuerza con la credulidad, y es clara percepción de la realidad humana. Lo que juzgábamos absurdo, solo por ser impersonal, nos parece verídico en cuanto el caso se cristaliza en el rostro de una persona conocida.

«Señor *Sebo* —dije yo interrumpiéndole, no sin alegría—, ya estoy al cabo de la calle. La que usted llama *Boticaria*, no puede ser otra que doña Domiciana Paredes, hija de un cerero de la calle de Toledo, y amiga íntima de la que lo es de mi familia, doña Victorina Sarmiento. Mi mujer y yo la tratamos, la hemos recibido en nuestra casa, la hemos obsequiado con chocolate, no una sola tarde, sino dos y tres, y por venir en compañía de doña Victorina la hemos mirado como a persona de respeto. Ya sabía yo que en Palacio era *embajadora* o *cónsula* de la *Madre*. La gracia y amenidad de su conversación nos revelan a una mujer de talento. Ahora, oído el informe del rapto de Gracián, vemos en ella un entendimiento y un brío de voluntad que la igualan al mismo Napoleón.

—Eso he dicho yo, señor don José... Doña Domiciana es un Napoleón... No éste que ahora gobierna en Francia, sino el otro, el que llamaban Primero y acabó sus días en una ínsula. Porque ha de saber Vuecencia que la *Boticaria* engañó a doña Victorina, haciéndole creer que el capitán robado era su sobrino, y demostrándoselo con documentos que sacó no sabemos de dónde. Sabe imitar el papel de barbas antiguo, la tinta vieja, y las obleas y lacres del siglo anterior... Pues arrebatado el galán, le escondió en una casa de campo, radicante en el camino real de Aragón, un poco más acá del sitio donde arranca el senderillo de la Fuente del Berro... A poco del secuestro, se ocupó la ladrona de conseguir el indulto de su sobrino, pues ya he dicho que estaba dos veces condenado a muerte por Consejo de guerra... Ello no fue difícil, con las buenas agarraderas de doña Victorina...

—En las gestiones para ese indulto anduve yo también, amigo *Sebo*.

—Anduvieron muchos. O'Donnell se resistía. Una cartita de Su Majestad amansó los rigores del general. Indultado el capitán, sus primeras salidas fueron para las conquistas de amor. En tres días hizo estragos en las afueras de la Puerta de Alcalá, cortejando y enloqueciendo a varias mujeres: una en el Parador de Muñoz, otra en la huerta de Retena, dos en las casas de Piernas y en el portazgo del Espíritu santo... Doña Domiciana tocaba con sus manos el santo cielo. Para evitar escándalos, discurrió mandar al galán a Puerto Rico con el general Prim. Ya estaba todo concertado para este viaje; pero la noche en que Bartolomé debía marchar a Cádiz en silla de postas, desapareció como un duende, sin que por ninguna parte le pudiéramos encontrar... Por fin, a los tres días se delató él mismo, en casa del señor Toja... Calle del Factor. ¿Y cómo se descubrió ese pillo? Pues rompiéndole la cabeza a un amigo suyo, Nicasio Pulpis... Allí se reúnen... Dicen que a jugar al tresillo: yo entiendo que a verlas venir. Para mí, Gracián cameló a la Rosenda, que antes fue querida de un tal Castillejo, también de la cáscara amarga, y conspirador de afición, como esos que matan *por dar gusto al dedo*... Las heridas del Pulpis desbarataron el tapujo del Gracián. Pero el señor Toja, más ciego que un topo, seguía defendiéndole, y entre él y la Rosenda nos le quitaron de las manos. Volvió a parar el hombre a las de la *Boticaria*, que esta vez en el mismo Real Palacio le aposentó, sin que doña Victorina se llamase a engaño: con tanta sutileza tramó el enredo aquella sabia *Napoleona*, o Napoleón de las mujeres...

«¿Qué más quiere Vuecencia que le cuente, ilustre señor? Si no se cansa, le diré que por Gracián enloquecieron y se trastornaron una tal Eduvigis, esposa de cierto carrerista, y la hija mayor de un gentilhombre, llamada Inés... Fue tal el desatino de ésta, que se propinó una toma de fósforos en aguardiente, porque el galán había faltado a una cita que le dio en la iglesia de la Encarnación... Pasaron días, muchos días, en los que perdí el hilo de estas cosas. Gracián desapareció de Palacio. No hace dos meses que doña

Domiciana volvió un día a su casa con el cuerpo lleno de contusiones, un ojo hinchado y el morro enteramente torcido. ¿Qué le había pasado?... Por decir extravagancias, hasta se dijo que en el convento de Jesús anduvieron las monjas a trastazo limpio con una caterva de diablos rabudos y cornudos que entraron por las chimeneas. Y tan estúpida es la gente, y tan desleída en la sangre tenemos los españoles la superstición maldita, que no faltaron personas que creyeran estos disparates... Otras vieron en el rostro de la *Boticaria* la mano del Gracián. Pero ella se aguantó, y con sus alquimias se puso a la curación de las mataduras, quedándose en un santiamén como nueva. Digo que es bruja, señor, porque como santa no lo es... Gracián vivió algún tiempo en Caballerizas, durmiendo allí de día, y largándose por las noches a la vida de tertulias secretas, en la redacción de algún periódico, o en zahúrdas donde conspiran hasta los gatos... En estas idas y venidas, ya teníamos armada una trampa para cogerle, juntamente con el señor de Navascués, cuando se guarecieron los dos en esta casa... Yo pregunto: ¿por seducir mujeres se debe perseguir a un hombre? ¿Y por pronunciarse, qué? ¿De estas dichosas *pronunciaciones* no han salido todos los generales que nos mandan? Pues los pronunciados de ayer ya llenaron bien el buche, dejen comer a otros, señor. Yo digo que debe haber turno en las mesas de los ricos, o que alternen, para que podamos alternar también los pobres. Bien nos dice la experiencia que cuando los Gobiernos duran mucho, todo el tráfico se paraliza, la clase menestrala no tiene qué comer, aumentan los robos, las patronas y pupileras están a la cuarta pregunta, la mendicidad crece, disminuye la caridad pública, el abasto de la plaza es malo y carísimo, la carretería se estanca, los taberneros echan más agua al vino, el pueblo se entristece, bajan las rentas de Tabacos y de Loterías, nacen más chiquillos, las calles se desaniman, los sastres perecen, y toda la Nación está como una novia desconsolada, a quien nadie le dice *por ahí te pudras*.

—Muy bien, muy bien, amigo *Sebo*. Estamos conformes. Los Gobiernos duraderos originan enormes calamidades. ¿No condenamos la pereza en las personas? Pues peor es en los pueblos. Progresar quiere decir moverse, renovarse, mudar de estado, de postura, de ideales, de ensueños, de vestido, de modas. Hasta los enfermos crónicos y aprensivos abominan del reposo, cambian de enfermedades, y cada día inventan una nueva. No basta variar de médico; hay que variar de dolores. «Ya no me duele aquí, sino aquí.» Progresar es cambiar de amigos, de novias, de afeites, de juegos, de aires. España es un mendigo que se aburre de estar siempre pidiendo en la misma esquina. «Vámonos a la de enfrente, que por ésta no pasa nadie.» España no necesita de la acción consolidadora del tiempo, porque no tiene nada que consolidar; necesita de la acción destructora, porque sus grandes necesidades son destructivas. Las revoluciones, que en otras partes desequilibran la existencia, aquí la entonan. ¿Por qué? Porque nuestra existencia es en cierto modo transitoria, algo que no puede definirse bien. Yo la veo como si el ser nacional estuviera muriendo y naciendo al mismo tiempo. Ni acaba de morirse ni acaba de nacer. Por eso apetece el movimiento, la variación de ambiente, de personal, el cambio de hombres públicos, a ver si éstos son menos sepultureros y más comadrones. ¿Me entiende usted, amigo *Sebo*?

—La verdad, señor: no lo entiendo muy bien.

—Digo que el ser nacional está en todo este siglo muriendo y naciendo. Los hombres públicos y cuantos de política se ocupan, incluso los militares, sepultan y al propio tiempo vivifican... La nación quiere mudanzas y revoluciones, para que el nacer sea fijo y se acabe el morir.

—Ahora lo entiendo menos, excelentísimo señor.

—Pues sí: húndanse los gobiernos, vengan revoluciones, para que el país se despabile y aprenda a vivir a la moderna, y salgan hombres de gran poder, y tengamos más medios de ganar la vida, y se acabe el morir lento de un pueblo.

—Ahora entiendo, porque... Como dijo el otro: los pueblos no mueren.

—Se modifican, se refunden. España no ha encontrado el molde nuevo. Para dar con él tiene que pasar todavía por difíciles probaturas, y sufrir mil quebrantos que la harán renegar de sí misma y de los demás... Pero si el señor *Sebo* no tiene interés en que lleguemos a desentrañar este punto hondísimo de histórica filosofía, pasemos el rato en el examen de los hechos, alegres o tristes, patéticos o graciosos, más interesantes que esas peregrinas imitaciones de la realidad que llamamos novelas. Celebramos ver ensanchado el campo de la verosimilitud. Nada es mentira, amigo *Sebo*: la verdad se viste con los arreos de lo fabuloso para cautivarnos más, y cuando ve que la contemplamos embobados, suelta la risa, se quita el disfraz y nos dice: «Mentecatos, no soy arte: soy... yo.»

—Quiere decir que estas cosas parecen cosas de poetas, y aquí el poeta no es otro que el mundo de Dios... Aún no he contado al señor todos los enredos del Gracián, ni los apuros de doña Domiciana para tenerle sujeto.

—No es conveniente, buen *Sebo*, que ahora prosiga usted relatando estas verdades que parecen mentirosas... Con lo referido basta por hoy, que la acumulación de pasajes interesantes en cualquier historia produce en el oyente un efecto congestivo... Economicemos el asombro, y sujetemos a medida el examen recreativo de los hechos humanos... Necesito comunicar a mi mujer estos descubrimientos, y que ella y yo, en íntima conversación, nos solacemos comentándolos. Los ricos que no tienen nada que hacer, se morirían de tedio si no alegraran su vida, en que todo está hecho, pasando revista a la vida de los demás... Vea usted en qué consiste la única felicidad de los ricos, precisamente por ricos, ociosos: son felices mirando y midiendo la infelicidad ajena... Mi mujer ha salido a visitas. Ya se me hacen largos los minutos que dure su ausencia más del término regular... Paréceme que siento abrir la puerta... Es ella... Haga el favor de ver...

—Es la señora marquesa...

—Retírese, amigo *Sebo*, y venga pronto, que tengo que encomendarle un asunto...

—¿De mujeres, excelentísimo señor? —dijo Telesforo en voz baja, dulzona, después de aguardar a que los pasos de María Ignacia se perdieran en el pasillo.

—De mujer... pero no sola... que donde hay mujer hay hombre.

XIV

Estupor, miedo, risa causó en María Ignacia la revelación de las inauditas aventuras donjuanescas de nuestra venerable amiga Domiciana. ¡Cuán verdadero es que en visita toda persona nos parece juiciosa y de intachable moral! Conocíamos a la monja *Boticaria* por haberla recibido en nuestra casa más de una tarde, en compañía de Victorina Sarmiento, antigua relación de los Emparanes. Nos había cautivado la conversación amena, el delicado gracejo de la buena señora, y sus felices ocurrencias expresadas con la dicción más pura, dentro de los términos más decorosos. Encantados la oíamos todos los de casa, y ausente, consagrábamos a su recuerdo alabanzas salidas del corazón. Referíanos episodios del claustro, ridiculeces ingenuas de algunas monjas, poniendo en sus relatos toda la sal compatible con la piedad y el respeto de la religión; y si nos hablaba de tipos y escenas palaciegas, hacíalo con exquisito comedimiento, sin que el menor roce de su lengua, siempre muy pulcra, empañara nombres ni manchara reputaciones, aun las más equívocas. ¡Quién nos había de decir que aquella simpática jamona, todavía fresca, más graciosa de palabra que de hocico, divierte sus ocios de exclaustrada en cacerías y robos de hombres guapos! ¡Qué cosas se ven, y cuán caprichosas, en su inmenso reino, son la flora y la fauna del vivir humano! ¡Qué infinita variedad de formas, qué extravagancia en algunas, qué sencillez elemental en otras! Llamamos original a lo que vemos por primera vez, y nuevo a lo viejo que no conocíamos. Todos los casos morales tienen la misma edad, como los tipos vegetales. La Naturaleza lo inventó todo de una vez, y ya no inventa; no hace más que combinar las ocasiones y escenarios en que nos descubre sus secretos: así llamamos a lo que, después de visto por millones de ojos en cien generaciones, pasa ante los ojos nuestros...

Tan pronto risueña como asustada, mi cara esposa expresaba de este modo sus turbadas ideas: «Me da miedo el descubrimiento de acciones tan contrarias a lo que hemos visto y creído. Con tales sorpresas acabaremos por dudar de todo. ¡Vaya con doña Domiciana! Necesito que pase algún tiempo para formar un juicio claro de esa mujer. Lo que es ahora, no puedo decirte con verdad si se empequeñece o se engrandece a mis ojos. Es que... veamos si acierto... Es que las debilidades achican, y los grandes actos de voluntad agigantan. Domiciana es débil, Domiciana es fuerte. ¿Con cuál de las dos mujeres nos quedamos?

—Yo me quedaría siempre con la fuerte. En Napoleón Bonaparte, la acción enérgica eclipsa todo lo demás: los errores, las vanidades, las infamias menudas...

—¿Y qué me dices del don Juan ése? ¡Valiente sinvergüenza! Pero ¿el tipo del seductor de oficio existe todavía? ¿No me dijiste que había pasado, como los poetas pastoriles y los bandidos generosos?

—Pasan, sí... pero vuelven.

—No sé qué me repugna más: si el hombre degradado que hace del amor criminal una profesión, o las bribonas que se dejan burlar por un tunante de esa ralea. La que cae en semejante trampa es tonta, o está moralmente perdida antes de que la pierdan... Ahora, Pepe mío, ya lo estoy viendo, la primera idiota a quien pondrá las paralelas ese canalla, será su patrona, tu cuñada Segismunda.

—Esa improvisada señorona no es vulnerable en su imaginación, sino en su vanidad y en su interés. No siente otra poesía que la de los diamantes, joyas y objetos de valor... Gracián, según entiendo, es pobre, y su arsenal se compone de palabras y artificios amorosos. Más que por Segismunda, que no tiene un pelo de tonta, temo yo por Valeria, ligerita de cascos y sin consistencia en nada... Digo, es consistente en la pasión por los muebles bonitos y los trajes elegantes.

—¿Qué diferencia ves entre las dos hermanas?

—La diferencia que hay entre una muñeca y una mujer. Valeria es un juguete; Virginia, una fuerza.

—Ese burlador de profesión, con ser ridículo, y sus víctimas unas pobres ilusas, me causa miedo. ¿Y has dicho que conspira contra la Autoridad, contra todos los Gobiernos? En buenas manos está la salvación de la Patria... No le deseo la muerte; pero sí una encerrona larga en cualquier castillo donde no entren mujeres...

—Es un soñador, que no se conforma con la realidad, y busca siempre lo que está detrás de lo visible...

—Y detrás de lo visible, ¿qué se encuentra?...

—Se encuentra... lo que se busca... una imagen que al encarar con ella nos dice: «No soy lo que quieres... Lo que quieres viene detrás...» Y así sucesivamente hasta lo infinito...

—Pues el que persiste en buscar lo que no encuentra, o es un loco, o necio de solemnidad.

—Es un descontento, un ambicioso, un investigador de almas. Puedes creerlo: el tal Gracián me interesa y deseo tratarle...

—¡Ay, Pepe, Pepito, ya te me estás echando a perder!... ¿Volveremos a las andadas... A la persecución de lo invisible?

Sigue junio. Tan a pechos ha tomado sus obligaciones de soplón el diligente *Sebo*, que ya me fatiga. Los cuentos que un día y otro me trae, y que enredándose como las cerezas salen de su boca de caníbal, enriquecen mi conocimiento con preciosos datos de la vida real, los cuales vienen a mí mezclados con salpicaduras poco gratas de la saliva del comunicante... Creyera yo que sus bigotes cerdosos son un hisopo automático, que rocía bendiciones mientras su palabra les da realidad fonética. En fin, el hombre me dice tantas cosas, que ya no tiene mi memoria cabida para conservarlas: unas se me olvidan; a otras no doy crédito; las hay que me causan enojo porque aclaran demasiado los senos recónditos de la vida, y destruyen el sabroso misterio.

Mi mujer ha tomado entre ojos al policía revelador: cree que sus continuas, minuciosas confidencias alteran mi ecuanimidad; ha llegado a ver en él como un diablo que viene a posesionarse de mí trayendo la forma propia de nuestra época, no ya cuernos, rabo y escamas, sino el cortado bigote de rígidas hebras, como un cepillo, y el bastón de agente de la Seguridad Pública. Debo, según mi mujer, ponerle bonitamente en la calle. No soy de esta opinión, porque entre infinitas referencias menudas, que son como los dichos del vulgo recogidos a espuertas en medio del arroyo, me ha traído algunas de un valor inapreciable.

«Por este diablo de *Sebo* —dije a María Ignacia— sé que O'Donnell está escondido en la Travesía de la Ballesta, número 3. Tres jóvenes que yo conozco, Vega Armijo, Cánovas y Fernández de los Ríos, le ponen en comunicación con *tres* generales, que aparentan servir al Gobierno. ¿Quiénes son? Aún no me lo ha dicho mi diablo. Lo que sí sabe es que el Regimiento de *Extremadura* y el segundo Batallón de *Constitución* han picado el anzuelo. Tendremos guerra en las calles. Ya puedes ir haciendo provisiones para la encerrona que nos espera... ¡Ah!, también está en el ajo nuestro amigo Echagüe, que manda el *Príncipe*. Cuidado, no te olvides de almacenar vituallas, como para un largo asedio... Pues sí: el general O'Donnell, hoy perseguido, mañana triunfante, se aloja en un piso segundo: escalera empinada... portal oscuro y mingitorio. En tan vulgar mansión reside la cabeza de la España política y militar de mañana. ¿No lo crees?

—Cuéntaselo a papá. Según él, lo que se dice de Mesina y de Dulce es invención de desocupados. Ni esos caballeros, ni otros que andan en bocas de la gente, han pensado en volverse contra el Gobierno. El ministro de la Guerra, señor Blaser, llamó a Dulce y le metió los dedos en la boca. Pero Dulce, poniéndose la mano en el pecho, juró que él es leal, y tal y qué sé yo...

—Haz provisiones, mujer mía, y tu papá, que es un inocente, lo agradecerá mucho. Madrid será, el día menos pensado, mañana quizás, una plaza sitiada. Se me ocurre que debemos comprar dos buenas cabras, y habilitar para establo una de las habitaciones más ventiladas... Figúrate que la tremolina dura tres días, cuatro... ¿De dónde sacaremos la leche?... Asegurada la subsistencia para toda la familia, nada me importa que Madrid sea un campo de batalla: vengan tiros, lucha, sacudimientos; sean allanadas las moradas de los soberbios; las viejas rutinas caigan; ábrase paso la vida nueva...

—¡Jesús, Jesús, ya te veo trastornado!... Pero ¿no deliras? ¿Será menester que compremos las cabritas?

—Sí... Para que den leche a nuestro hijo prisionero... Al propio tiempo le proporcionamos un juguete vivo.

14 de junio. «¿Sabes, mujer mía, lo que ocurre? Encerrémonos aquí, y hablemos. No se entere nadie de lo que voy a contarte, que es reservadísimo. Llevaría el cuento a don Félix Jacinto Domenech, y éste a San Luis, y San Luis a Blaser... No, no: esto queda entre nosotros. ¡Y luego pensarás mal del pobre *Sebo*, que es para mí el susurro de la Historia: hoy habla bajito, y mañana lo dirá todo a gritos!... Pues ayer, ayer estalló la revolución... No, digo... quiso estallar; pero tuvo que dejar el estallido para mejor ocasión. Verás: Cánovas... No, no fue Cánovas; déjame que ponga orden en mis recuerdos... Vega Armijo, tan joven y ya revolucionario, sacó de su escondrijo al general don Leopoldo O'Donnell... Eran las cinco de la mañana cuando el coche arrancó de la Travesía de la Ballesta... ¿A dónde iban? A Canillejas, mujer, un pueblo agreste, más allá de las Ventas del Espíritu santo. En esto, Cánovas... No, no: Dulce... Debí empezar por decirte que Dulce sacó muy temprano la Caballería... Con el fin laudable de maniobrar... y que Echagüe maniobraba también en las afueras de la Puerta de Alcalá... Todos maniobraban, y maniobrando se les fue la mañana, mientras esperaba O'Donnell en un mesón de Canillejas... El caballo a la puerta, ensillado con montura de teniente general. Todo el que pasaba por allí pudo verlo; lo vio la Policía... Esperó Leopoldo más tiempo del regular. ¿Y Dulce qué hacía? Y los Regimientos de *Extremadura y Constitución*, ¿dónde estaban? En el Cuartel de San Francisco... Habían prometido salir... pero no se determinaron... Querida mujer, ya no necesitas traer provisiones ni comprar las cabritas. Todo ha fracasado... A la fuerza expansiva de las ideas ha vencido una fuerza mayor, la inercia, la formidable pesadumbre de las almas que no vuelan ni corren... ¿Y O'Donnell? Pues mohíno volvió de Canillejas a su lugar, o sea la mísera casa de la Travesía. Me le figuro arrastrando por el suelo su mirada, el largo cuerpo en curva, Quijote irlandés, lúgubre y desaborido, sin la cómica elegancia del manchego.»

A mis noticias contestó María Ignacia felicitándose del fracaso del movimiento. Mala es, según ella, la *polaquería*; pero los conjurados no traen otro fin que quitar de las manos *polacas* el ronzal con que sujetan a esta pobre bestia de la Nación... El ronzal cambiará de mano; pero en éstas o las otras manos, continuarán las mismas mataduras en el pescuezo nacional. No lo dijo así mi mujer. Expresó la idea, que yo adorno a mi gusto al vaciarla en estas Memorias. «Ven acá, esposa mía —le dije, movido del prurito español de las discusiones—, ven acá: ¿qué hablas ahí de ronzales? ¿No hallas diferencia entre la *polaquería*, que es la política mohosa, rutinaria, y esta revolución juvenil, que trae espíritu y modos nuevos?... Fíjate en lo que llamamos pléyade... En esta trinca de muchachos leídos, como que todos ellos saben francés, y nos sacan a cada momento ejemplos mil de los pueblos extranjeros. Conoces a Ríos Rosas, le has visto y hablado en casa de Bravo Murillo. Es aquel rondeño, de áspera fisonomía, de palabra premiosa que revela su austeridad... Conoces a Cánovas, el chico de Málaga que discurre con juicio sereno, y sabe esclarecer las cuestiones que nos parecen más oscuras... Conoces a Gabriel Tassara, poeta y orador, que viene a ser lo mismo... Los tres hacen versitos, o los hicieron cuando iban a la escuela. La poesía es el germen de la Sabiduría política. De Cánovas y de Ríos Rosas espero yo que sean humanas alquitaras: sus privilegiadas cabezas destilarán la sensibilidad andaluza, para obtener el puro espíritu lógico... La lógica no es más que el zumo y la esencia de la poesía... No te rías, mujer... Pues en esta brillante cáfila de jóvenes salidos del estado llano, ponme también a

Fernández de los Ríos, Ortiz de Pinedo, Nicolás Rivero, Martos... A todos les conozco. Abogados son los más, y están bien enterados de cómo se hacen y se deshacen las leyes. Veo que te ríes de mí, y no sigo... Si he de decirte la verdad, yo tampoco tengo en estas cosas más que una fe relativa. Los pueblos desgraciados se enamoran de lo nuevo... Y si en esos seres desgraciados están en mayoría los hambrientos, el entusiasmo por las revoluciones es delirio. Analizando y desmenuzando la llamada opinión, encontramos este voto atomístico: «Comemos poco y mal; queremos comer más y mejor.» Por esto los ricos bien comidos no labramos más que una opinión artificial, de resonancia hueca. La verdadera opinión, el verdadero *sentimiento público*, es el hambre.

—Divagas, Pepe, y lo que temo es que recaigas en los trastornos que llamabas *efusiones*, y que tanto nos dieron que sentir...

—La Sociedad divaga, yo no... Yo estoy quieto en mi casa, y ella es la que da vueltas en derredor mío... Yo estoy harto y quieto, viendo venir la siniestra procesión de los estómagos vacíos, viendo pasar las revoluciones.

XV

Con tanta prevención me habla mi mujer del oficioso *Sebo*, y tal ojeriza le manifiesta, que acabo yo por asustarme de las corrupciones que el tal me cuenta. Dudo de la veracidad del soplón, y siento que va infiltrando en mí dosis graduales de espíritu maligno. Y anoche, cuando se retiraba después de contarme nuevas atrocidades amorosas y políticas del Gracián, me faltó poco para padecer la más vulgar alucinación de las comedias de magia. *Sebo* desaparecía por la ventana, o al través de la pared, despidiendo chispas de su bigote cerdoso... Tras sí dejaba olorcillo de azufre.

Volvió al siguiente día con una carta, que me entregó diciendo estas palabras infernales, acompañadas de un destello sulfúreo: «Por este papel, excelentísimo señor, el general O'Donnell le llama a Vuecencia para conferenciar sobre el movimiento que se prepara.

—¿Qué me cuenta el amigo *Sebo*? ¿Le ha dado a usted la carta el general, en propia mano?

—No, señor. Entraba yo en el portal al mismo tiempo que el portador de la carta, el cual es un chico aprendiz de hojalatero. Y como yo conozco a ese rapaz, y sé que ha llevado papelitos al general Messina, a don Antonio Cánovas y a otros, deduzco que la carta es de O'Donnell, a quien ya llaman por ahí el *general libertador*. Puso el aprendiz la carta en manos del portero, y de las manos del portero la cogí yo para subirla al señor don José.» Mientras esto decía *Sebo*, reconocí en el sobre la escritura de Virginia. Mi estupor fue grande, más que por la letra del sobrescrito, por la relación que el endemoniado cuentero estableció entre la pobre *Mita* y el buen don Leopoldo. ¿Qué podía ser esto?... A mis dudas y confusión acudió el policía con nuevas referencias que no esclarecían el asunto: «Ya dije al señor don José que el número 3 de la Travesía de la Ballesta es por la calle del Desengaño el número 22. Son dos casas que se comunican por dentro. En la del Desengaño, tienda, tiene su habitación y taller un maestro hojalatero llamado José María Albear.

—Basta, *Sebo*. ¿Y usted me asegura que esta carta la trajo el aprendiz de la hojalatería?

—Entre su mano y mi mano, señor marqués, solo estuvo un momento la del portero... Puedo averiguar el nombre del chico; puedo cogerle, traerle acá...

—Dejemos por ahora ese dato... De la carta, puedo decir antes de leerla que tiene miga, ¡vaya si la tiene!...

—Para mí, señor marqués, le ofrecen a Vuecencia una cartera en el primer Gabinete que formen los revolucionarios.

—Puede que eso sea... —dije yo abriendo la carta y pasando rápidamente la vista por ella—. En efecto, algo de eso es... Retírese por hoy el buen *Sebo*, que esto es para leído y tratado despacito por mi mujer y yo. Vuélvase mañana...»

De mala gana se fue el diablo, y yo corrí en busca de María Ignacia, que estaba lavando al pequeño: «Mira, mira: carta de *Mita*... ¿Y no sabes quién la ha traído? Asómbrate, la ha traído *Sebo*. ¡Para que hables mal del pobre *Sebo*!... Ya tenemos a *Mita* y *Ley* bajo nuestra mano. Ya son nuestros, gracias a O'Donnell, a *Sebo*, al hojalatero...

—¿Qué dices, hombre?

—Digo que acabes. Quiero que la leamos juntos.

Momentos después leía María Ignacia: «Pepillo, ya no estamos donde estábamos. Días ha, pensamos que debíamos mejorar de vida, tener madriguera más cómoda y comer algo de más sustancia. Como nuestro ajuar nos permite mudarnos tan fácilmente, levantamos el campo, y nos pusimos en camino. ¿Hacia dónde? No te lo diré. Sabrás, sí, que tenemos amigos, y que almas generosas hay dispuestas a protegernos... Pues llevando sobre nosotros lo que poseemos, carga muy llevadera para los dos, rompimos marcha una mañanita por los campos y laderas de Dios. Donde nos parecía bien, descansábamos; comíamos de lo nuestro, sin pedir nada a nadie. ¿Qué nombre daban antiguamente a los pueblos, familias o personas que andaban de un lado para otro? Es una palabra que ya no se usa en sociedad: *mónadas o nómanas*. Pues bueno: somos caminantes, no vagabundos, puesto que sabemos a dónde vamos. Nos dirigimos a una tierra que a mi parecer no es muy bonita, pero sí de más avío para el trabajo. Seguiremos de salvajes; pero no tan metidos en el reino de la soledad. No siento más sino que lleguemos cerca de Madrid... tan cerca que me dé en la nariz la tufarada de vuestra civilización... Olor de cuadra, olor de pucheros recalentados, olor de boticas... ¡qué asco!»

«Hemos pasado por caseríos y pueblos. No te digo sus nombres; ni estoy tampoco muy segura de saberlos. La Geografía escrita me interesa poco; la que voy yo estudiando con mis ojos y mis pisadas... O patadas, como quieras... Me interesa más. Te escribo en la sacristía de la parroquia de un pueblo, que no es de los más chicos ni de los más feos. *Vele ahí* que el sacristán es amigo nuestro, y nos cree marido y mujer. En verdad que lo somos ante Dios y ante nuestras conciencias, y con eso nos basta. Pero tememos que se nos descubra el engaño, y venga la maldita ley con su cara de vieja legañosa y nos suelte una sentencia bárbara. Por esto te escribo, querido Pepe, te escribo para que tú y tu mujer, la simpática María Ignacia, se interesen por nosotros, y corten el paso a esa ley entrometida y sin entrañas. Vosotros sois personas influyentes, y en este país las personas de influjo lo pueden todo. Por amistad y recomendaciones, en España se hace picadillo de las leyes. Los ricos, si a más de ricos están un poco arrimados a la política, son los amos de vidas y haciendas; y ya que su egoísmo hace tantas iniquidades, haga su caridad alguna vez una obra buena... Esto lo aprendí cuando vivía con mis padres, y aún más en el suplicio de aquel matrimonio; después lo he visto mejor en los campos, donde a cada triquitraque se ve una víctima de esos que ahí llamáis *altos funcionarios, prohombres, eminencias de la Banca, de la Política*, etc., los cuales vienen a ser o celebridades de figurón, o bandidos, verdaderos truhanes con traje y ringorrangos de caballeros. Bandidos hay de la Política, que explotan al Pueblo; bandidos eclesiásticos, que echan bendiciones, y otras clases de bandolerismo ilustrado, como don Mariano, mi ex suegro, del cual no puedo decir que *santa gloria haiga*, porque desgraciadamente no ha reventado todavía. ¡Ay, Pepe, lo que aprende una cuando se hace salvaje, cuando se mete tierra adentro por el verdadero país, y ve de cerca sus miserias, y siente el latido de la sangre de la Nación!

«Verás en esto que te escribo *un porción* de disparates, Pepe; pero yo te digo: «Hazte salvaje como yo; bájate a lo más hondo de lo que mi ex suegro llama *capas sociales*, a esta capa de la pobreza que vive sobre el terruño, y verás las verdades netas. Por *desageraciones* las tenéis los de allá. Pero yo me río de ti y de tus sabidurías, sacadas de libros y discursos. Yo soy una ignorante que ha leído en el libro grande de las cosas tales como son, y ha visto de cerca la España en cueros, musculosa, cargada de cadenas. Viviendo en ella y con ella es como nos instruimos. Yo sé más que tú, porque sé lo que cuesta el pedazo de pan negro que se llevan a la boca, para no morirse de hambre, cientos de miles de españoles...» En fin, no te digo más de esto, porque no siendo salvaje como yo, nunca llegarías a comprender mis barbarismos. Vamos al por qué de esta carta.

»Nos fijaremos en un pueblo que no está lejos de Madrid, y en él trabajaremos honradamente para ganarnos la vida. Como el *aquél* de nuestro trabajo nos ha de poner en comunicación con la maldita *Corte*, me temo que no nos valga el recurso de los falsos nombres con que nos hemos rebautizado... Tememos, querido Pepe, que entre curas, polizontes, o algún alcaldillo de los que son criados de los poderosos, nos hagan una mala partida. ¡Vaya, que si nos cogen y nos llevan a Madrid atados codo con codo! No sé por qué, tanto *Ley* como yo confiamos en que tú evitarías nuestra persecución. Y ahora pregunto: ¿estás dispuesto a protegernos, Pepe, asegurándonos contra las asechanzas de esa condenada justicia? Hemos roto la ley, hemos hecho mangas y capirotes de los que nos parecían falsos respetos o mentirosas idolatrías. Para que nos separemos *Ley* y yo, será menester que antes nos descuarticen... Conque ¿nos proteges?, ¿sí o no?

»Y ahora viene la gran dificultad. Para que tú puedas contestar a mi pregunta, buen Pepillo, he de romper el secreto de nuestra residencia, o valerme de una tercera persona, y ambas cosas son de mucho peligro, porque no me fío de nadie, y aun a ti mismo te tengo un poquitín de miedo. Cavilando en esta dificultad estuve toda la noche, y hoy toda la mañana, sin que haya podido resolver nada a la hora en que te escribo... Llega el momento de seguir nuestra viajata, y me dan prisa, mucha prisa para que concluya ésta, y pueda salir para Madrid llevada por los geniecillos del aire. Rabia, rabia, que no sabes ni sabrás cómo va mi carta, ni quién la lleva... Pues no tengo más remedio que poner punto aquí. La cuestión batallona de tu respuesta se queda sin resolver; pero de aquí a mañana espero que se cuaje la idea, que anda por mi caletre como una papilla. Perdona que materialice estas cosas del pensamiento. Desde que soy salvaje, tengo más sal en la mollera, más pesquis. Antes, en mi vida de señorita, no se me cuajaba ninguna idea. Todas se quedaban en estado parecido a la clara de huevo, como una baba, como un moco, y en mi vida de señora casada solo cuajó una idea, la de descasarme, como lo hice, y de ello no me arrepentiré nunca. Pues verás cómo ahora el talentazo que me ha dado mi escapatoria encontrará un bonito ardid para que sepamos si estás decidido o no a protegernos contra curas y curiales, y contra guindillas, que son la peor gente del mundo... No puedo seguir por hoy. Un día o dos tardaré en volver a escribirte. Prepárate. ¡Ay, Pepe, ten compasión de este matrimonio montaraz que con nadie se mete, y se contenta con que le dejen vivir!... Yo le digo a *Ley* que nos vayamos a Marruecos, donde él tiene un hermano que se ha hecho moro y está en grande; pero *Ley* no se determina: no desespera de encontrar aquí un buen acomodo para ganar el pan, y comerlo juntos... De ti depende, Pepillo... Hasta mañana... A Ignacia y a tu niño, mil besos de vuestra amiga —Mita.

Impacientes quedamos mi mujer y yo, aguardando la anunciada clave para comunicar con la pareja silvestre, aunque en rigor no la necesitábamos, porque *Sebo* nos ofreció traer a nuestra presencia al aprendiz de hojalatero, y someterlo a un interrogatorio, del cual habíamos de sacar la verdad. Dispuestos estábamos ya a la cacería del chico, cuando llegó la carta. *Mita* me proponía un medio de los más inocentes para mostrarle mis buenos propósitos en su favor. ¿Qué tenía yo que hacer? Pues un papel semejante al de los novios de la categoría más angelical, que se pasan el día tomando las medidas de la calle en que su amor reside, y regocijando a los vecinos y transeúntes con los signos de una telegrafía candorosa. No me imponía *Mita* más que tres paseos de ida y vuelta en la calle del Desengaño, entre San Basilio y Portaceli, en día y hora fijos, y había de llevar un pañuelo blanco en la mano derecha, no enteramente desplegado, sino en forma que fuese bien visible a distancia. Podía, sí, hacer que me sonaba, como si padeciese un fuerte romadizo; mas no guardarme el pañuelo en el bolsillo. Esta deambulación de hombre constipado era la fórmula muda con que yo me comprometía solemnemente a ser depositario leal del secreto de su residencia.

A mi mujer y a mí nos pareció ridícula esta telegrafía de galán sensible, trota-calles, y además innecesaria, pues, decididos a proteger a la pareja volante, teníamos medio más seguro y serio para ponernos al habla con ella. Mejor que los paseos, pañuelo al aire, para que me viese el hojalaterillo de la calle del Desengaño, era que nos desengañásemos pronto y bien, cogiendo al tal chico y trayéndolo a nuestra presencia. El astuto *Sebo*, a quien di conocimiento, por la tarde, a solas, de la carta de *Mita*, opinó que eran puras pamplinas los telégrafos propuestos por la señora libre, y me prometió detener al chiquillo y traerle a casa. «Es su hermano, señor. Me consta que es hermano no precisamente de ella, sino de él, *vulgo* cuñado, y se llama Rodrigo Ansúrez.

—Ansúrez, Ansúrez... Le conozco... Conozco a toda la familia... Familia trashumante... Castillo de Atienza...

XVI

Mi mujer y yo señalamos para la mañana del siguiente día la captura y examen del hojalatero; pero el oficioso polizonte, desviviéndose por servirme, nos trajo el chico aquella misma noche. Le cazó en la calle del Desengaño cuando salía con un recado de arandelas de latón para la Cofradía de la Leche y Buen Parto, y después de acompañarle hasta dejar las piezas en San Luis, le condujo a nuestra casa, en calidad de preso, sin darle más explicaciones que la oferta de una paliza si alborotaba por el camino. Llegó a nuestra presencia consternado el pobre rapaz, y lo menos que pensaba y temía era que le íbamos a condenar a cadena perpetua. A mi mujer y a mí nos dio lástima de verle tan compungido y lloroso, como un reo que se dispone a confesar sus tremendos crímenes, entregándose a la compasión y a la indulgencia de sus jueces. Trabajo nos costó apartarle de los ojos los puños, y hacerle comprender que no le haríamos ningún daño.

—Ya sé que te llamas Rodrigo Ansúrez —le dije—, y que eres buen aprendiz de hojalatería. Tu padre se llama Jerónimo... Mírame bien, y di si recuerdas haberme visto en alguna parte. Sus ojos empañados del llanto se fijaron en mí; mas no revelaron que me conociera. Cuando en el castillo de Atienza vi a la familia celtíbera, la rama más pequeña de aquel frondoso árbol humano era el niño a quien Miedes llamaba *Ruy*, buscando el son arcaico de los nombres. Hoy representa unos catorce años, y en su persona resplandece la hermosura y gallardía de aquella selecta casta de españoles. Yo no me cansaba de mirar en el rostro de él la impresión del de su hermana; impresión borrosa y triste, como la del rostro de Jesús que los cristianos vemos en el paño de la Verónica. Solo que aquí era semblante de mujer, no impreso en una tela, sino en otro semblante; y por cierto que no era afeminada la cara de Rodrigo, sino muy varonil, en su adolescencia vigorosa.

Las primeras declaraciones del hojalatero fueron de cerrada negativa a cuanto le preguntamos; mas, al fin, Ignacia con dulzura, *Sebo* con rudeza policíaca, y yo con un tira y afloja entre ambos resortes de convicción, le trajimos a la verdad. Con decirle y asegurarle que no queremos descubrir a los salvajes para perseguirles, sino para socorrerles, acabé de traerle a nuestra confianza, y obtuvimos los secretos que embuchados tenía. Aquí pongo lo esencial de la revelación: Leoncio Ansúrez, hermano del declarante, es el *robador*, palabra textual, de la señora Virginia. Leoncio ha cumplido ya los veintidós años, y es muy hábil en cerrajería, en composturas de toda clase de máquinas, y conoce y maneja con admirable pericia las armas de fuego. De la arrancada inicial, se fueron los amantes a San Sebastián de los Reyes, donde estuvieron pocos días, y allí, tirando siempre hacia el Norte por la Mala de Francia, llegaron a la falda de la Sierra. Allí se establecieron, cambiándose los nombres y figurándose *matrimonio por la religión*. En diferentes parajes habitaron, acomodando su vivir errante a las necesidades de cada día, y a las ofertas de trabajo para satisfacerlas. En un pueblo que llaman Bustarviejo, Virginia lavaba, y Leoncio se contrató con el Ayuntamiento para matar los animales dañinos que en invierno bajan de la Sierra, cobrando tantos o cuantos reales por cada cabeza de alimaña que presentase. Por una loba, treinta y cinco reales, y veinticinco por el macho; por cada zorra, ocho reales; por cada gato montés, seis; por un tejón, doce; por un patialbillo, lo mismo. El turón, la garduña y la jineta se pagaban a siete reales, y el águila, el milano, el alcotán y el búho valían dos reales. De todo esto dio relación minuciosa el pobre chico, declarando con cierto orgullo que había él andado con su hermano en aquellas arriesgadas monterías, y terminó esta parte del relato diciéndonos que por una culebra que no tuviera menos de tres cuartas de largo, daban un real.

Disentimientos de Leoncio con el señor alcalde por la informalidad en el pago de alimañas muertas, moviéronle a largarse de Bustarviejo, corriéndose hacia los altos de la Sierra. El declarante, obligado a volverse a Madrid para seguir en el oficio, no les siguió en esta nueva etapa de azarosos trabajos. Sabe que Leoncio llevaba una vida muy aperreada, sacando piedra de las canteras, y que estuvo muy malo, en gravísimo peligro de muerte. Ignora por qué los salvajes abandonaron la Sierra viniéndose a tierra llana. Seguramente, alguien les ofreció por acá mejores medios de vida. El pueblo donde ahora se encuentran es Coslada, a mano derecha del camino real, más allá de Canillejas. De Coslada escribió Virginia su última carta con las instrucciones para que yo le diese en la forma que he referido las seguridades de mi protección, y Rodrigo tenía órdenes de al transmitir al mismo pueblo lo que resultara de mi paseo telegráfico, si en efecto yo respondía por tan ridículo lenguaje. Con esto concluyó la declaración del hojalatero, y dimos por bien empleada su captura.

Alegres por este feliz resultado, tranquilizamos al hojalatero, añadiendo a nuestras palabras cariñosas una gratificación en metálico, que no quería tomar ni a tiros. Para que consintiese en aceptarla, fue preciso que mi mujer le repitiera una y otra vez que no haríamos ningún daño a Virginia y Leoncio; antes bien, ellos y toda la familia tendrían de nosotros cuanto pudieran necesitar. No quise dejarle partir sin que me diese informes de su parentela. Díjome que su padre vivía tranquilo y satisfecho en la Villa del Prado, *al frente* de la labor de su yerno el señor Halconero. De su hermana Lucila diome la estupenda noticia de que ha engrosado considerablemente, y tiene ya dos chicos. Oí estas referencias como el estallido de una bomba de poesía que se deshace en cascos de prosa. Hízome el efecto de una esfera de cristal, lumínica, que se rompe, se apaga, disolviéndose en un vapor rastrero... ¡Gorda y campesina, con principios de numerosa prole!... Guiada por el tiempo, la Naturaleza nos baja desde las cumbres de la vida soñadora al llano de la vida ordinaria.

31 de junio. Indulgente Posteridad: Antes que yo te lo diga, comprenderás que, sabido el paradero de *Mita* y *Ley*, determiné correr hacia ellos. Menos vehemente que yo, mi mujer quiso que lo tomase con calma, pues tiempo había de sobra para ejercer la caridad con el libre matrimonio. Mas no me convenció, y aquella misma noche mandé preparar un coche de colleras con buenas mulas, para salir a la siguiente mañana con la fresca. Viéndome tan decidido, María Ignacia no insistió, pues harto conoce cuán pernicioso es para mi salud el continuo encierro dentro de la esfera de un vivir acompasado y sin accidentes. Bien sabe mi esposa que contenerme en estas expansiones de generosidad es reducirme a tristeza y desaliento. Convinimos, al fin, en que llevaría conmigo al criado de más confianza, un hombrachón atenzano, llamado Zafrilla; y para ir reforzado de un poquitín de autoridad gubernativa, que bien podía ser necesaria, acordé llevarme también al gran *Sebo*. Figúrate, ¡oh Posteridad!, el júbilo con que esta idea fue acogida por el interesado. Pero como tiene, según dijo, servicio en el barrio de la Plaza de Toros, desde media noche hasta el amanecer, me rogó que pues yo había de salir por la Puerta de Alcalá, mandase parar el coche en el Parador de Muñoz, donde se uniría conmigo para *custodiarme* hasta Coslada.

Salí, pues, tempranito con Zafrilla. Guiaba un excelente cochero, y el ganado era de lo mejor: tres mulas capaces de llevarme a Pekín, si necesario fuese. Para que nada faltara, llevábamos provisiones para sustentarnos durante todo el día, y aun para dejar surtidas las flacas despensas de la desamparada *Mita*. Nada digno de contarse nos ocurrió a la salida de Madrid. Pero al llegar al Parador de Muñoz, serían las seis y media de la mañana, me vi sorprendido por la súbita emergencia de un interesante capítulo de la Historia de España. Entró *Sebo* en el coche con risueño semblante, el bigote más cerdoso y erizado que de costumbre, y entre salivas, me roció estas palabras: «Señor, ya se armó la trifulca. Ya está O'Donnell en campaña con sin fin de tropas de Caballería y mucha Infantería.

—O usted sueña, o al tomar la mañana, ha empinado más de lo regular.

—Yo no empino sino cuando tengo disgustos en casa. Pero en todo lo que es del procomún, guardo la serenidad para hacerme cargo bien de las cosas, y ver qué postura me conviene... Por aquí han pasado, serían las dos y media, tropas que no sé si son de *Extremadura*. Iban algo desmandadas. La Caballería, según me han dicho, salió por la Mala de Francia, y con ella los del *Príncipe*, mandados por Echagüe, y en el Campo de Guardias hicieron alto. Al frente de la Caballería iba el Director del Arma, general Dulce.

—Eso no puede ser, *Sebo*. Don Domingo Dulce dio al Gobierno *polaco* seguridades de lealtad.

—Lealtad es palabra de dos caras: con una mira al Gobierno de la reina; con otra, a la reina del mundo, que es la Libertad sacratísima.

—Revolucionario estáis, amigo *Sebo*.

—Es que no como; es que once reales y medio al día dan poco de sí, excelentísimo señor, y una de dos: o las revoluciones no sirven para nada, o sirven para que el español un poco listo ponga unos garbanzos más en el puchero, y si a mano viene, una pata de gallina... Digo y repito que el general Dulce ha sacado la Caballería, que es como sacar el Cristo. Vuecencia no podrá negarme que este Dulce no lo es más que por su apellido, pues tiene un genio más agrio que las uvas verdes, y la mano, como las de almirez, muy dura. Esto va de veras, señor; esto no es ya jugar a los soldaditos. Hoy temblará Madrid.

—Pero, a todas éstas, de O'Donnell nada se sabe.

—Se sabe que a las tres de la mañana salió por la Puerta de Bilbao, en coche que guiaba el propio marquesito de la Vega de Armijo... No sé si se agregó a la Caballería en el Campo de Guardias. Los sublevados a pie y a caballo, otros que iban en coche, y muchos paisanos, bajaron, antes de amanecer, del Campo de Guardias a la Fuente Castellana, siguiendo por los tejares hasta la venta y portazgo del Espíritu santo.

—Llevan, como nosotros, la dirección de Canillejas o de Alcalá de Henares.

—Para mí que no pasan de Canillejas, donde aguardarán a las tropas del Gobierno para darles la batalla.

Cuánto me alegré de este inopinado brote de sucesos graves, no hay para qué decirlo. Frente a mí tenía una revolución, no de éstas que se manifiestan en las declamaciones teóricas de libros y discursos, sino viva, con choque formidable de hombres y caballos, caídas de cuerpos y de ideas, alzamiento de nuevos principios. El asunto que motivaba mi viaje por el camino real de Aragón quedaba ya en segundo término, y lo más interesante para mí era la página histórica que de improviso ante mis ojos se abría. Mi alma necesita hoy, más que nunca, un poco de drama. La comedia me aburre ya, y sus blandas emociones no satisfacen el hambre de mi espíritu. Hasta la política, desde las guerras últimas, ha venido a ser casera, cominera y familiar, como las comedias del amigo Bretón. Ya llevamos largos años de una paz tediosa, empapada en la insulsez administrativa. Por ley física, han de venir ahora estremecimientos que despierten la vitalidad de la Nación, que hagan circular su sangre y sacudan sus nervios. Tendremos, pues, enfermedad saludable, de esas que hacen crisis en el individuo, y promueven el crecimiento, la adquisición de fuerza nueva.

Pensando esto, deseaba yo que las mulitas de mi coche se convirtieran en hipogrifos, para que velozmente me transportasen al lugar en que la página histórica había de ser escrita con empujones, gritos, choque de armas, sangre, y todo lo demás que es del caso, hasta que caen unos hombres y otros suben, y las utopías derriban del pedestal a las verdades para ponerse ellas... De estas meditaciones me distraía el gran *Sebo*, haciéndome notar los grupos de paisanos armados que por el mismo camino que nosotros iban. Unos llevaban trabucos, otros escopetas; reían y bromeaban como si fueran a una feria. Vi caras conocidas; otras que anualmente se ven en la función patriótica del Dos de mayo, en las algaradas callejeras, en las ejecuciones de pena de muerte, en las Vueltas del día de San Antón, y en el Entierro de la Sardina. A muchos designó Telesforo como gente alborotada y maleante, *patriotas* de oficio que acuden a donde hay tumulto y bullanga por la Libertad o la Constitución, aunque ninguno sepa cuál de las que tenemos está vigente... Y también iban entre ellos algunos de quien *Sebo* se recató, agachándose para no ser visto. «Estos que ahí van, señor —me dijo—, son los de más cuidado entre la familia *patriotera*. Si llegan a verme, no escapamos sin que nos tiren una piedra, a mí, que no a Vuecencia... y a uno de los dos nos podían machacar un ojo. Me tienen tirria porque les he metido mano más de cuatro veces cuando andaban en el trajín de acariciar lo ajeno. Ahora van tras de O'Donnell, como irían tras de José María o del moro Muza. Éstos confunden a la diosa Libertad con el dios... ¿No hay un dios que se llama Caco?

—No era dios, según creo. Para mí era de la Policía.»

XVII

Estaba yo en mis glorias, y me recreaba previamente en las emociones de aquel día, como un chiquillo contemplando los zapatos nuevos que van a ponerle. El polvo que mi coche levantaba rodando por el camino real, parecíame polvo de batalla, y en los cambiantes que hacían sus ondas traspasadas por el Sol, veía yo las terribles falanges en lucha. El paisaje que a los dos lados del camino se extiende, no podía ser más apropiado a guerras y trapisondas. Todo es allí aridez, tierras desoladas y libres, donde los hombres no tienen nada que hacer, como no sea lanzarse a desesperados combates, por el gusto de pelear, no por la conquista de un suelo que tan poco vale.

A la vista de Canillejas, vimos obstruido el camino por un grupo de gente que vitoreaba a la Libertad y a los generales sublevados. Mandé parar, y antes que yo pudiese ordenar al cochero y a mis acompañantes que secundaran los clamores patrióticos, saltó *Sebo* al camino, y echó al aire su sombrero de copa, gritando hasta desgañitarse. Pasó el sombrero de mano en mano hasta volver a las de su dueño en estado de ruina lastimosa, y sin ponérselo, para no desairar su figura, pronunció *Sebo* un ronco panegírico de la revolución, terminándolo con frenéticos vivas a mi humilde persona. Entendió la multitud que iba yo en seguimiento de la columna de O'Donnell, y no fue preciso más para que me aclamasen como a libertador de la clase civil. Los más próximos al coche me contaron que las tropas habían hecho un alto en Canillejas para reconocer y proclamar la autoridad suprema de O'Donnell, el cual se presentó vestido de paisano, a caballo. Vulgar y breve fue su arenga, limitándose a las frases de ritual en la literatura de pronunciamientos... «que él no daba aquel paso por vengar agravios personales, sino por sacar a la Patria de su envilecimiento... que para esto era menester el esfuerzo de todos sus hijos...», y pitos y flautas... Eran los tópicos de siempre, y las inveteradas fórmulas de requiebro que gastan los políticos delante de la Nación, cuando encaran con ella para declararle un amor honesto, apasionado y con buen fin.

Disparado por O'Donnell el ruidoso cohete de la proclama, siguieron las tropas su camino. Quién decía que llegarían hasta Alcalá, quién que no pasarían de Torrejón. Entré yo en Canillejas, y al arrimarnos a un parador para dar pienso a las mulas, y a nuestros cuerpos alguna reparación, me vi rodeado de multitud de gente de aquel pueblo de Madrid, que ávidamente me pedía noticias del plan de campaña, y de lo que hacía o dejaba de hacer el Gobierno. ¿Continuaba la Corte en El Escorial? ¿Era cierto que Sartorius había salido de Madrid disfrazado de carbonero, y que se formaba un Ministerio Blaser-Custodia-Domenech? ¿Disponía el Gobierno de tropas leales para batir a los revolucionarios? ¿Se confirmaba que la *Polaquería* no contaba con un solo soldado? Contesté que nada sabía yo de planes de campaña; y a responder a las otras preguntas me disponía, cuando *Sebo* me quitó la palabra de la boca para trazar una relación sucinta de los acontecimientos futuros, como si ya fuesen pasados y él los hubiese visto. De las fogosas expansiones de mi acompañante, declarando que había sido de la Policía, pero que ya renegaba de su ominoso empleo, y ponía su voluntad y la porra de su bastón al servicio de los caudillos libertadores; de esto y de mi buen humor resultó que hube de convidar a todos los presentes a tomar cuantas copas quisieran. En medio del barullo patriótico y tabernario que allí se armó, yo, silencioso, batallaba en mi espíritu entre un deber y un deseo. ¿Qué haría yo? ¿Seguir mi camino hacia Coslada en cumplimiento del plan humanitario, móvil primero de mi viaje, o abandonar este plan para correr tras el suceso histórico que la suerte me deparaba? Por fin, pudo más que la obligación la curiosidad, y a ello contribuyó mi diablo con estas sugestivas razones: «Señor, lo primero es la Patria, que hoy está en el filo de perderse o salvarse. Vuecencia es, ante todo, un buen español. ¿Cuándo se le presentará ocasión como ésta de ver salvar a España, y aun de contribuir, si a mano viene, al salvamento? Y considere que para visitar a los bárbaros de Coslada, lo mismo da un día que otro.»

No necesité más para convencerme: mandé enganchar, y salimos hacia Torrejón. Al mediodía pasábamos el puente llamado de Viveros; poco después entrábamos en el pueblo a que ha dado fama un hecho militar del amigo Narváez. Rindiendo culto a la verdad histórica, debo decir que nuestra entrada fue triunfal, entre aplausos, vocerío y disparos al aire. Creían que llevábamos la dimisión y caída del Gobierno, la subida de O'Donnell, quizás la cabeza de Sartorius. No me valió decir que nada de esto llevábamos, porque el maldito *Sebo*, con sus gárrulos discursos, hacía entender a la gente que no íbamos a Torrejón por pura curiosidad. También allí vi defraudada mi esperanza de alcanzar la columna de O'Donnell. Poco antes de mi llegada había salido el caudillo para Alcalá con el grueso de la tropa sublevada, dejando en Torrejón el regimiento del *Príncipe* con Echagüe y una sección de Caballería. Tuve intención de verle: quería yo charlar con mi amigo de aquel aparatoso alzamiento; mas, antes de llegar al caserón donde se alojaba, me vi envuelto por una nube, que de otro modo no puedo llamar a la turbamulta de personas que me rodearon, caras de Madrid, conocidas, algunas de amigos.

La primera intimación fue que nos reuniéramos todos a comer. Díjeles que yo les convidaba, pues, a más del repuesto de provisiones de boca, traía exquisitos vinos: comeríamos y beberíamos a la salud de los libertadores. Interpretando con agudeza y prontitud mis deseos, corrió *Sebo* al parador y mandó disponer comistraje abundante, de lo que hubiese, que con lo llevado por nosotros formaría un banquete espléndido. Y mientras bajo la dirección de Telesforo funcionaban las cocinas, recorría yo el pueblo de un lado para otro, viéndome abrazado por cuantas personas encontraba. En estas expansiones populares, el abrazo entre desconocidos es el signo externo del cordial regocijo, de la esperanza que toda insurrección despierta en el sufrido pueblo español, mal gobernado siempre. Las revoluciones tienen entre nosotros el carácter de salutación al nuevo tiempo, y establecen entre los ciudadanos la confianza, la fraternidad y el generoso cambio de demostraciones cariñosas. Yo me vi en Torrejón festejado por la multitud. No solo me abrazaban los de Madrid, sino los del pueblo, éstos con mayor efusión. A mi paso avanzaban también las mujeres, alzados los brazos, y soltaban con chillona voz el grito de ¡Viva España! Algunas viejas me besuquearon, y los chicos gritaban: ¡Viva Madrid! ¡Vivan los hombres de corazón! Se les había metido en la cabeza que yo llevaba una misión política, y no siéndome fácil sacarles de aquel error, pues no había razón que les convenciera, dejeme llevar de la ola popular. Cerca del caserón que me pareció Ayuntamiento, se vino hacia mí un señor que con cierta solemnidad se presentó a sí mismo, diciendo: «Simón Carriedo, alcalde de Torrejón de Ardoz.» «Por muchos años», contesté yo dejándome abrazar, y él prosiguió: «Está Vuecencia en uno de los pueblos más liberales de España. Aquí aborrecemos la tiranía, y queremos un Gobierno que mire por la libertad y por la ilustración. ¡Viva Isabel II! ¡Mueran los *polacos*!...

—Bien, señor, muy bien. Pero yo...

—No se nos achique Vuecencia, ni crea que aquí no conocemos a los hombres de valer. Torrejón sabe que tiene en su recinto al que es cabeza civil de la revolución bendita... Señores: ¡Viva el marqués de Beramendi!

—¡Vivaaa...!

—Pero, señores —dije balcuciente, de pura modestia—, yo les aseguro que no toco pito...

—Adelante... Aquí no valen tapujos. Torrejón es un pueblo muy liberal, un pueblo ilustrado... El Ayuntamiento, señor marqués, se reúne esta noche para proclamar con la debida solemnidad el pronunciamiento. Torrejón se pronuncia, Torrejón destituye a Sartorius, y no reconoce más autoridad que la de los libertadores. ¡Viva Isabel II!

Pues adelante. Ya no me opuse a ninguna demostración; ya me creí obligado a tomar la iniciativa en los abrazos, y estrechaba efusivamente contra mi pecho a todo el que cogía por delante. Y mientras esto ocurría, noté que en todas las ventanas y ventanuchos aparecían trapos de colores, colchas y pañuelos; sábanas, donde no había otra cosa, y hasta bayetas amarillas, en representación del tono gualda de nuestra bandera. El pueblo se engalanaba para festejar el cambio venturoso, la nueva dirección hacia los vagos horizontes del progreso y el bienestar. Todas las mujeres estaban en la calle: algunas alzaban en brazos sus chiquillos mamones, como alzarían un estandarte, o cualquier signo para guiar a las multitudes, y los muchachos sacaban cuantos objetos pudieran servir de instrumentos de ruido para imitar el de tambores, remedando con boca y narices el piafar de caballos y el estridor de cornetas. En medio de esta algazara, vino *Sebo* a decir que la comida estaba pronta. Convidé al alcalde, que aceptó, con la recíproca de prometerle yo cenar en su casa. Arrastrado por aquel vértigo y metido en él, llegué a creerme que soy, en efecto, la cabeza civil de la revolución; y en el bullicio del parador, rodeado de diversa gente, tan dispuesta al buen comer y mejor beber como al derroche de palabrería patriótica, mi alucinación casi llegó al pleno convencimiento. Los discursos que en el curso de la comilona pronunció *Sebo*, arranques oratorios con toques de esa sinceridad bufonesca que tanto agrada en los días de exaltación popular, me contagiaron, lanzándome a improvisaciones locas. Ni recuerdo bien lo que dije, ni hago traer aquellos disparates desde las neblinas de mi memoria a la claridad de estas páginas.

Entre los comensales había dos cadetes de Caballería que desde el primer instante de nuestro conocimiento me encantaron por su juvenil desenfado, por su ingenio vivísimo, que así se manifestaba en la charla voluble como en los desahogos de la maledicencia política. No he olvidado sus nombres: Pastorfido se llamaba el uno; el otro Narciso Serra, y ambos hablaban por los codos, empezando en prosa y acabando en verso. Serra, principalmente, se disparaba en redondillas sin darse cuenta de ello. Cuando salíamos del parador para ir al alojamiento del brigadier Echagüe, me dijo con la naturalidad de la prosa corriente:

¿Dormir yo? No tengo gana.
Sueño pensando en mi suerte.
El descanso de la muerte
quédese para mañana.

Antes de visitar a Echague, acordeme de mi casa, de mi mujer y mi niño, y sentí ardientes deseos de volverme a Madrid. Mas ya era tarde para emprender el regreso, y además la página histórica, ofreciéndose a mi mente con extraordinaria luz, debilitó mi querencia del hogar y de la familia. Resolví quedarme, y para que María Ignacia no estuviese con cuidado, mandé a mi criado Zafrilla que alquilase un buen caballo y a Madrid partiera sin demora. Hecho esto, fue sosegada mi permanencia en Torrejón toda la noche, que hube de pasar de claro en claro, por los obsequios del alcalde, por el patriotismo bullanguero del vecindario y el continuo movimiento de tropas, y por los divertidos coloquios con Serra y Pastorfido, que ni dormían ni dejaban dormir a nadie.

A Echagüe le encontré caviloso, inquieto, como hombre que sabe pesar la grave responsabilidad contraída. La importancia militar y política de los personajes sublevados era garantía de un éxito feliz; pero siempre quedaba el temor de inesperadas contingencias, de ésa no vista piedra que hace volcar el carro, del olvidado detalle que destruye en un momento la lenta obra de la previsión. Díjome que los generales contaban con el concurso de todas las fuerzas que tenemos en Alcalá, y con los medios que ofrece aquel depósito para poder armar buen número de paisanos. Nada sabía de los planes del Gobierno, que de fijo habría dispuesto que la Corte regresase a Madrid, para disponer de las tropas de guarnición en el Real Sitio. Con poca o ninguna Caballería contaba el Gobierno; en cambio, no le faltaba la suficiente Artillería para dar un mal rato a los rebeldes. ¿El plan de O'Donnell era caer sobre Madrid en son de ataque, o esperar a pie firme al ejército llamado *leal?* No lo sabía, o quizás sabiéndolo no estimaba prudente decírmelo. Ya de madrugada, supe por mis amigos Serra y Pastorfido que Echagüe tenía orden de ponerse en camino a la mañana siguiente, tomando la dirección de Coslada. A Coslada iría yo también, haciendo de la página histórica y de la novelesca una sola página.

Dormí un par de horas, y más habría dormido si no me despertara con grandes voces mi amigo el coronel Milans del Bosch, que acababa de llegar de Madrid, de paso para Alcalá, con una misión del Gobierno. Hombre expansivo, de corazón fácilmente inflamable por toda idea generosa, pródigo de palabra, en las resoluciones más impetuoso que tenaz, ha ilustrado su nombre en las armas, junto a Prim, y en sociedad es de los que saben ganar numerosos amigos. Mientras yo me vestía, tomaba el desayuno que le subió *Sebo.* Hablamos de la revolución, que él miraba con simpatía como liberal y patriota, y lamentaba que la disciplina no le permitiera secundarla. Tal fuerza expansiva tenía en su alma la sinceridad, que no me fue difícil obtener alguna indiscreción referente al mensaje que llevaba. Oyéndole charlar con espontaneidad impropia de un diplomático, vine a sacar en limpio que la reina concedería su perdón a O'Donnell y a los demás generales, reconociéndoles sus grados y honores, siempre que volviesen a Madrid y entregaran a Dulce para someterle a un Consejo de guerra. Me pareció que era gran tontería proponer a un sublevado español vilipendio semejante, y que la misión del parlamentario había de ser inútil. También Milans así lo creía. En él advertí desconfianza de su papel diplomático, y ganitas de ponerse al lado de los libertadores y en el puesto de mayor peligro. Es de los que no quieren lucha sin gloria, ni ven la gloria donde no hay mil probabilidades de perder la vida.

Bajamos a la plaza, y cuando le despedía junto a la portezuela del coche, me veo venir a Andrés Borrego rodeado de un grupo de patriotas y periodistas. Habían llegado por la noche, y después de un descanso breve continuaban camino de Alcalá. Poco pude hablar con aquel buen amigo tan experto en cosas políticas y revolucionarias. Díjome que el Gobierno había perdido la chaveta, y con sus desatinos daría el triunfo a la insurrección. No se le ocurría más que ordenar prisiones de gente de viso, entre ellas los banqueros Collado y Sevillano; suspender toda la prensa independiente, y amenazar con comerse los niños crudos. «Pero lo más ridículo que estos pobres *polacos* han podido idear —me dijo Borrego en los últimos apretones de manos—, es la revista militar que han dispuesto para hoy en el Prado, con asistencia de Su Majestad, para que las tropas la vitoreen y le digan que por ella derramarán su sangre. Ya sabe usted, mi querido Beramendi, que estas paradas son un recurso teatral que nada resuelve. En ninguna revolución ha faltado este prologuito de las grandes catástrofes, ceremonia militar, desfile de soldados melancólicos. Los vivas de ordenanza, el estruendo de clarines y tambores, suenan a melopea desmayada y quejumbrosa, a marcha fúnebre.

XVIII

Sueltos, en parejas o en alegres bandadas, pasaron también por Torrejón, el día de San Pedro, multitud de pájaros, la inquieta juventud de estos tiempos, revolucionaria y masónica, vanguardia del pensamiento y zapadora de la acción. El *polaquismo*, con sus increíbles desafueros, ha fomentado el entusiasmo, la impaciencia temeraria y generosa de la juventud militante. Mal haya el Gobierno que desprecia estas manifestaciones de la vida nacional en que andan poetas y escritores sin juicio. Resultará que lo tienen de sobra cuando son olvidados o perseguidos. Y por fin, de los que hacen coplas o chistes es el reino de la opinión... A muchos de los que en Torrejón aparecieron conocía yo de trato, a otros de nombre y fisonomía. Hablé con Cristino Martos, que en todas las funciones de la palabra es orador, como es poeta Serra siempre que abre la boca. El sentimiento revolucionario se desborda en él con las formas gramaticales más graves y rítmicas. Lleva en sí el espíritu girondino: su verbosidad sentenciosa resulta noble y clásica, y por esto mismo no es de los que conmueven a la plebe. Yo le digo que, hablando siempre en nombre del pueblo, resulta el más aristocrático de los tribunos. Ortiz de Pinedo, Cisneros, Somoza, Abascal, y otros que vi pasar aquel día, me contaron que de Madrid venían contra los sublevados los generales Blaser y Lara con la Infantería que había quedado en Madrid y la que regresó de El Escorial, con la Caballería de *Villaviciosa*, algunos tercios de Guardia Civil y no pocas piezas de artillería...

De mi casa me trajo Zafrilla noticias que me permitieron aguardar con tranquilidad los acontecimientos que Clío nos preparaba. Esta bondadosa divinidad cuida siempre de evitar el aburrimiento a los pueblos que se envanecen de tenerla por relatora de sus grandezas. Y apenas entró en funciones la buena musa en aquellos campos, tuve que tomar nota de un hecho singular: la transformación del gran *Sebo*. No viéndole por parte alguna en toda la mañana, mandé a Zafrilla que le buscase, y al fin me le trajo en tal manera cambiado, que al pronto no le conocí. Habíase afeitado el cerdoso bigote, operación que debió de inutilizar las navajas barberiles. Se había cortado el pelo al rape, haciéndose un tipo de cura montaraz, que se completaba con ropas negras y raídas, faja mugrienta, oscura, y gorra de pelo de conejo. «Señor marqués —me dijo con voz que revelaba más miedo que vergüenza—, he tenido que disfrazarme porque... Desde anoche andan por aquí más de cuatro y más de cinco policías, algunos de mi propia sección y de mi propio barrio... Traen proclamas *leales* para repartirlas a los soldados, y con las proclamas, sin fin de mentiras que van echando en todos los oídos para que la gente se desanime... Me han visto, me han preguntado si ando con la Revolución, y les he respondido que estoy donde estoy. No debe uno comprometerse antes de tiempo... No debe uno dar su brazo a torcer... A la Revolución pertenezco yo en cuerpo y alma, y de ella espero la recompensa de mis buenos servicios. Pero mientras se decide si la Revolución vive o muere, ¿qué necesidad tengo de dar la cara? Póngome esta postiza para que mis compañeros no puedan decir que han visto a *Sebo* entre los sublevados. Si vienen mal dadas, serán capaces de fusilarme o de meterme en un presidio... Y sería lástima, excelentísimo señor, porque, aquí donde Vuecencia me ve... No creo haber nacido para el oficio vil de corchete... Modestia a un lado, señor, Telesforo se siente jefe político...»

Asentí a cuanto decía, regocijándome de su infantil ambición, no enteramente injustificada, pues gobernadores he visto salidos del más bajo montón burocrático, o de oscuros aprendizajes políticos... Sigo contando. En la tarde del 29, gran número de paisanos mal armados o por armar entraron en Torrejón, presentándose al brigadier Echagüe. Al anochecer supimos que en la madrugada próxima saldría de Alcalá la división libertadora, engrosada con las fuerzas de Infantería y Caballería que guarnecían aquella ciudad, con el contingente de la Escuela Militar, con los setecientos quintos armados de tercerolas, y el núcleo de paisanos, que iba aumentando por el camino. Dieron a la hueste adventicia el nombre de Voluntarios de Madrid. Madrugamos para salir al encuentro de esta variada y pintoresca tropa. Salió todo el vecindario: la carretera parecía un campo ferial en movimiento. Nunca vi gente más alegre: creyérase que esperaban lluvia de monedas de oro y plata, o presenciar gloriosos combates caballerescos, con intervención del apóstol Santiago. ¡Desgraciado pueblo, que no esperando nada de la paz, porque en este escepticismo lo mantienen sus gobernantes, lo espera todo de la guerra civil.

Cuando las avanzadas del ejército libertador aparecieron, destacándose del horizonte oscuro en las primeras claridades del alba, rompió la multitud en exclamaciones de júbilo. El toque de clarines de Caballería y el grave paso de ésta encendían en todos los corazones un sentimiento de admiración, de piedad y ternura, que no es fácil definir. En los sentimientos que despierta tan sublime música, se confunden y hermanan la grandeza heroica y el fervor religioso. Las pausas en el toque, aquel silencio del metal sonoro que deja oír las patadas rítmicas de los caballos, es de una solemnidad que induce a la efusión, al llanto mismo... Entró la Caballería en Torrejón, después la Infantería y Voluntarios, luego el Estado mayor general escoltado por una sección de coraceros... Por falta de viento, la nube de polvo rastreaba, no subiendo más arriba de las barrigas de los caballos y de los pies de los jinetes. Lamañana entró alegre, luminosa, esparciendo su luz rosada por los campos estériles y por las abigarradas multitudes de militares y campesinos. Dijérase que traía la fecundidad al suelo, y a todos los corazones la esperanza.

En el ejército encontré multitud de amigos. Pero apenas pude hablar con algunos, pues el descanso en Torrejón fue brevísimo. Salieron las tropas en dos divisiones; la una, mandaba por Dulce, siguió por el camino real con órdenes de llegar hasta Canillejas para hacer un reconocimiento; la otra, con O'Donnell al frente, tomó la dirección de Vicálvaro. A la impedimenta de ésta me agregué yo, gozoso con la idea de pasar por Coslada. En esto me equivoqué, porque el paso fue por un sitio distante media legua del pueblo en que los salvajes residían. Salieron a vernos hombres, chiquillos, mujeres. Miré las caras de éstas, buscando entre ellas la de Virginia; pero no la vi. O no estaba, o desfigurada totalmente por la barbarie, no pude reconocerla.

En la parada que allí hicimos, se adelantó *Sebo* para refrescar con el aguardiente que vendían unos cantineros, y al volver me dijo: «Vea, señor, a los dos oficiales que desde aquellas tapias le están mirando... Ahora le saludan con la mano. Son Navascués y Gracián. Fui hacia ellos y ellos vinieron hacia mí, partiendo el camino, y afectuosamente nos saludamos. El general les había encargado de la instrucción y mando de las compañías de Voluntarios, tarea no floja, pues eran gente revoltosa, temeraria, más fácil al heroísmo que a la disciplina. Volviéndose de improviso hacia *Sebo*, Gracián le agarró de una oreja, diciéndole: «Ahora me vas a pagar todas las que me has hecho, perillán. Pensabas que yo no te conocería con esa facha de saltatumbas... Ya no te suelto; te doy la filiación, quieras o no quieras; te pongo en las manos una carabina, y como no seas valiente, te fusilo por la espalda...» «Señor —contestó *Sebo* con mal disimulado pánico—, no se empeñe en hacerme héroe, porque no lo soy. No he nacido para eso... Si quiere emplearme en el ejército libertador, como es mi gusto, deme un cargo administrativo, sanitario o, si a mano viene, de municiones de boca, que algo entiendo de esto...» Y Gracián: «Si no tienes ánimos para cargar el chopo, te haré mi capellán castrense.

—Señor, no soy cura.

—Lo pareces, y es lo mismo... No te me escapas ya. De los malos ratos que me has hecho pasar dándome caza, voy a vengarme ahora, tunante.» Y sin esperar a más razones de *Sebo* ni mías, llamó a un sargento y le entregó el nuevo *voluntario*, con esta suave recomendación: «Ea, cogedme a este gandul, que es un cura mal disfrazado... Ponédmele en el servicio de cartuchos, hasta que llegue la ocasión de auxiliar a los moribundos... Cuidado con él; y si quiere escaparse, dadle veinticinco palos como primera providencia.

Desapareció *Sebo* dolorido y rezongando, y siguió su marcha la división por el camino polvoroso. Picaba el Sol; los ánimos ardían.

Apenas entraron en Vicálvaro las tropas sublevadas, corrió la voz de que estaban a la vista las del Gobierno. Expectación, toques de mando, movimiento. Era una falsa alarma, que se repitió media hora más tarde, cuando los soldados requerían sus alojamientos y olfateaban las humeantes cocinas. Por fin, cerca de las tres, ya fue indudable que venía el ministro de la Guerra, general Blaser, con Lara, capitán general, y casi toda la guarnición de Madrid. Antes de que viéramos las avanzadas, una bala de cañón, que casi tocó a las tapias del pueblo, fue como el primer grito de guerra. Nube de polvo lejana anunció la Caballería del Ejército que el convencionalismo histórico llamaba *leal*. Pronto vimos que la Artillería enemiga escogía posición excelente en lo alto de un cerro, detrás de un arroyo. Entendiendo poco de estrategia, pareciome que Blaser no pecaba de tonto. Lo mismo pensaron los de acá, según después supe. Pero ya no podían rehuir el combate en el terreno escogido por los de Madrid. Vi que avanzó el batallón de la Escuela Militar, como en reconocimiento, y sobre ellos vinieron con furia los caballos de Villaviciosa. La batalla estaba empeñada. Híceme cargo del plan de ambos caudillos. El de allá ganaría si desalojaba de la posición de Vicálvaro a los que bien puedo llamar *nuestros*. Ganarían los sublevados si conseguían tomar de frente los cañones de Blaser.

Reconozco mi falta absoluta de espíritu bélico, y no me avergüenzo de confesar que me siento incapaz de todo heroísmo en el terreno de las armas. Como además no gusto de acudir a donde sé que mi persona no hace ninguna falta, determiné situarme en lugar seguro, aunque en él no pudiese ver en todo su desarrollo el que ha de ser histórico suceso. Me interesan, sí, en grado sumo las consecuencias políticas o sociales de este duelo marcial; pero las peripecias y lances del mismo no despertaban en mí ninguna emoción, como no fuera la de piedad y lástima por los que habían de morir. Desde las tapias más lejanas del pueblo, por el Este, procuraba yo ver y enterarme, recorriendo con ávidos ojos el campo de batalla. Entre nubes de polvo y humo vi las filas de caballos, las filas de hombres, grupos contra grupos, y... ¿lo diré como lo siento? Yo no deseaba sino que acabaran pronto. ¿Diré también que toda aquella porfía me pareció estúpida? Pues lo digo. Y al fin, entre mis confusiones y mi hastío de tanta barbarie, surgía la pregunta no contestada: «¿Y todo esto, para qué?» No sé qué habría yo pensado si me viera ante un San Quintín; pero ante aquel combate, en cierto modo casero, entre *cuatro gatos*, como suele decirse, lucha por el gobierno de un país siempre desgobernado, mi pensamiento no podía elevarse a las alturas de la Historia trágica. Nada, nada: que acabaran pronto, y se fueran a sus casas.

Dos horas corrieron, y no se veía ventaja en ninguna de las dos partes. Se tiroteaban, se acuchillaban, y las ondulaciones de las masas combatientes no determinaban ganancia ni pérdida de los trozos de suelo en que reñían. En la salida del pueblo, por el camino de San Fernando, donde busqué mi refugio, había multitud de viejas, que allí se guarecían de las balas. Alguna de ellas me dijo que a la villa le venía bien aquella guerra, porque la tropa siempre deja dinero, y otra se lamentó de las muertes que *habería*, no sin atenuar su pena con esta consideración filosófica: «También hay que ver que es güena la guerra cevil, porque en ella fenece toda la granujería de los pueblos. Perdidos, vagos, ladrones: en tiempo de paz no hay quien vos mate. Salta la guerra, y a la guerra os vais como las moscas a la miel. Sois valientes, metéis el pecho de veras. Ahí morís todos, pestilencia.» Y un vejete medio alelado y paralítico tomó así la palabra: «Esto que vedéis no es guerra mesmamente y de por sí, sino rigolución... Y quien diz rigolución, diz dinero en Vicálvaro: la rigolución trai derribo de casas viejas, de conventos y santularios; rompición de calles, de lo que viene obra mucha de casas nuevas, y vender acá más yeso del que ora vendemos. Ya vedéis la paradez del yeso. Pus como ganen los libres, tendréis en Madril obra de casas, y aquí el quintal de yeso por las nubes.» No podía yo enterarme bien de otras cosas que el vejete decía, porque en el sitio donde estábamos se habían refugiado todos los perros del pueblo, asustados de la batalla, y allí coreaban con sus ladridos el militar estruendo.

También los mendigos de ambos sexos tenían allí su resguardo, y entre éstos un ciego que, según contó, estuvo en los famosos sitios de Zaragoza. «Aquéllas eran guerras por honra, señor —dijo revolviendo sus ojos muertos—, y no estas comedias con tiros, por el mangoneo, y por ver quién pone o quién no pone un par de principios después de los garbanzos. Bien claro está que no hay cosa de por medio. España se va volviendo muy comelona; los ricos traen cocineros de Francia... ¡Comer bien, vivir bien! ¿Lujo grande, *monises* pocos? Pues revolución, para que el dinero que hoy está en tus manos venga a las mías... Yo he sido en Madrid cocinero de fondas y de alguna casa. ¡Veinticinco años cocinero, señor! Me arruiné por poner un establecimiento en que daba de comer a lo que llaman *precios reducidos*. La maldita baratura y el no entender el negocio me dejaron por puertas, y para acabar de arreglarlo, mis pobres ojos, del calor de las hornillas día y noche, se quemaron, se quedaron ciegos... No veo las cosas, y veo las causas de estas marimorenas... Todo es cuestión de *principios*... De poner dos *principios*... Yo ponía tres por dos pesetas, y ya se sabe lo que me pasó. Las *clases* no pueden comer dos principios sin hacer una revolución cada pocos años para que los buenos sueldos pasen de unas manos a otras manos... Tenemos en Madrid el furor del buen vivir, que viene de Francia, como las modas de sombreros... tenemos el furor de los *dos principios*, de los chalecos de felpa y de cachemir, de los pantalones *patencur*, de las butacas con muelles, de las alfombras de moqueta, de los jabones de Benjuí o de *terciopelo*, y de los féretros metálicos, que también en esto hay furor... Muchos furores y poco dinero, señor. ¿Poco dinero? Pues ya se sabe: revolución al canto... Estas revoluciones de dentro de casa... El fogón, la despensa, el guardarropa, los *principios*...

XIX

Con estas conversaciones, me distraía de la acción campal y no paraba mientes en sus peripecias. Al recogido lugar donde yo estaba venían noticias de que iban ganando los libertadores. Los zambombazos de la Artillería eran menos frecuentes; hasta me parecieron más lejanos. No fue menester, como en los tiempos de Josué, que se detuviera el Sol en su carrera para dar lugar a que los combatientes decidieran cuál se llevaba la victoria... El día, como de junio, era largo, tan largo, que no acababa nunca, y la victoria no parecía. Liberticidas y libertadores se peleaban, sin darse ni quitarse posiciones, ni extremar sus ataques. Creyérase que todo era una comedia marcial, representada entre compadres con menos saña que ruido... La página histórica me resultaba poco interesante. Sin duda, su interés estaba en otro lugar y ocasión. La verdadera página histórica con gravedad y trascendencia vendría después, larga secuela de un hecho militar pequeño y de poca sangre. Antes que empezase a declinar el día, cansado de su propia largura, sentimos que menguaban los tiros. Al extremo del pueblo donde yo estaba llegaron grupos de paisanos y soldados, sedientos, el polvo pegado al sudor. Nos decían que llevaban ventaja; pero no traían en sus rostros ni en sus palabras el júbilo de la victoria. Entraban en las casas atropelladamente, buscando agua con que aplacar la sed. Al paso de los hombres por los corrales, huían despavoridas las gallinas, que ya requerían los palos de sus albergues. Con más agua que vino se refrescaban los combatientes; algunos hablaban con poco miramiento de los generales libertadores, que no les habían mandado tomar a pecho descubierto las piezas de artillería. Éstas se retiraban, según dijeron. Blaser y su ejército leal se volvían a Madrid, donde seguramente darían un parte proclamándose vencedores.

Mi criado y el cochero, a quienes di permiso para que se corrieran un poco hacia las eras del pueblo, donde podrían ver algo de la función, amparándose de las casas más próximas, volvieron a contarme lo que habían visto, y de ello no copio más que esta referencia histórica: «¿No sabe, señor? A don Telesforo *Sebo* le han traído entre cuatro, digo, entre dos, cogido por los brazos. Viene todo magullado de la carrera de baqueta que le dieron antes de empezar la acción, y de los pisotones de tropa y patadas de caballos que luego sufrió el pobre en lo más recio de un ataque. Heridas de arma no tiene, sino cardenales y mataduras que dan compasión. En nuestro alojamiento le han metido: allí le están curando unas mujeres, y él echando de su boca maldiciones contra los *Blases* de allá y los *Dulces* de acá.» Quise ver y consolar al desdichado *Sebo*; mas no pude hacerlo tan pronto como quería, pues desde el punto en que recibí la noticia hasta mi alojamiento era dificultoso el tránsito, por la muchedumbre de tropa y paisanos que invadían las calles. En medio del tumulto tuve una grata sorpresa: vi un rostro conocido, de persona que como yo trataba de abrirse paso. Era Rodrigo Ansúrez, el aprendiz de hojalatero, que había sido como el anunciador de las disposiciones del Destino, determinantes de mi viaje a Vicálvaro... Le cogí por un brazo. Díjome que su maestro, el señor Albear, le había dado permiso para seguir los pasos del general O'Donnell, el cual salió de la Travesía de la Ballesta en la madrugada del 28. Con otro chico y el oficial de la hojalatería, ambos de ideas muy liberales, se había ido Rodriguín a Torrejón y a Alcalá, después a Vicálvaro. Había visto todo y podía contarlo. No disparó tiros porque no le dieron carabina ni escopeta; pero ayudó lo que pudo, llevando cartuchos para el fuego y agua para la sed. Agua y pólvora eran lo más preciso.

«Oye una cosa, Rodrigo. Sin noticia ni dato alguno en que fundarme, solo por corazonadas, pienso que tu hermano Leoncio está en Vicálvaro. ¿Acierto? ¿Le has visto tú?

—Sí, señor... le vi un momento y hablamos. Estaba con otros paisanos que iban en el batallón de la Escuela Militar. Mi hermano, que es gran tirador, llevaba una carabina muy maja, que no sé de dónde pudo sacarla... Le perdí de vista... Como hay Dios, que Leoncio ha matado a muchos *Blases*.

—Haz por encontrarle, Rodriguillo. Deseo conocerle, preguntarle por su mujer. ¿Tú qué crees? ¿Leoncio se habrá vuelto a Coslada?... Si estuvo en Alcalá, y de Alcalá se vino aquí con las tropas, ¿le habrá seguido en esos trotes su mujer?

—Para mí que le ha seguido, señor, pues ella es también muy trotona. No se cansa de correr, y como se quieren tanto, juntos están siempre. Adonde va él va ella, y al revés, que es lo que se dice *viceversa*.

—Siempre juntos. Y si Leoncio ha estado en medio del fuego, ¿ella también...?

—Como en el fuego mismo no estaría *Mita*; pero cerca sí, señor, que valiente lo es hasta dejárselo de sobra... Se habrá puesto donde pudiera verle con su carabina maja tirando tiros y acertando siempre, porque, créame el señor, no hay puntería como la de Leoncio.

—Pues si están en Vicálvaro, hemos de revolver el pueblo hasta encontrarles, lo que no es fácil con tanto barullo de tropa y de paisanos forasteros. Rodriguillo, cuenta con una recompensa magnífica, un traje nuevo, o su importe si prefieres el dinero a la ropa; un reloj si te gusta más que el traje; en fin, lo que quieras, si encuentras a *Mita y Ley*. Ponte en movimiento ahora mismo; no descanses, chiquillo. Mejor que ropa o reloj querrás... No sé qué... Algún antojo tuyo... Dímelo.

—¿Para qué quiero yo reloj, si no me importa nada saber la hora? Y de trajes, con lo que tengo me basta... Más me gustaría otra cosa, señor...

—Pide por esa boca, hijo, y no seas corto de genio.

—Pues, señor, lo que quiero es un violín.

—¿Eres músico?

—Tengo afición. Cuando estuve en la fábrica de cuerdas, mi principal, que es de la orquesta del Circo, me dio lecciones. Aprendí pronto. Yo me habría pasado toda la noche rasca que te rasca; pero los vecinos se quejaban del ruido que hacía, porque el violín que tengo canta como un grillo, y en los graves parece un rabel de los que tocan los chicos en Navidad.

—Pues nada, cuenta con un violín bueno, de aprendizaje. No será un Stradivarius: ése lo tendrás cuando sepas, cuando seas un gran concertista... Pero no nos entretengamos. Ya estás echando a correr. Queda hecho el trato... Tráeme a *Mita y Ley* o dime dónde están, y tú *rascarás*.

Salió el chico presuroso a su encargo, y yo entré en mi alojamiento, la casa de un yesero, con almacén, dos corrales, y arriba estancias vivideras; mas era tal el cúmulo de gente militar y civil en todos los patios y aposentos, que allí no podía uno revolverse, ni aun pensar en comida y descanso. Lo mejor que hacer podía el que tuviera libertad, era huir de Vicálvaro; pero la obligación que me impuse de buscar a los salvajes me retenía en el pueblo, esperando el resultado de las investigaciones del hojalatero violinista. Mientras éste llegaba, bajé a consolar a *Sebo*, que asistido de dos viejas piadosas, curanderas, yacía sobre un montón de sacos de yeso, vacíos, entre sacos llenos. El polvillo blanco, flotante en la cavidad del almacén, se fijaba en el rostro y manos del magullado policía, dándole aspecto de cadáver o de figurón con jalbegue. Sus muecas de dolor y sus plañideras voces sonaban a bromas lúgubres de Carnaval. ¡Pobre *Sebo*! Más que de los dolores de sus mataduras, quejábase de la crueldad de Bartolomé Gracián, que había dado permiso a sus tropas para zarandearle y jugar con él a la pelota, dejando correr la fábula de que era cura disfrazado. Y no sentía tanto el molimiento y los cardenales como el grave daño inferido a su dignidad. Menos le dolerían sus huesos si se los hubieran roto, y sus carnes si se las hubieran hecho picadillo, que le dolía el alma, del escarnio sufrido y de la vergüenza de haberse visto en tan ruin vapuleo. Y era lo peor que por ningún camino podría llegar a vengarse del don Bartolomé, quien, al parecer, estaba en gran predicamento con Dulce y con Ros de Olano. En mí confiaba para su delicada traslación a Madrid manteniendo el disfraz, y ocultándose en mi casa hasta que se decidiera si los perros se ponían el collar revolucionario o el absolutista. Y yo tendría la caridad de sustentar a la familia mientras durase la encerrona y llegara el nuevo destino. Éste correría de mi cuenta si triunfaba O'Donnell, lo mismo que si ganaba Sartorius, que para uno y otro perro tengo yo buenas aldabas. «Después de servir a Vuecencia con tanta lealtad —me dijo haciendo pucheros y besuqueándome la mano—, no tendrá Vuecencia entrañas si abandona a su fiel servidor.»

Mientras hablaba yo con *Sebo* y miraba por su asistencia, metieron en el almacén unos ocho heridos, algunos graves, y aquella atmósfera de hospital en que respirábamos yeso se me hizo insufrible. Salí al portalón, donde había corros de militares, y hablando con ellos adquirí la certeza de que la batallita no les había satisfecho, por su equívoco resultado. Ni en ellos cabía vanagloria, ni en Blaser tampoco. Verdad que los de acá, como sublevados, podían contentarse con medio triunfo, o con la modesta gloria de un combate a la defensiva, sin perder terreno, mientras que los otros, como Gobierno constituido, quedaban muy desairados con la media victoria. Su retirada hacia Madrid, sin desorganizar y dispersar a los generales sediciosos, era un verdadero desastre.

Así me lo dijo Borrego, hombre de gran pesquis, añadiendo que la situación está moralmente derrotada. Borrego, Martos, Ortiz de Pinedo, y otros madrileños que habían venido de mirones, andaban a la busca de comestibles, a cada hora más escasos. Los estómagos empezaban a renegar del patriotismo; llevaban muy a mal que las cabezas, antes de prevenir lo tocante al sostén de los cuerpos, se lanzaran a trastornar la política y la sociedad. Compartí con los buenos amigos lo poco que a mí me quedaba; allegamos algo más, todo ello fiambre, reseco y con sabor a yeso, no sé si real o imaginario, y luego nos fuimos a la casa próxima, donde moraban Ros de Olano y Echagüe. A éste no le vimos: había sido llamado por O'Donnell. Ros comía tranquilamente con Buceta, el teniente coronel Zalamero y el paisano don Ceferino España, sentados los cuatro en derredor de una silla, por no haber mesa disponible. ¿Qué comían? Lonjas de carne de cabra rebozadas con yeso, y almendras de Alcalá, que parecían pedazos de escayola. Con su habitual gracejo, Ros nos dijo: «El primer acto no ha sido malo. Como primero, no podía tener efectos grandes, ¿verdad? Es una exposición hecha con arte sobrio. Sería necedad acalorarse demasiado pronto.

—¿Y dónde pasará el segundo acto, mi general?

—¡Ah!, no lo sé... yo no hago la Historia... La que ven ustedes de mi letra la escribo al dictado. Me dictan; yo escribo...

—¿Se puede saber a dónde va mañana el ejército libertador?

—Si dejáramos los caballos de Dulce entregados a su instinto, creo yo que nos llevarían a la querencia de sus cuarteles.

—¡A Madrid, al bulto!

—Puede que sea más práctico esperar a que el bulto se mueva para saber lo que tiene dentro.

De las medias palabras del general Ros, colegimos que se esperaba un movimiento en Madrid. El Gobierno, con toda su tropa disponible, tendría que atender a sofocarlo: ésta era la ocasión de caer sobre la Villa y Corte. Entre tanto que el formidable tumulto estallaba, los libertadores pasearían militarmente por la zona circundante, *pronunciando* a los pueblos y reclutando patriotas. El fogoso Martos, que todo lo veía conforme a los anhelos de su impaciente corazón de sectario, dijo, con la solemnidad que ponía siempre en su limpia palabra, que las piedras de Madrid se levantarían para contestar con barricadas a las insolencias del *polaquismo*. Las lenguas habían sido ya bastante elocuentes. Lo que aún restaba por decir, lo dirían los guijarros... y la pólvora.

La idea y la esperanza de un alzamiento general en los Madriles eran unánimes. Oficiales y paisanos que se acercaron a la mesa del general, las expresaron ruidosamente, unos como chispazos de su inflamado patriotismo, otros como consuelo de la deslucida función bélica de aquella tarde. Pasando de corrillo en corillo y de casa en casa, oí, entre mil comentarios del suceso y de sus consecuencias, una versión que me pareció la más discreta y juiciosa, como salida del entendimiento de Andrés Borrego, uno de nuestros más expertos catadores de acontecimientos, y de los móviles y personas que los determinan. La jornada de esta tarde —nos dijo a Pinedo y a mí—, desairada como acción de guerra, es una obra maestra de sagacidad política y de cuquería revolucionaria. Lanzar a las tropas al ataque con todo el brío que ellas saben desplegar, habría sido dar a este movimiento, desde sus primeros vagidos, un carácter rencoroso, sanguinario, como el de las luchas por principios irreconciliables. Y aquí no hay ni puede haber a la postre lucha de esa naturaleza. No hay cosas más conciliables que dos porciones de nuestro ejército regular, la una frente a la otra. ¡Cómo que en el fondo de estos movimientos y de estos choques entre pronunciados y leales, hay siempre un compadrazgo disimulado con las apariencias de antagonismo! Compadres son todos; no se tiran a destruirse, y ninguno de ellos quiere echar sobre su contrario la tristeza de una grave derrota. Con perfecta *bonhommie* atacó Blaser a Dulce, y éste y O'Donnell te devolvieron su cortés tiroteo. ¡Oh!, este irlandés sabe mucho, y no solo es un buen guerrero, sino un excelente estratega del corazón humano. En el curso de la acción he visto yo los efectos de su malicia sajona, y de su admirable delicadeza para efectuar el tacto de codos sin que nadie lo advierta, ni dejen de enterarse los codos del contrario. Viendo la acción sin ver al caudillo, yo le oía decir: «Compadre Blaser, no nos comprometamos derramando más sangre de la que manda la etiqueta. El *polaquismo* es cosa perdida. En el reloj del Destino ha sonado mi hora, y yo y los que están conmigo hemos de coger la sartén por el mango... Amigos seremos todos, aunque ahora el buen parecer pida que nos figuremos rivales. No tardaremos en abrazarnos... Nadie tema venganzas. Yo miraré por unos y otros... Somos el Ejército de un país sin fuerza de opinión, de un país que un día nos pide Orden, otro día Libertad... y lo que nos pide... tenemos que dárselo.»

XX

Hastiado al fin de las prolijas versiones de un mismo asunto, salí con Zafrilla en busca de Rodrigo Ansúrez, que aún no había parecido por nuestro alojamiento. Recorrimos varias calles, la plaza, parte del camino real. En la plaza vi largas filas de caballos comiendo el pienso que con solicitud fraternal les servían sus jinetes. Los nobles animales, que habían trabajado todo el día pisando terrones y cardos borriqueros, o algún cuerpo herido, muerto quizás, respirando tufo de pólvora y enardeciéndose al incitante toque de clarines, mascaban tranquilos su cebada, ajenos a la gloria militar. Observé que todos los perros del pueblo, que durante la batalla se habían alejado del campo de guerra expresando su terror con aullidos, se congregaban en derredor de los bridones, mirándolos con respeto y envidia. Algunos, después de mostrar su afecto a los generosos brutos de la guerra, salían a ladrar por las calles próximas, como queriendo espantar a otros animales enemigos que veían en forma vaporosa, o avisar la llegada de escuadrones fantásticos, solo vistos por ellos. Luego volvían junto a los caballos nuestros, efectivos, y les hacían la tertulia, sentándose en postura de esfinge en medio de los grupos de soldados y corceles, o escarbando graciosamente la paja que a éstos se les caía.

Divagué por entre estos renglones de la página histórica, más interesantes, a mi ver, que los renglones belicosos, y al volver de una esquina me encontré al hojalatero, que corrió hacia mí gozoso, diciéndome: «Señor, dos horas hace ya que le busco. Estuve en la yesería tres veces...»

—¿Y qué hay, chiquillo? ¿Dónde está mi gente?

—¡Ay, me parece que me quedo sin violín!... No por culpa mía, pues he revuelto todo este poblacho... y...

—¿No parecen?

—Se me ha secado la boca de tanto preguntar... Por fin, señor, en la puerta de la Iglesia me encontré a un yesero de Coslada: vivía pared por medio de la casa donde se albergaban Leoncio y *Mita*; le llaman el *tío Meas*... Me dijo que con mi hermano había venido su mujer, la cual, todo el tiempo que duró el tiroteo, estuvo en casa de unas viejas que apodan las *Cangrejas*, porque tienen en San Fernando el negocio de mandar cangrejos a Madrid.

—Bueno, y te dijo...

—Que, en cuanto se acabaron los tiros, *Mita* fue en busca de Leoncio y se le llevó... Él no quería; pero ella... ¡vaya, que gasta un genio!... Es la que manda.

—Se fueron, pues... ¿a dónde?

—A San Fernando... Con las tías ésas, que, como le digo, allí tienen gran casa... Algunos días está toda llena de cangrejitos del Jarama...

—¡Todo por Dios...! Pues no es cosa de que ahora vayamos a San Fernando. Yo tengo que volverme a casa: hace tres días que no veo a mi mujer y a mi hijo.

—Y no es lo peor que se hayan ido tan lejos, señor... Van más allá. Mañana, según me dijo el *tío Meas*, pasan a Mejorada, donde se establecerán, porque el negocio de Coslada parece ser que se les torció.

—A mí sí que se me han torcido todos mis planes. Pero ya volveré a ponerme en camino: iremos a Mejorada...

—Yo también... Si ahora no me gano el violín, ¿lo ganaré después?

—*Tú rascarás*... Tendrás un buen instrumento para estudio... Aplícate, y si eres realmente artista, yo te protegeré...

Desde aquel momento prevaleció en mi espíritu con poderosa fijeza la idea de partir inmediatamente para Madrid. Di a Zafrilla las órdenes necesarias para emprender la marcha. ¿Llevaríamos a *Sebo*? ¿Llevaríamos a Rodriguillo Ansúrez? Este compañero de viaje no nos traería ninguna dificultad; el otro tal vez sí. Resolvimos disfrazarle de cura, y al efecto encargué a Zafrilla que buscara, o comprase si era menester, las ropas necesarias para la mutación del travieso policía en venerable sacerdote. Andando en estos preparativos, encontramos a Navascués, el cual nos dijo que a la Corte se volvía con su inseparable Gracián. Comprendí que la misión de estos pájaros en Madrid no era otra que levantar al paisanaje y encender la lucha de barricadas. No se necesitaba mucho para esto, y oyendo hablar al impetuoso Martos, se adquiría el convencimiento de que Madrid sería un volcán en todo el día próximo. Las dificultades que tuvimos para conseguir la ropa clerical de *Sebo* las resolvió fácilmente Bartolomé Gracián, que estaba en buenas relaciones con el ama de un cura, frescachona, la cual facilitó sotana y balandrán viejos, y un sombrero de teja, raído, tan largo como un ataúd. No tenía *Sebo* magulladuras en el rostro; los chichones de la cabeza se tapaban con el sombrero, y el cuerpo, bien bizmado, quedaba bajo la sotana holgadísima, pues el difunto era mayor.

Sobre las once nos dispusimos a salir. Gracián y Navascués, vestidos de paisano, confiaban en su audacia para entrar en la Corte sin infundir sospechas. Pensaban detenerse en Vallecas, donde tenía Gracián una amiga diligente que a él y a Navascués proporcionaría, en caso de necesidad, traje, burros y mercancía de panaderos para colarse sin ningún riesgo en la capital. Martos, Pinedo, Borrego y otros se las arreglarían fácilmente para el regreso. Llegada la hora de partir, y abreviadas las despedidas, metí en el coche al maltrecho Telesforo, convertido en clérigo campestre; subieron al pescante Zafrilla y el hojalatero, y deseando yo disfrutar a pie de la plácida noche y de la conversación grata de Navascués y Gracián, me fui andando con ellos detrás del vehículo, a regular distancia, por el camino de Vallecas. Innumerables perros salieron a decirnos adiós, ladrando, y enseñándonos los dientes; se retiraban rezongando; volvían con más furiosos ladridos; acudían otros de casas lejanas. Navascués, que se preciaba de entender el léxico perruno, les dirigió la palabra amenazándoles con su garrote: «Caballeros, que no somos gitanos ni frailes mendicantes. Retírense en buen orden, y váyanse a cuidar las casas del lugar.» Gracián, también entendido en el lenguaje canino, dijo que todo el alboroto que hacen los perros al ver pasar coches y trajinantes, significa que desean saber el punto a que éstos se dirigen. Créense investidos de facultades para el reconocimiento de pasaportes y para la vigilancia de caminos, y sus ladridos, que no son más que el cumplimiento de un deber, cesan cuando se responde a la interrogación que expresan. «Señores perros —les dijo Bartolomé mostrándoles el Palo, después una pistola—, sepan que vamos a Vallecas... ¡a Vallecas! No sé decirlo de otro modo: ya tenían ustedes tiempo de aprender castellano... Conque ya saben... A Vallecas vamos. Si no se dan por satisfechos, lo diré con la estaca; y si la estaca no hablara con bastante claridad, les pegaré un tiro.» Oído esto, los perros se fueron retirando por escalones. De hocico al pueblo, todavía rezongaban con mugido displicente.

Diré que el tal Gracián me encantaba por su donosura, por la fatuidad de buen gusto con que se había atribuido un papel constantemente activo en la comedia o drama de la vida. No fue menester estímulo de mi parte para que su confianza se abriera y su verbosidad se desbordara. Es de estos que entregan todo su interior, sin reservar ninguna porción de lo malo ni de lo bueno, tan ineptos para la hipocresía como para la modestia. La conversación que yo entablé sobre el tema de la guerra y de la política, fue derivando, por los giros que le daba el sensualismo de Gracián, hasta llegar al tema de mujeres. La vida de aquel libertino era manantial inagotable de asuntos para tal conversación. Oyéndole contar alguna de sus aventuras, acometida con harta impavidez y cierta convicción profesional, vi reproducida en él la figura del burlador de antaño, a un tiempo heroico y cínico. La degeneración del tipo es evidente, como lo es la de las víctimas, más fáciles hoy a la seducción. Sobre este punto me permití opinar que en la moral no tenemos progreso. Hay, sí, más pudor de lenguaje, y escrúpulos de palabra que antes no se conocían; pero, con todo esto, los baluartes que hoy guardan la virtud femenina son de estructura más endeble.

Consiste la presente relajación, según indicó Gracián, en que apenas hay ya quien crea en el Infierno, y las mujeres que aún profesan este dogma terrible, lo han reformado en su pensamiento, estableciendo un Infierno sin infinito y con salidas al mundo de los vivos. Mi parecer es que la sociedad actual, con la facilidad de relaciones entre los sexos y la mayor licencia en las costumbres, permite a los galanes triunfos baratos, que no exigen ni grande agudeza, ni arranques de valor temerario. De aquí resulta que el ejemplar, el tipo de burlador más común en estos tiempos, es de un prosaísmo evidente, agravado por los toques de sensiblería fúnebre y de languidez mocosa. Hay también tipos de varonil desvergüenza que sostienen la tradición mejor que los galanes lánguidos, y en los pueblos tenemos el tenorio cerril, que no deja mal puesto el pabellón de la galantería ilegal. A propósito de esto, hizo Gracián una observación que sintetiza su gracioso cinismo. Dijo que los tenorios rústicos prestan un gran servicio a la sociedad contemporánea, porque ellos contribuyen en gran parte a la producción de amas de cría y al fomento de niños de madres pudientes. El mal y el bien andan enlazados en el mundo, y a cada instante vemos que algún trozo del edificio de las virtudes sociales se caería si no estuviera apuntalado por un vicio. ¡Qué sería de la infancia rica sin tanto menoscabo y deshonor de muchachas pobres! Y si las criaturas ganan al cambiar el esquilmado pecho de sus madres por el exuberante de las nodrizas, también éstas salen gananciosas, porque se desasnan, se civilizan, y al concluir llevan al pueblo sus ahorros, y encuentran un labrador honrado que se casa con ellas...

Apurando el tema con sofistería inagotable, llegó a sostener Gracián que las aventuras ilegales de amor son manantial de poesía. El mundo se volverá enteramente prosaico y la vida humana totalmente estúpida, si no le prestan su encanto la turbación de matrimonios y el desconcierto de los hogares, donde toda monotonía y toda insulsez tienen su asiento. Y a tales ventajas deben agregarse las de preparar a la sociedad para las revoluciones, que vienen a ser como una limpia general y mudanza de aires, ambas cosas muy necesarias en la vida de los pueblos. Los amores ilegítimos desatan lazos, aflojan vínculos. La volubilidad y el capricho de la mujer extiende por toda la sociedad un cierto espíritu de rebeldía que es el principal elemento de las alteraciones políticas. Sin darse cuenta de ello, los hombres, sean burlados o por burlar, se ven arrastrados a este remolino, que acaba por conmover los cimientos del Estado. Las mujeres sienten, los hombres ejecutan. El pecado turba las conciencias, y éstas tratan de aplacarse buscando la alteración de la ley, por la cual es pecado lo que no debiera serlo. El deseo de alterar la ley trae las agitaciones públicas, que son tentativas, ensayos, cambios de postura; y aunque pasado el trastorno vuelven las cosas a su estado natural, y la ley sigue imperando y jorobándonos a todos, ello es que se quebranta con tantas sacudidas, como se resquebraja el terreno en que se suceden los terremotos.

Esta singular teoría de que los pecados mujeriles abren camino a las revoluciones, y de que éstas resultan siempre fecundas, no podía ser admitida sino como una forma de humorismo para pasar el rato, como quien dice. Pero él a sus paradojas se aferraba; con ellas se metió en el terreno político, y explíqueme su fervor revolucionario como un estado fisiológico contra el cual su voluntad nada puede. La regularidad y permanencia de las instituciones se representa en su ánimo como una enfermedad. La paz pública es como una parálisis. Él se subleva por instinto de conservación o de salud, sintiendo en sí una parte de la dolencia que a toda la Nación afecta. Es un miembro, un pedazo de carne y nervios, partícipe del general dolor. Romper la disciplina es lo mismo que medicinarse, o por lo menos hacer ejercicio, con el fin de buscar la salud en la actividad muscular y en la fluidez sanguínea. La Ordenanza, la Constitución vigente y sus predecesoras, son síntomas terribles de una lesión honda que ha de traer la muerte. En todas las leyes establecidas hemos de ver formas del dolor, de la congestión, de la fiebre. Sus efectos en la vida equivalen a tumores, úlceras, sarna, postemas, calambres y demás lacerias, contra las cuales hay que aplicar, no solo el movimiento, sino el fuego y las sangrías.

Todo esto, y lo que omito, lo decía Gracián dando suelta a la caudalosa vena de su ingenio. Sus acompañantes reíamos a veces, o dábamos nuestro asentimiento por el regocijo que nos causaba. Es, en verdad, un admirable hablador. Posee la elocuencia de los disparates, y el arte de entretener al oyente con graciosos absurdos, expresados en el tono de una profunda convicción... El camino se nos hizo corto con estas charlas, y por mi parte no sentía cansancio cuando divisamos las primeras casas de Vallecas. Los perros de esta villa salieron a recibirnos en cuanto nos olfatearon, y con ladridos regañones nos preguntaban de dónde veníamos y qué demonios íbamos a buscar allí. De Vicálvaro —dijo Gracián—, y no seáis impertinentes. De Vicálvaro, y no alborotar: llevo cargadas las pistolas. Tras de los perros vinieron hombres, preguntándonos por la acción de aquella tarde, y si O'Donnell iba ya sobre Madrid. Respondió Gracián con informes totalmente opuestos a la verdad, sacados de su cabeza, y anunció que en Vallecas se había de librar el próximo día la más tremenda de las batallas. En esto, nos llevó a una de las casas que están a la entrada del pueblo, un poco apartadas del camino, y antes de que llegáramos a ella vimos luz en las habitaciones y oímos musiquilla de murga, violines mal rascados, clarinete y un trombón. Pronto supe que se habían celebrado los días de la dueña de la casa, y que llegábamos a los últimos pataleos y ronquidos de la bulliciosa fiesta. Entramos, y lo primero que me eché a la cara fue una mujerona de buen ver, alta de pechos, la tez morena, los ojos fulgurantes, de una categoría mixta, pues si por el continente y la finura del rostro parecía señora noble, su habla y modales denunciaban la mujer del pueblo. Era una transición o producto híbrido de esta sociedad infiel al principio de castas. Recibionos afablemente, y a Gracián con mayor cariño y confianza. Luego me invitó a descansar, ofreciéndome un dormitorio para esperar el día. No accedí, pues deseaba continuar mi viaje sin demora. La señora puso término a la fiesta; despidió a los pocos convidados que allí quedaban; dio licencia a los músicos, y a mí las buenas noches, agarrando por un brazo a Gracián, el cual es dueño del corazón de aquella tarasca, según me dijeron los músicos momentos después, añadiendo que a la señora se la conoce por *La Panadera* y que es viuda y rica. Para más pormenores, Gracián la engaña con una sobrina de ella, pobre, habitante en el mismo pueblo, y a las dos con una casada residente en Canillas. En la casa de *La Panadera* se quedó Navascués, inseparable amigo del otro peine, y su *mono de imitación*, con tan mala sombra, que cuantas aventuras intenta son bajas parodias de las del maestro.

En la calle ya (más propio será decir en el campo), dispuesto a proseguir el viaje, se me acercaron los pobres murguistas suplicándome que les trajese a Madrid en mi coche, pues se hallaban rendidos de tantas tocatas y caminatas: habían tenido boda en Mejorada, bautizo en Loeches, y en Perales festividad del patrono San Pedro Apóstol. Ya no podían con sus almas, ni con sus instrumentos. Accedí gustoso a transportarles, y corrieron al parador, donde tenían sus livianos bultos de ropa, y paquetes o envoltorios pesados, pues casi todo su trabajo musical lo cobraban en especie. Mi protegido el hojalatero pidió a uno de ellos que le dejase su violín, mientras iban a recoger la impedimenta. Accedió el murguista. Cogió el chico la carraca, se la echó al pescuezo, tendió el arco sobre las tripas vibrantes, y allí fue el sacar sonidos largos, dulces, elocuentes, que rasgaban el silencio en la noche plácida...

XXI

Estábamos en un terreno polvoroso que no sé si era camino, plaza, o ejido. Sentado yo en un trozo de construcción de adobes, que lo mismo podía ser resto de un edificio que principio de él, a mi espalda veía las chozas que se arman en las eras para guardar la mies en gavillas; frente a mí, casas mezquinas agrupadas, como si quisieran formar calles; a mi derecha, la de *La Panadera*, grande y con letreros, en que se distinguían las palabras *Salvados, Harinas...* Ningún árbol vivo alcanzaban a ver mis ojos; había, sí, frente a mí uno muerto, tronco y ramas en completa desnudez esquelética. Los tejados y el árbol se destacaban con trazo vigoroso sobre un cielo limpio, sin ninguna nube en su concavidad majestuosa, alumbrado por una Luna menguante, tuerta, con un solo carrillo y un ojo solo, bastante luminosa para que palidecieran las estrellas, quedando las de primera magnitud muy rebajadas de categoría. Frente a mí, de espaldas a mí, sentado en una piedra, estaba el hojalatero encorvado sobre su violín, pasándole el arco, ahora con suavidad, ahora con brío... Cuando rozaba en la prima, el arco apuntaba al cielo con su contera, y a la tierra cuando rozaba en la cuarta. Tocó Rodrigo aires del *Pirata*, de *Beatrice di Tenda*, de *Maria di Rudenz*, de otras óperas en boga. Sin duda por el estado de mi espíritu, más que por la destreza del violinista, la emoción que sentí fue muy honda, de esas que remueven lo más quieto y despiertan lo más dormido del alma. Y alguna parte tendría en esta emoción el mérito del artista: cuanto más yo le oía, más me admiraba la perfecta afinación, el juego elocuente del arco, su fuerza, su delicadeza, según los pasajes y diseños que atacaba. Llegué a sentirme encantado de aquella música, deseando que durase todo el resto de la noche, y que ésta fuese muy larga. Tocaba el muchacho con devoción y fe, poniendo la mitad de su alma en los dedos de su mano izquierda, y en la derecha la otra mitad. Quería serme grato, y mostrarme su afecto en el lenguaje que mejor conocía... Con la palabra no habría podido expresar ni aún mínima parte de lo que sentía, gratitud, esperanza. De mí esperaba medios para ser un artista eminente, de universal renombre.

En lo más solemne de la serenata, cuando yo me hallaba en pleno éxtasis, oí que las mulas del coche, situado como a veinte pasos de distancia, detrás de mí, redoblaban las manifestaciones de su inquietud, pateando con más fuerza y sacudiendo las colleras, que arrojaban al aire la tintinabulación de sus cascabeles, como un espolvoreo de notas metálicas. Este ruidillo no turbaba la dulce melopea del violín, sino, antes bien, la exornaba con un comentario gracioso, de cómica elegancia... Volví mis ojos hacia el coche, y vi que por la portezuela asomaba la cabeza de *Sebo*, como un mascarón lívido, que lo mismo podía ser de clerizonte que de rufián. La bella música le atraía, le embelesaba, como a mí. Aprobaba con un movimiento expresivo de la cabeza, y luego lanzó esta frase, rasgo de poeta y de crítico: «Anda, hijo, no sabía yo que fueras tan buen profesor... Toca, toca: las estrellas te oyen.»

Cortaron bruscamente los músicos la bella serenata, presentándose con ruidosa premura cargados de sus paquetes. Calló el violín maravilloso, y los viajeros se ocuparon de colocar sus bultos en el pescante o dentro del coche. Subimos: Ansúrez pidió al dueño del instrumento nuevo permiso para seguir tocando por el camino, y obtenido lo que deseaba, se encaramó en el pescante. Entramos los demás, acomodándonos en aquella estrechez como pudimos, y las impacientes mulas no aguardaron la intimación del cochero para emprender la marcha. Por el camino, el hojalatero, sentado al borde del pescante junto a Zafrilla, con una pierna colgando, tocaba todo lo que sabía, himnos patrióticos, mazurcas y valses, tiernas melodías de Bellini y Donizetti. En el curso del viaje hasta las inmediaciones de Madrid, no dejé de sentirme embelesado con la música, adormeciéndome en un vago ensueño. Las notas patéticas del violín flotaban sobre el pesado ruido del coche, como una cabellera dorada y vagarosa que el viento agita sin desprenderla del cráneo en que se arraiga. La cabellera se daba al viento como una idealidad que vuela, sin abandonar la realidad que la sustenta y la produce. Las propias mulas parecían adaptar su paso al ritmo de las tocatas... Yo me adormecí... Todo era música... Música también el son continuo de los cascabeles y los ronquidos de *Sebo*.

6 de julio. Dos días con parte de sus noches tardé en contar a María Ignacia lo que había visto en mi excursión, desviada de su primordial objeto por el Acaso, más poderoso que mi voluntad. No estaba conforme mi costilla con el quiebro que di a mis planes, y sentía que no hubiese persistido en la busca y captura de *Mita* y *Ley*. Propuse nueva salida; pero Ignacia no aprobaba la repetición del viaje, sin duda por notar que del primero había vuelto yo muy melancólico, con tendencias a dormirme o amodorrarme encima de una sola idea. ¿Se reproducían en mí las tristezas o *saudades* que años atrás alteraron gravemente mi salud? ¿Volveré a sentir mi pensamiento balanceándose sobre aquella línea, sobre aquel lindero que separa la razón de la sinrazón?... Mi mujer me interroga con cierta prolijidad, al modo facultativo, que me pone en cuidado. Yo, sondeando cuidadosamente mi interior, le respondo que lo que ahora siento es... ganas de vomitar toda la historia contemporánea que tengo en el cuerpo, y que se me ha indigestado formando un bolo: necesito expulsar este bolo. María Ignacia se ríe; yo me explico mejor diciéndole que mis ilusiones de ver a España en camino de su grandeza y bienestar han caído y son llevadas del viento. No espero nada; no creo en nada... Me hastía el recuerdo de la batalleja que vi en Vicálvaro. Me figuro a los niños de Clío jugando con soldaditos de plomo... En cuanto a las ambiciones que han movido esta trifulca las considero semejantes por su altura moral a las ambiciones de mi amigo *Sebo*... La página histórica tras la cual corrí, resúltame ahora como pliego de aleluyas o romance de ciego. ¿Será que mi mente ha caído en la dolencia de remontarse y picar muy alto, o que los hechos y los hombres son por sí sobradamente rastreros y miserables?

A cuantas noticias vienen a mí de sucesos ocurridos en Madrid, o en el camino que llevan los que se llamaron libertadores, les doy carpetazo. ¡Quién pudiera disponer del olvido, como de un pozo en el cual se arrojara todo lo que no se quiere saber! Olvidar las cosas ingratas en el mismo punto en que suceden, sería la mejor reparación de las sofoquinas a que diariamente está sujeta nuestra alma. Pero el maldito tiempo no permite al olvido andar solo, y hemos de conformarnos con la insufrible lentitud del presente, y su resistencia a convertirse en pasado...

¿Me pide la Posteridad referencias históricas? Pues allá va una que juzgo en extremo interesante. Sabed que el gran *Sebo* se aposenta en mi casa, confundido con mi servidumbre, conservando su figurada estampa de clérigo. Por las noches, con el aditamento de anteojos verdes y de un raído traje, sale y visita sin recelo a su familia. El sostenimiento de ésta corre ahora de mi cuenta, y ello ha de ser hasta que Clío nos depare la total ruina del *polaquismo* y el triunfo de los de Vicálvaro. Yo le rezo devotamente a Santa Clío, pidiéndole que apresure este negocio, porque pesa sobre mí como un mundo el hambriento familión de mi huésped.

10 de julio. Sabed, ¡oh generaciones venideras!, que los sublevados, ni victoriosos ni vencidos en Vicálvaro, tomaron el camino de Aranjuez. Tratan de despertar a su paso a la Nación dormida. Diríase que la Nación abre los ojos, se despereza, vuélvese del otro lado y recobra la plácida quietud del sueño. En Madrid, el Gobierno echa furibundas roncas subido a la *Gaceta*, y continúa alimentándose con niños crudos, que le dan malas digestiones. A los sublevados da el nombre de *traidores* y otros no menos infamantes, y en sendos decretos exonera y pone en la picota a Dulce, O'Donnell, Messina, Ros de Olano, y a los *ilusos* que van con ellos... Noto en el pueblo de Madrid cierta depresión de la fiebre revolucionaria. En los cafés sigue la gente despotricando contra Sartorius, y denominando simplemente *ladrones, turba de lacayos y rufianes*, a los personajes más empingorotados de la situación. Todo esto ha venido a representárseme como vocinglería de gitanos. La flojedad del acto militar que lleva el nombre de Vicálvaro ha producido el enfriamiento de la temperatura política. Las revoluciones, como las tiranías, acaban en ociosas algaradas cuando no son robustecidas por la fuerza.

Más importancia que estas manifestaciones de la vida pública tenía en mi ánimo lo que a contar voy, con permiso de la señora Posteridad. Pues sepan que compré al hojalatero un violín excelente para estudio, y que el pobre chico no halló mejor manera de mostrarme su gratitud que ofrecerse a darnos en casa cuantos conciertos quisiéramos oír. A mi mujer le encantaba la música, y le hacía gracia el fervoroso entusiasmo con que Rodrigo tocaba en nuestra presencia. Afectado yo de tristezas grises, me sentía en situación semejante a la de Felipe V, buscando su consuelo en el arte de Farinelli. Para distraerme con más eficacia, el buen chico estudiaba cada noche nuevas piezas, y de esta variedad resultaba para Ignacia y para mí mayor deleite. Tanto ha llegado a interesarnos este incipiente artista, que hemos decidido ponerle un buen maestro, el mejor que hoy tenemos en Madrid. Bajo la férula del anciano don Juan Díez, adquirirá seguramente la perfección de estilo que ha de ser el mejor adorno de sus prodigiosas facultades... «Y a todas éstas, ni por el hojalatero violinista, ni por otro conducto, nos llegan noticias de *Mita* y *Ley*. ¿Cómo no escribe la salvaje? ¿Será menester que salgamos por segunda vez en su busca? A repetir la suerte me inclino yo; pero mi mujer no me deja: quiere retenerme; confía en que el reposo y las emociones dulces han de serme más provechosas que el traqueteo de un viaje y las caminatas en pos de lo desconocido.

15 de julio. Despierto una mañana con la idea de que... Vamos, creo haber descubierto el verdadero sentido y fundamento de estas mis nuevas murrias, parecidas, si no iguales, a las de antaño. Fue muy consoladora para mí la convicción de que mi dolencia no es más que *Ansia de belleza*. Parece que no, y ello es que todo enfermo siente algo parecido al alivio cuando escucha de boca de su médico el nombre del dolor o molestia que sufre. En las alteraciones nerviosas principalmente, cualquier denominación técnica suele hacer veces de calmante. ¡*Ansia de belleza*, que por el reverso es el desdén y hastío de las vulgares cosas que me rodean! Anhelo lo grande y hermoso, la poesía de los hechos humanos, así del orden privado como del público. El recuerdo de una batalla *de aficionados* en campo casero, me lleva al ardiente afán de presenciar un Austerlitz, o algo semejante; y para que se me quite el mal gusto de boca que me dejan estas peleas por un puñado de garbanzos, miro hacia las ambiciones de un César, de un Cromwell, de un Bonaparte.

Desdeño las tintas medias, la clase media, el justo medio y hasta la moral media, ese punto de transacción o componenda entre lo bueno y lo malo. No me gusta nada que sea medio; me seduce más lo entero. Váyase mucho con Dios el buen sentido, y tráiganme la sinrazón, el desenfreno de la inteligencia y de la voluntad. ¡Bonito se va poniendo el mundo desde que nos ha entrado esta bárbara invasión de lo práctico, desde que los hombres de pro se consagraron a desterrar la exageración, y a recortar y reducir a estrechas medidas los alientos humanos! Hemos vuelto del revés la fabulilla del asno vestido con piel de león, y ponemos todo nuestro empeño en que los leones se vistan de borricos... Hablo de esto con mi mujer, y ella me exhorta blandamente a tomar las cosas como son, a combatir el *Ansia de belleza*, aspiración insana, y a conformarme con la única realidad accesible a nuestros deseos, el gracioso engaño de la fealdad pintadita y retocada, que nos dice: «soy bella.» Creámosla y admirémosla sin discutirla.

16 de julio. ¿Qué pasa en Madrid? Oigo ruido, pisadas de un pueblo que ha roto la silenciosa quietud en que vivía, y se agita buscando armas y posiciones para combatir. Perdóneme mi dulce amiga la Posteridad: con esto de mis murrias, que a nadie interesan, he olvidado contar las pequeñeces del vivir público, que usurpan un puesto en las filas históricas. Allá voy. Los generales que a sí propios se denominan *libertadores*, y que el Gobierno llama *facciosos*, se fueron al Real Sitio de Aranjuez, y de allí enfilaron las planicies manchegas, adelante siempre, reclutando mozos, requisando caballerías, y requiriendo amorosamente cuantos fondos guardaban las administraciones subalternas de los pueblos... Tras ellos han ido Blaser y Vistahermosa, despacito, persiguiéndoles sin querer alcanzarles, a la distancia que marca el compadrazgo fraternal, norma constante de toda esta gente.

Me cuenta el gran *Sebo* que en Madrid quedó un Comité revolucionario, del cual son alma Cánovas del Castillo, Fernández de los Ríos, y no sé si Tassara o Vega Armijo. Ello es que los dos primeros cogieron muy calladitos el camino de la Mancha hasta dar con O'Donnell, y charlaron con él largo y tendido, diciendo que Madrid no se levanta y los *polacos* no se rinden, porque las promesas de los *libertadores*, harto vagas, hablan poco a la inteligencia del país, nada a su corazón. No se hacen las revoluciones por las ideas puras, sino por los sentimientos, revestidos del ropaje de las ideas. Los *libertadores* ofrecen cosas muy buenas, de esas que forman el tejido artificioso de todo programa político y revolucionario. Veámoslas: *Pureza del régimen representativo, Mejora de la legislación electoral y de imprenta, Rebaja de los impuestos.* ¿Te parece poco, infeliz Nación; te parece vano, retórica de quincalla, de la de a dos cuartos la pieza? Pues allá va otra cosa: *¡Moralidad!* Esto sí que es bonito. *¡Moralidad!* Vamos a tener en el Gobierno esa preciosa virtud. Y por si es poco, ahí va también otra joya incomparable: *¡Descentralización!* ¿Qué tal? Descentralización y todo, y para completar tanta ventura, también os damos *Economías.* No queremos pecar de cortos en el ofrecer. Economizaremos, moralizaremos y descentralizaremos... ¿Qué?, ¿no nos creen?

En efecto: el pueblo no da valor ninguno a tales pamplinas, y alza los hombros viendo a unos pasar hacia la Mancha, viendo al Gobierno inmóvil en su inmoralidad, en su despilfarro y en su centralismo. Cánovas y Fernández de los Ríos, bien pulsada la opinión en Madrid, ven clara la vacuidad de ese programa; corren a la Mancha, y en los polvorosos caminos encuentran a O'Donnell. Paréceme que les oigo: «Mi general, dé por abortada su revolucioncita si no cambia esas monsergas por otras, o no les añade un tópico resonante, de esos que hablan, más que al entendimiento, a la fantasía, o si se quiere, a la vanidad del pueblo español; algo que sea o que parezca ser garantía de las libertades públicas, y aparato político de pura figuración externa, y de ruido y colorines...» Paréceme que veo al irlandés rebelde al convencimiento. No cede; se aferra con terquedad al plan primero de su revolución, exenta de toda concomitancia con las muchedumbres; revolución cómoda, casera, cambio de nombres y de personas nada más... Es como un calzado viejo, holgadito, con el cual andará el hombre por casa sin ninguna molestia. Nada de calzado nuevo, que aprieta y chilla... Pero tanto le dicen sus amigos, y tanto machacan, que al fin llevan a su ánimo la convicción. No concede que sea bueno lo que le proponen; pero reconoce que, de no admitirlo, él y sus compañeros y su ejército corren a una triste desbandada y al amargo destierro... No había más remedio que ceder. O'Donnell cede; los de Madrid redactan un nuevo programa, en el cual, después de estampar las consabidas monsergas de *Moralidad, Descentralización*, etc., añaden otras sugestivas monsergas. En el programa debieron poner esta frase: «Caballeros, se nos había olvidado lo principal, lo más importante. Perdonad el error, que en este pueblo de Manzanares subsanamos, escribiendo en nuestra bandera el mágico lema de *Milicia Nacional*.»

XXII

17 de julio. Volvieron a Madrid los mensajeros con el reformado papelito, y apenas lo dieron a conocer, se sintió en esta villa como una trepidación del suelo, y lo mismo fue publicarlo que volverse loco todo el vecindario... Las dos palabras añadidas tuvieron el efecto explosivo que hacía falta, y que en vano se pidió a los otros términos del programa. *Milicia Nacional* es una bomba cargada de pólvora. Hablar de *Moralidad*, de *Descentralización* y *Economías* era cargar la bomba con miga de pan. Para mayor fascinación del público, el Manifiesto declara que la popular institución se planteará *sobre sólidas bases*. ¿Qué tal? *Milicia* ya es mucho; *sólidas bases*, ¡ah!, ya son miel sobre hojuelas...

¿Pero qué escucho? Ahí es nada. ¡Qué se sublevan o pronuncian Barcelona y Valladolid! Y en esta Corte de las Españas parece que todos se vuelven epilépticos. Salgo a dar una vuelta, y noto en las caras de los transeúntes un júbilo extraño; en los cuerpos, síntomas claros del mal de San Vito. La gente se agrupa sin darse cuenta de ello. En cuanto dos secretean, agréganse cuantos van pasando. Donde hay tres personas, antes que pasen cinco minutos hay treinta. En la Puerta del Sol se estacionan los grupos, mirando al Principal. Es la expectación, la ansiedad pública ante el rostro ceñudo del Destino. ¿Qué pasará, qué resoluciones expresan o anuncian los ojos inmóviles y la torva seriedad de la esfinge? De tanto mirar al Principal, llegamos a ver en las ventanas y rejas facciones que algo dicen... que algo callan.

Sigo mi paseo; entro en la librería de Monier, encuentro amigos que me llevan a divagar por la Carrera de San Jerónimo y Calle del príncipe, de grupo en grupo. El tránsito es difícil... ¿Qué pasa? Ahí es nada lo del ojo... que ha caído Sartorius. Estatua de barro, se ha deshecho en pedazos mil al estrellarse contra el suelo. Refiere el batacazo un exaltado progresista, que acumula sobre la cabeza del conde los epítetos más infamantes. No puedo contenerme: salgo a la defensa del favorito que ha dejado de serlo. Mi defensa es tomada a chacota, y da margen a mayor impiedad y a burlas más crueles. El que con más dulzura le trata llámale *Monipodio*. Entre unos y otros, verbalmente, le escarnecen y le escupen. Luego le arrastran por las calles, y no encuentran muladar bastante inmundo en que arrojarle.

En otro grupo contaban que a Sartorius se le ha despedido como a un criado. Llegó a Palacio y no le dejaron pasar a las habitaciones reales. Esto no me parece verosímil. Sea como fuere, ello es que no hay Gobierno, que la *infame pandilla polaca* tiene ya su merecido. No falta un furibundo sectario que, al oír lo que se cuenta de la desgracia del conde, exclama en dramático tono: «Esto no es cuestión de política, sino de vergüenza. Ya podemos sacar a nuestras mujeres a la calle. ¡Viva España decente!»

Hablando con gente diversa, pude advertir el radiante júbilo de los corazones ante este hecho negativo: *No hay Gobierno*. El no haber Gobierno viene a ser como un descanso, como la sedación de un largo suplicio doloroso; parece como la vuelta a la normalidad de la existencia, o el renacer a la edad de oro cantada por los poetas. En la Puerta del Sol, los grupos estacionados frente al Principal esperan ver salir de él algo extraordinario y magnífico: un genio pródigo que salude al pueblo arrojándole puñados de centenes, o panecillos, o credenciales. Veo miles de caras de cesantes que con ninguna clase de rostros pueden confundirse. Sus trajes de buen corte y muy ajados ya, sus sombreros sin lustre, proclaman la penuria de innumerables familias decentes. Al fin ha sonreído la esperanza para muchos que desde el 48 viven condenados al estudio de las matemáticas, a calcular las probabilidades de cambio de situación, y en tanto mantienen a la familia con el olor de las ollas ministeriales.

Camino de mi casa, me encontré a *Sebo* en la calle del Arenal. Díjome con sigilo que se armaría el tumulto grande a la salida de los Toros. «No olvide Vuecencia que hoy es lunes. La plaza está llena de gente; allí están todos los aficionados a la tauromaquia y a la *politicomaquia*... Otra cosa, señor: sepa que formará Ministerio el general Córdova... Dejando aparte la amistad de Vuecencia con don Fernando, yo diré que éste no es hombre para el remedio de la tremenda enfermedad de España... Caerá, caerá también, y si hoy decimos «¡pobre Sartorius!», mañana diremos «¡pobre Córdova!...» Parece que anda en tratos con algunos señores del Progreso para ver de ponerles el collar de ministro; pero ellos no quieren ponerse más collar que el de su *dogma*. ¿Me entiende, señor? Dicen que su *dogma* o nada... Pues yo, con permiso de Vuecencia, digo que no me conviene ser colocado hasta que vengan los que han de ser estables, O'Donnell y Dulce, un Gobierno tranquilo. Es ése mi *dogma*, señor. Entiendo yo que esta palabra significa la cosa más necesaria del mundo, verbigracia, *comer con tranquilidad*.

Sigue julio. El 17 por la noche, cenando, supimos que la salida de los toros había sido tumultuosa. El himno de Riego resonó en las puertas de la plaza, y creciendo, creciendo en intensidad, al llegar el coro a la Puerta del Sol era como si todo Madrid cantase. Supimos también que Córdova ha catequizado a Ríos Rosas para que le acompañe en el Ministerio. Ante la insurrección popular, que me parece ha de ser de cuidado, ¿quién podrá vaticinar si estos nuevos gobernantes lograrán la reconciliación del Pueblo y el Trono? Mal avenidos los deja el *polaquismo*. De sobremesa, llegan algunos amigos que sostienen la tertulia normal de casa, los perdurables reaccionarios señor Sureda y don Roa, y otros, que en noche de acontecimientos vienen a traer y a recibir impresiones: mi hermano Agustín, *polaco*; don Nicolás Hurtado, *bravo-murillista*; San Román, *narvaísta*; Bruno Carrasco, progresista, y Aransis, indefinido, con cierta inclinación a los partidos bullangueros. No se entablaron las disputas agrias que amenizan nuestra tertulia las más de las noches. Fue aquélla, noche de expectación, de conjeturas, de profecías, de apuestas. Vaticinó mi suegro la *disolución social*, y Carrasco apostó a que antes de ocho días tendremos a Espartero en Madrid. La repentina emergencia de sucesos históricos graves no podía menos de traer igual aglomeración congestiva de acontecimientos privados. Llegó *Sebo* a decirme que había visto a Gracián en la calle de Rodas, con *La Panadera* de Vallecas y un tal Ramos, que es el gran reclutador de populacho para motines; presentose después Valeria, lloriqueando, con el cuento de que su maridito, el angelical Navascués, no había parecido por el domicilio conyugal en cuatro días con sus noches, y por fin se coló en casa el hojalatero, trayendo la novedad interesantísima de que *Mita* y *Ley* están en Madrid. Sentí en mi cabeza el torbellino de la brusca entrada de tantos huéspedes mentales en la cavidad del cerebro. Aunque algunos me interesaban poco, la súbita irrupción de tantas ideas me hizo estremecer. Se introducían todas a un tiempo, montando unas sobre otras.

No era posible que yo me privase de salir a la calle, para contemplar una página histórica, que sin duda habría de ser más bella que la de Vicálvaro. Los temores de mi mujer se acallaron viéndome acompañado de Aransis y Bruno, de otros amigos de la casa, y de *Sebo* y Rodrigo. Formábamos una caravana bastante fuerte para despreciar el peligro. Además, dimos formal palabra de no intentar ver de cerca ninguna barricada, caso que las hubiere, y de ponernos a discreta distancia de las aglomeraciones de gente... Con ver un poquito bastaría: quizás, y sin quizás, ciertas páginas históricas, como las obras de pintura, pierden bastante miradas desde un punto de vista cercano... Mi primer pensamiento, bajando la escalera, fue para preguntar al violinista la residencia de su hermano y de *Mita*. «Ayer, señor, se aposentaban en el mesón de la calle Angosta de San Bernardo, donde paran las tartanas de Loeches y Mejorada; pero fui a verles hoy, y me dijeron que se han ido a otra parte, no saben a donde. Yo lo averiguaré esta noche, pues de seguro lo sabe mi cuñado Halconero, que también está en Madrid con su familia.»

Nada respondí al buen Ansúrez. Sentía yo que el Destino se mostraba propicio a mis deseos: no era menester que mi voluntad solicitara sus favores... Entre tanto, embargaba mi atención el espectáculo de público regocijo que ofrecía Madrid, con luces en todas sus ventanas y balcones, y hasta en los últimos agujeros de los más altos desvanes. Ningún vecino había dejado de sacar al exterior el farol o candil, las elegantes bujías o el velón lujoso, que era como sacar al rostro las esperanzas y los gozos del alma. En ninguna festividad oficial, ni en coronación de Rey, ni en parto de reina o bautizo de príncipe, vi más espontánea y sincera manifestación del júbilo de un pueblo. Iban por la calle en grupos bulliciosos los vecinos, hombres y mujeres, niños y ancianos, y con ingenuo fervor gritaban: «¡Viva la Libertad, muera Cristina, abajo los ladrones!», poniendo en sus acentos, más que la idea política, un sentimiento familiar con ecos de exaltación religiosa. Dábanse unos a otros parabienes expresivos, y personas que no se conocían se abrazaban; otros que jamás se vieron se preguntaban recíprocamente por la familia y se deseaban mil bienandanzas. Nunca vi cosa igual.

Para poder llegar a la Puerta del Sol, tuvimos que dar un largo rodeo desde mi casa, subiendo a la plazuela de Santo Domingo y bajando por Preciados. Esta calle no estaba tan obstruida por el gentío como la del Arenal, donde las multitudes se obstinaban en que repicara San Ginés, una de las pocas iglesias que a celebrar se resistían con el volteo de sus campanas la felicidad popular. Al fin repicó San Ginés, repicaron las Descalzas Reales, y no hubo campana ni esquila que no uniera su voz al cántico de tantas alegrías. Hacia el Postigo de San Martín vimos a un hombre gordo que, plantado en medio de la calle, convidaba a los transeúntes a tomar café o copas en el café de la Estrella. El lo pagaría todo. Más abajo, un tabernero invitaba bizarramente al público a entrar en el establecimiento, y hacer todo el consumo de vino que requerían las venturosas circunstancias. Penetrando a fuerza de empujones y codazos en la Puerta del Sol, vimos que las turbas se arremolinaban. En el inmenso oleaje se marcó una corriente que marchaba hacia la calle de la Montera. Sobre las cabezas movibles se destacaba un hombre a caballo; el hombre enarbolaba un trapo a guisa de bandera; otras banderas de colorines le seguían, y al compás de la marcha cantaban las voces el *Himno de Riego*, y pedían que vivieran los buenos y que murieran los malos. Pronto pudimos enterarnos de que aquel enorme destacamento de la masa plebeya se encaminaba al Saladero, con el noble fin de poner en libertad a los presos políticos que en aquella inmunda cárcel penaban por sus ideas o sus escritos.

Lo mas curioso, o si se quiere lo más instructivo, de aquella noche memorable, fue que todos los policías y corchetes desaparecieron, como si se los tragara la tierra. No se veía en las calles ninguna autoridad. Dentro de la Casa de Correos había, sin duda, alguna representación de ella, que no se manifestaba al exterior más que por la claridad de las habitaciones bajas, y por las figuras quietas que al través de las rejas se vislumbraban. El pueblo miraba sin cesar a las rejas, y después de mucho mirar, se entablaron diálogos familiares entre los de fuera y los de dentro. Ved la muestra:

«Abrid la puerta. Entraremos y nos daréis armas.

—No puede ser. No somos enemigos de la Libertad. Ya veis que no os hacemos fuego.

—Abrid, y seamos hermanos.

—Ni vosotros entraréis, ni nosotros saldremos. Todo seguirá como ahora está.

—¿Hasta cuándo? Nosotros estaremos aquí hasta que nos den armas.

—No necesitáis armas. Nosotros no haremos fuego contra el pueblo... Abriremos un instante las puertas para recoger a nuestros centinelas... Pero habéis de prometernos y jurarnos que, al ver abrir la puerta, no empujaréis para colaros.

—Lo prometemos. Abrid, y que entren vuestros centinelas.»

Se hizo como aquí lo digo. Abrieron los de dentro; entraron los dos centinelas, el que hacía la guardia en la esquina de la calle de Carretas, y el de la puerta principal. El pueblo, que aún permanecía en los rosados nimbos de su entusiasmo inicial, todavía generoso, cumplió su palabra, y no aprovechó la fugaz abertura para empujar y colarse adentro. Después se acentuaron en la inquieta masa las ganas de proveerse de armas, cuya posesión conceptuaba como un derecho, y se entabló nuevo diálogo más vivo y apremiante que el anterior. Nada podía resultar de estos dimes y diretes al través de una puerta: el pueblo no podía pasar más tiempo sin armas, y las armas estaban dentro de la Casa de Correos. Para cogerlas era menester franquear la entrada del edificio, y esto se haría batiéndola con ariete a estilo romano: el ariete fue una viga que los más decididos sacaron del derribo de la Casa de Beneficencia. Puesto el madero en hombros de una docena de bigardos en fila, lo movían horizontalmente a compás, descargando furibundos golpes en la puerta. Esta respondía con hondo gemido; pero no se abría. A los golpes agregaron el fuego, prendido con maderas de la casilla del retén de policía que al anochecer destruyó el pueblo en los Caños de Peral. Combinados el incendio y los porrazos, cedió al fin la dura puerta de Gobernación y entró el paisanaje, encontrando a la Guardia Civil y soldados en correcta formación descansando sobre las armas. Sin violencia alguna pasaron los fusiles y espadas de las manos militares a las plebeyas. Trámite más sencillo de revolución no se ha visto nunca.

Según me contó el gran *Sebo*, que anduvo en este lance, los paisanos invadieron las habitaciones altas de Gobernación, respetando los objetos de valor, escribanías de plata, fajos de papeles, y legajos atados con balduque, cuidándose tan solo de encender cuantas bujías y velones en las dependencias había para arrimar luces a las ventanas. Se buscaba el efecto decorativo de iluminar la Casa de Correos, único edificio que hasta entonces había permanecido a oscuras. La muchedumbre que llenaba la Puerta del Sol, recibía con aplausos y gritos de júbilo las sucesivas apariciones de luminarias en los altos huecos... Pueril era esta forma de venganza popular. No era menos inocente el gustazo que se dieron todos de sentarse en la poltrona que había ocupado San Luis. A bofetadas se disputaban los paisanos el honor de sentarse en ella, forma de vindicación que a muchos les pareció bastante. ¿Qué más quería el pueblo que convertir la silla del tirano en mueble nacional para uso de todos los españoles?

Era media noche. El pueblo armado, libre, dueño de Madrid, evolucionaba lentamente desde el período de las alegrías ingenuas hacia el de las vindicaciones terribles. En días, en horas, pasa este soberano de niño a hombre, y sus derechos, que empiezan siendo juguetes, se convierten en armas.

XXIII

Cuando *Sebo* volvió a reunirse a mí en la calle de Cofreros (n.º 6, paragüería de Larrea), donde teníamos nuestro cuartel general, ya nos faltaban algunas figuras del grupo: unos por cansancio, otros arrebatados por el oleaje, desaparecieron de nuestra vista. Solo quedábamos Aransis, el hojalatero y yo. Sin movernos de aquel rincón, en el cual teníamos retirada segura por la calle de Peregrinos, supimos que en el Ayuntamiento y Gobierno Civil había penetrado también el pueblo, y que en uno y otro local se habían constituido juntas, de ésas que nacen con espontánea fecundidad de los días y más aún en las noches calurosas de revolución. Que alguna de estas juntas intentó parlamentar con Palacio, se dijo por allí; que en Palacio no quisieron recibirla, me lo imaginé yo; que en Palacio estaban a la sazón los nuevos ministros por no poder estar en ninguna de las dependencias del Estado, lo suponíamos. Luego, al saber la verdad, vimos que habíamos acertado, y que componemos la Historia sin saberlo... Lo extraño es que antes de oír el rumor de que la plebe invadía y quemaba la vivienda de Cristina, tuve yo adivinación o presciencia de aquel suceso. No es difícil hoy que el pensamiento de cualquier ciudadano se anticipe a los hechos históricos, porque estos se anuncian por inequívocos efluvios en el ambiente que respiramos. Los odios más frenéticos del pueblo español en estos días recaen sobre dos cabezas: la de San Luis y la de María Cristina. Uno y otra han desatado sobre España todos los males. San Luis es el insolente capitán de esta cuadrilla de *ladrones públicos*; Cristina, la mujer *rapaz, avarienta, insaciable*, que con diestra mano escamotea los tesoros de la Nación. Así lo cree la gente.

Apenas se vieron las multitudes dueñas de la capital, sin autoridad que las contuviera, corrió la noticia de que ardía el palacio de la esposa de Muñoz. Se dijo antes de que fuera cierto, y todo el mundo lo creyó antes de oírlo decir. Cuando llegó a nosotros el primer rumor, ya íbamos hacia allá, seguros de encontrar incendio. Nada sabíamos aún, y nos daba en la nariz olor de madera quemada. En la plazuela de las Descalzas, un amigo de *Sebo* con quien tropezamos, nos dijo que, atacado por las turbas el palacio de la calle de las Rejas, la reina Madre escapó por las caballerizas, vestida de hombre. No lo creí: ya sabe un ciudadano listo distinguir las mentiras absurdas de las verosímiles. Sin que nadie me lo asegurara, pensé que doña Cristina, desde los primeros síntomas de alboroto, se había trasladado al Palacio Real, llevándose por delante cuantos papeles pudieran comprometerla.

He perdido la memoria de las vueltas que tuvimos que dar para poder asomarnos a la plazuela de Ministerios por la calle de Torija. Desde lejos vimos el resplandor del incendio. Frente a doña María de Molina habían hecho una hoguera, en la cual hombres y mujeres de mala facha arrojaban lo que iban sacando del palacio: muebles, cuadros, cortinas. No sé qué habría sido de la reina Madre si hubieran podido cogerla como cogían un sillón. Oí decir que fue respetada la servidumbre; oí también que hicieron pedazos todo lo que por su pesadez no podían transportar a la hoguera. ¡Benigna es ciertamente la barbarie de un pueblo que venga sus agravios en muebles, porcelanas y objetos insensibles!

La curiosidad pudo en mí más que el sentimiento del peligro, y descendí a la plazuela con mis acompañantes, abriendo paso a empujones. La hoguera desplegaba al viento sus llamas rojizas. En lo más animado de la quemazón se hallaba el pueblo, pasando ya casi de lo siniestro a lo divertido, cuando vino a cortar bruscamente la gresca un destacamento de Cazadores mandado por un paisano. A la luz vivísima del incendio le conocí: era Gándara, el conspirador de 1848, el militar valiente que adora la Libertad, y sabe capitanear igualmente soldados y pueblo. Yo le supuse afecto a O'Donnell y comprometido en la Revolución. Me sorprendió verle mandando tropas. ¿Por qué las mandaba? Según la versión corriente aquella noche, habiendo sabido Gándara que el pueblo trataba de incendiar la casa de su entrañable amigo don José Salamanca, corrió a Palacio en busca del general Córdova, flamante presidente del Consejo, y allá tuvieron los dos unas palabritas harto vivas, por si el nuevo Gobierno se cruzaba o no de brazos delante de las turbas de bandidos. Acabó Córdova por decirle que a sus órdenes ponía dos o tres compañías de Cazadores de Baza; que con ellas fuese al instante a contener los brutales atentados, empezando por lo más próximo, que era el asalto y destrucción del domicilio de la reina Madre. No necesitó más Gándara para ponerse al frente de los Cazadores. Como insignias llevaba la faja y sombrero que le dio un caballerizo. Sus bromas, en casos de esta naturaleza, solían ser pesadas, y testigo fui de ello, pues en cuantito que embocó por la calle de Bailén a la plazuela de Ministerios, gritó con estentórea voz: «¡Cazadores, por mitades! ¡Preparen, apunten...!»

¡Fuego! A la primera descarga cayeron muchos. La dispersión fue instantánea y rapidísima. Corrí de los primeros, pues maldita la gracia que me hacía ser fusilado estúpidamente... Encontreme solo junto a la escalerilla de la calle del Reloj, donde se me reunió Rodriguillo Ansúrez... Preguntéle por Aransis y *Sebo*, y no supo contestarme. Díjome que en derredor de la hoguera había más de una docena de muertos. En la puerta del Senado, vi a un pobre que allí quedó seco, y a pocos pasos de él una mujer, que yacía boca abajo... La segunda descarga ya nos cogió en salvo; pero poco faltó para que nos arrollara la multitud que por la calle del Reloj emprendía la retirada. La ardiente curiosidad me picó de nuevo y asomé las narices a la plazuela. Vi a los Cazadores acometiendo a bayonetazos a los infelices que buscaron refugio en el mismo palacio asaltado. Dentro de éste sonaron tiros. Los de Baza mataban sin piedad a cuantos andaban todavía en el trajín de acarrear muebles para la hoguera. Los atizadores de ésta, o habían desaparecido o pataleaban en el suelo. Clamaban los heridos entre tizones: aquí y allí zapatos, ropas, gorras y sombreros abandonados; algún trabuco, charcos de sangre, despojos del palacio y de sus asaltadores...

No quise ver más ni exponerme a nuevos peligros, y por la travesía del Reloj y la calle de Fomento tratamos de ganar la Cuesta de Santo Domingo. Fuimos a parar a la rinconada próxima al pórtico del venerable convento de monjas, y allí, por extraño encadenamiento de ideas, me acordé de un poema burlesco, graciosísimo, que Narciso Serra nos había recitado con prodigiosa memoria en el banquete de Torrejón. Era una historia disparatada, parodia de las leyendas en boga: un galán hambriento que rondaba el convento de dominicas buscando la manera de escalarlo para verse con la *Sor* de sus pensamientos; un jorobado sacristán que le llevaba bartolillos y empanadas, y dentro de una de éstas la esperada cartita... La misteriosa volubilidad del pensamiento humano se me patentizó entonces, pues, hallándome frente a una situación trágica, mi memoria dio un salto hacia las cosas de burlas, reconstruyendo sin perder sílaba la primera quintilla del chistoso poema, y, en voz alta la repetí:

> En un oscuro lugar
> que junto a Santo Domingo
> húmedo se suele hallar,
> porque en él a conjugar
> van todos el verbo
> MINGO...

Nada tenía que ver esto con lo que a la sazón me rodeaba; pero los caprichos de nuestra mente no están sujetos a ninguna ley conocida. Mi memoria continuó jugando con la quintilla, y dándosela y quitándosela a la palabra... Luego vi que venían tropas por la calle de Fomento. Era un retén que debía cerrar el paso a la plazuela de Ministerios. Los soldados ocuparon la bocacalle, y el oficial que los mandaba pasó a la rinconada con objeto, al parecer, de conjugar el verbo mencionado en la quintilla. Le vi de vuelta y, reconociéndole, le salí al paso. Era Navascués. Hablamos rápidamente, encareciendo él la rabia que sentía de verse obligado a hacer fuego contra el pueblo, preguntándole yo dónde estaba Gracián, y qué papel hacía en la diabólica función de aquella noche. Con desconsolado acento me dijo que su amigo había logrado evadirse del servicio de tropa regular, y andaba organizando los grupos más levantiscos de la plebe allá por la calle de Toledo y plaza mayor. Y yo: «Mucho me temo que Bartolomé perezca de mala manera en este torbellino de las venganzas populares.» Y él: «Gracián no muere. Está donde le llaman su destino y su vocación. Algo terrible y grande hará si le ayudan... Como no hay Gobierno, el pueblo es el amo esta noche.» Y yo: «Si no hay Gobierno a media noche, a la madrugada lo habrá... El héroe de esta noche y de mañana no será Gracián, sino Joaquín de la Gándara.» Y él: «Gándara es héroe popular, por más que ahora nos haya traído a castigar a los incendiarios. Por caudillo del pueblo le tuve yo siempre. Con él me batí el 48.

—Pues si es héroe popular, ¿por qué ha mandado fusilar al pueblo?... Gándara es hoy el héroe del Orden, no de la Libertad.

—No, señor: de la Libertad. El Orden que el defiende es el Orden del Desorden.

—Es decir, la autoridad de la revolución. ¿Cree usted, Rogelio, que el rebaño puede ser pastor?

—Si es rebaño de ovejas, no; si lo es de hombres, sí.

—Siempre hay un hombre que pastoree. Ya no es Sartorius el pastor: ¿lo será Gracián?

—Lo es, lo será... Retírese, querido Pepe... Abur.

¡Pobrecillo!, era un eco de la fraseología de Gracián; su pensamiento volaba con las ideas del otro pájaro... Seguimos Rodriguillo y yo, no recuerdo por qué calles, en busca de emociones nuevas, viendo y admirando el aspecto de Madrid a tales horas, en noche de plena emancipación del pueblo. ¡Infeliz pueblo! Por una noche, por algunas horas no más, le permiten los dioses el uso práctico de su soberanía, de esa realeza ideal que solo existe en las vanas retóricas de algún tratadista vesánico. Y en su candidez, en la inexperiencia de su soberanía, es el pueblo como un niño al que entregan un juguete de mecanismo delicado y sutil. No sabe de qué suerte lo ha de poner en movimiento, ni con qué frenos pararlo, ni con qué llaves darle cuerda... Acaba por romper el juguete y abominar de él...

Pues bien: aunque por ninguna parte se notaban indicios de autoridad, no vimos desafueros más graves que los que ordinariamente turban la paz del vecindario; no advertimos más que una alegría desatinada, burlas ruidosas de las autoridades ausentes, desvanecidas como el humo de los incendios. En la Red de San Luis vimos en el cielo el resplandor de las hogueras, y a nosotros llegaba un alarido sordo de embriaguez revolucionaria, mezcla de vivas y mueras... A lo largo de la calle de Caballero de Gracia oímos tiros, y mayor escándalo de voces airadas o triunfales. Hermoso me pareció el tinte rojo del cielo; solemne el ruido lejano de combatientes, incendiarios o lo que fueren. Descartando el juicio de los hechos, y ateniéndome solo a la estética, la noche ruidosa, iluminada por las hogueras, me arrebataba de admiración, de un júbilo de artista. Veía, por fin, una página histórica, interesante, dramática, producida en el tiempo, sin estudio, por espontáneo brote en el cerebro y en la voluntad de millares de hombres, que el día anterior ignoraban que iban a ser histriones de una teatralidad tan bella. No tenían más inspiración que sus odios, verdadera razón de Estado para los ciudadanos que no habían gobernado nunca, y entonces con actos bárbaros gobernaban a su modo, realizando algo parecido a la justicia, si no era la justicia misma en todo su esplendor.

Mañana, pensaba yo, se juzgarán estos hechos como atentados a la propiedad, como profanación de la ley o arrebatos de salvaje cólera. ¡Y las culpas de esta brutal plebe, nadie las atenuará con el recuerdo de las horribles violaciones de toda ley moral y cristiana que se contienen en el gobierno regular de las sociedades; nadie verá la inmensa barbarie que encierra el régimen burocrático, expoliador del ciudadano y martirizador de pobres y ricos; nadie se acordará del sinnúmero de verdugos que constituyen la familia oficial, y cuya única misión es oprimir, vejar, expoliar y apurar la paciencia, la sangre y el bolsillo de tantos miles de españoles que sufren y callan!... Nadie se fijará en el crimen lento, hipócrita, metodizado, de la acción gobernante, mientras que salta a la vista el crimen desnudo, instantáneo, de unas gavillas de insensatos que asaltan, queman, matan, sin respetar haciendas ni vidas. Nadie ve las víctimas oscuras que inmoló la ambición de los poderosos, ni los atropellos que se suceden en el seno recatado de una paz artificiosa, sostenida por la fuerza bruta dominante, y todos se horrorizan de que la fuerza oprimida y dominada se sacuda un día y, aprovechando un descuido del domador, tome venganza en horas breves de los ultrajes y castigos de siglos largos... Y bien mirado esto, delante del sacro altar de Clío, ante el cual no cabe falsear la verdad; bien miradas estas vindicaciones instantáneas frente a las demasías que las motivaron, todo se reduce a una bella variedad de formas de justicia dentro del canon de Naturaleza. Tenemos la justicia espiritual, que nos habla, nos oprime y nos mata con el lenguaje del derecho. Tenemos la justicia animal, que nos aterra con manotazos y rugidos. De la intercadencia histórica de una y otra justicia resulta una armonía mágica, que es de grande enseñanza para los pueblos.

Puestos todos a violar, no creo que deban cargarse a la cuenta de la plebe las más escandalosas violaciones. El favoritismo en altas esferas no hace menos estragos que la desatada barbarie en las bajas. No es el pueblo quien da forma de embudo a las leyes, ni quien envenena las aguas del poder en su propio manantial. Su ignorancia no es el único mal; otros males hay, de que son responsables los que leen de corrido, los que escriben con buena sintaxis, y los que hablan con sonora elocuencia. Así están las leyes, arrinconadas como trastos viejos cuando perjudican a los que las han hecho. Así huele tan mal el libro de la Constitución...

XXIV

Vi las hogueras en que ardían los muebles de Salamanca, calle de Cedaceros; vi las quemazones en la casa de San Luis, calle del Prado, esquina al León; vi otros juegos de pirotecnia en diferentes calles donde vivían hombres aborrecidos. De dos a tres de la madrugada, la tropa mandada por Gándara iba calmando el furor de quemas. En Cedaceros y Carrera de San Jerónimo cayeron ciudadanos que andaban por allí de mirones, mientras que los incendiarios escapaban con veloz carrera. En otros puntos de Madrid hubo tiroteo y lucha cuerpo a cuerpo entre paisanos y tropa, y por todas partes se iba revelando la autoridad, como si saliera de un eclipse o despertara de un pesado sueño. Hasta en el paso de la gente que iba en retirada, se conocía que no estábamos ya huérfanos de gobernantes: aún no se veía la mano dura; pero su acción la sentíamos todos.

El carnaval revolucionario con chafarrinones de sangre y fuego se acababa pronto. Los Dioses, envidiosos del Hombre, lo reducían a breves horas. En éstas, los bromazos no llegaron al trágico desenfreno de las revoluciones más señaladas en la Historia. Casi todos los muertos eran de la clase humilde. El carnaval de la turba emancipada ofreció la tremenda ironía de que, vistiéndose de jueces, las máscaras resultaron víctimas. Todo el furor que al pueblo enardecía en las primeras horas de la noche, quedó reducido a un soez pataleo delante de las casas en que habían vivido los tiranuelos, a gritar con aullidos patrióticos, y a quemar sillas y mesas inocentes, cuadros y cortinajes. No arrastraron a nadie, no quitaron de en medio a los que con voces roncas llamaban *rateros y truhanes*. Pagaron el pato los objetos de carpintería y tapicería, venganza popular harto benigna... Pensaba yo que la destrucción de muebles de lujo es un hecho favorable a los progresos de la industria y a la renovación de formas suntuarias. Los ebanistas y decoradores de casas ricas estaban de enhorabuena, así como los que inventan nuevos estilos de sillas y sofás. El fuego perjudicaba poco a los Salamancas y Sartorius, y beneficiaba providencialmente a los fabricantes.

Retireme a casa cuando amanecía. Triste era el aspecto de las calles donde hubo fogatas. Por ellas desfilaban presurosos los transeúntes como gato escaldado. Ceniza y tizones quedaban, restos humeantes, en los cuales revolvían merodeadores rapaces. Cadáveres vi en la calle de Cedaceros y en la del Baño; los heridos se retiraban por su pie si podían, o eran auxiliados por gentes caritativas, que nunca faltan. En la Puerta del Sol vi bastante tropa y Guardia Civil; las puertas del Principal, cerradas a piedra y barro. De lejanas calles venía rumor de algarada. Ya teníamos otra vez Gobierno, ya teníamos autoridad. Entre los grupos se deslizaban, todavía medrosos, algunos policías vergonzantes.

En casa me esperaba *Sebo*, que, al disgregarse de nuestro grupo en la calle de Torija, creyó que yo me había retirado a descansar. Intranquilo estaba, y mucho más mi mujer, que me abrazó como si yo volviese de un largo y peligroso viaje. «No me ha pasado nada. No verás en mí ni un rasguño. Todo lo he presenciado, y me he divertido muchísimo... No te rías, mujer. El espectáculo ha sido de incomparable belleza, y de esos que rara vez podemos disfrutar. ¡El pueblo ejerciendo de soberano por unas cuantas horas, y entreteniéndose en jugar con los flecos y garambainas de su manto!... Luego, al andar, se pisa el manto, se cae de bruces... En fin, que estos carnavales son forzosamente muy breves, y el pueblo, que por divina licencia los celebra, se divierte poco, como no entienda por diversión el ser fusilado en lo más entretenido de la fiesta.»

Me acosté, pero no dormí. Ardía mi mente del recuerdo de los espectáculos de la noche pasada. Era una visión que no quería borrarse, y que me atormentaba, engrandeciendo el interés de sus incidentes, y revistiéndose a cada instante de mayor hermosura. No me canso de decirlo: una de las cosas más bellas que yo había contemplado en mi vida era la acción libre del pueblo durante algunas horas, el albedrío nacional desenfrenado y en *pelo*, manifestándose como es; paréntesis de realidad abierto en el tedioso sistema de ficciones que constituyen nuestra vida social y política. Buen alivio daba el tal espectáculo al *Ansia de belleza* que me afligía, dolencia del alma; pero no acababa de satisfacerme: yo quería más, más pataleos y manotazos de la plebe restituida a su libertad; quería gozar más de las ideas elementales, como fueron antes de toda organización, y ver el Gobierno y la Justicia reproducidos en la desnudez y simplicidad de su estado primitivo...

Desde mi lecho, cerrados los ojos figurando que dormía, creía yo sentir lejanos alaridos de la multitud. Llegué a pensar que habían levantado barricadas en la vecina calle del Arenal o en la plaza de Santo Domingo. Mi mujer me desengañó, incitándome al descanso, y diciéndome que no había tales barricadas, y que Madrid tomaba su chocolate tranquilo debajo del poder de Fernando Córdova y de Ríos Rosas. Yo aparenté creerlo; pero seguían mis oídos dándome la sensación de bullicio popular cercano. Órdenes severas había dado mi señor suegro para que ni a *Sebo* ni a Rodrigo se les permitiese llegar a mi presencia. Querían encerrarme, aislarme de la vía pública, que era mi encanto, como escenario de la más bella función teatral... Fui bastante astuto para disimular mi deseo de echarme a la calle... Me levanté... Supe asentir a las insustanciales opiniones de don Feliciano, maldiciendo los excesos demagógicos... Las once serían cuando aproveché un descuido de mi mujer para escabullirme de la casa lindamente. Nadie me vio salir. En el portal me esperaba el hojalatero, y juntos, sin hablarle yo más que por señas, dimos la vuelta a la esquina... y *desaparecimos* por la calle de la Sartén.

—¿Sabe el señor dónde están Leoncio y su mujer? —me dijo Ansúrez en cuanto nos vimos en paraje seguro—. Pues en una tienda de la plazuela de San Miguel, donde se vende al por mayor toda la cangrejería que viene a Madrid.

—¿Y tu hermana Lucila?

—En la calle de Toledo... No sé el número... Entrando por la plaza mayor, a mano derecha, pasadas dos o tres casas.

—Bien, bien. Vamos hacia allá. ¿Hay guerra en las calles?

—Muchísima guerra y tiros muchos, lo que los músicos llamamos *à piacere*, disparando cada cual como se le antoja, y en *allegro vivace* que quiere decir: vivo, vivo...

—¿Esta mañana, después que me dejaste en casa, ocurrió algo? Yo he sentido tiros.

—¡Anda! Un fuego tremendo en la plaza de Santo Domingo, mucho pueblo contra la tropa que guarda Palacio y el Teatro Real, donde dicen que están escondidos los *ministros ladrones*, y el jefe de los rateros y guindillas, don Francisco Chico...

—Bien decía yo que había trifulca... ¡Y mi mujer queriendo convencerme de que Madrid es la antesala del Limbo!

—Pues hoy hemos tenido función bonita... Mucho pueblo... ¡qué bulla, qué entusiasmo!, y en medio del paisanaje un militar a caballo, con su ordenanza, también a caballo. Era el coronel de Farnesio... En fin, señor, que el coronel y el pueblo hablaron a gritos: primero en la plaza mayor, después en el Principal de la Puerta del Sol; pero yo no entendí lo que decían, porque no pude acercarme. Ni sé cómo se llamaba el coronel... Ni qué le pedían, ni qué contestaba... Solo sé que después fueron todos a la plaza de Santo Domingo, donde andaban a tiros tropas y paisanos... Yo fui también... Por el camino, cadáveres, sangre... las casas cerradas todas, mucho miedo... ¿Qué pasó? No lo sé... El coronel mandó cesar el fuego, y después, por la vuelta que llevaba, me pareció que iba a Palacio, y gritaba la gente: «¡Viva... *tal*!» No me acuerdo del nombre.

—Por algo que hoy ha dicho mi suegro en casa, entiendo ahora que ese que viste es el coronel Garrigó... Con O'Donnell estaba en Vicálvaro. Se portó como un héroe. Fue herido, cayó prisionero frente a los cañones de Blaser... Al volver a Madrid las tropas del Gobierno, procedía fusilar a Garrigó... Pero ¿qué había de hacer la reina más que indultarle? En estas guerras mansas entre dos partes del Ejército, no puede haber ensañamiento. Al fin han de entenderse y ser todos amigos. Ni han fusilado al coronel de Farnesio, ni habrían fusilado a O'Donnell, ni a Messina, ni a Dulce, ni a Ros de Olano si les hubieran cogido... ¿Te vas enterando? Garrigó es liberal, y además muy valiente, tan buen patriota como buen soldado. El pueblo le quiere; la tropa también. De lo que me cuentas y de lo que oí a mi señor suegro, saco esta conjetura, mejor dicho, dos conjeturas: o Garrigó ha sido mandado por Córdova a parlamentar con los insurrectos para ver de encontrar un término de avenencia y paces, o ha dado este paso por su propio impulso generoso, deseando facilitar a la reina lo que la reina estará deseando a estas horas: reconciliarse con la Nación... A ver si recuerdas, hijo. ¿A lo que Garrigó decía contestaba la multitud con aclamaciones?

—A veces, sí; a veces, no... Cuando entró ese señor en el Principal, el pueblo pidió que saliese al balcón... pero no salía.

—No salía, y las turbas impacientes...

—Gritaban: «¡Qué desarmen a la Guardia Civil.» Esto sí lo entendí bien... Y yo también lo grité, sin más razón que oírlo a los demás.

—Perfectamente. Y al fin salió Garrigó al balcón.

—Sí, señor... y parecía que queriendo decir una cosa, no podía decirla... O que no sabía cómo contestar a los de fuera y a los de dentro.

—¿Los de fuera pedían el desarme de la Guardia Civil?

—Y gritábamos: «¡Mueran los asesinos!» Al coronel no le entendí más que unas pocas palabras hablando de la reina.

—Del bondadoso corazón de la reina... Y el pueblo, que es un buenazo, se ablandaba con esto.

—Se ablandaba un poquito, y después, otra vez con que se desarmara a la Guardia Civil...

—Naturalmente... Puesto que la reina es tan bondadosa, que mande a la Guardia Civil parar el fuego... En fin, que Garrigó fue a la plaza de Santo Domingo a ordenar que cesaran las hostilidades. Y las masas tras él... ¿no es eso?

—Tras él yo también, gritando, hasta quedarme ronco, todo lo que oía gritar a los demás... Y como digo, pararon los tiros, y el señor Garrigó siguió luego hacia Palacio... Puede que haya llevado a la reina unas palabritas del paisanaje...

—De seguro habrá dicho a Su Majestad algo del bondadoso corazón del pueblo, y corazones frente a corazones, tendremos sensiblería, pucheros, abrazos, y *tutti contenti*. Esto podrá ser; pero no será; ni quiero yo estas blanduras ni estos abrazos, que son la pérfida componenda, el engaño recíproco, para vivir siempre en un régimen de mentiras. Nada de paces ni arreglitos, sino lucha, y que veamos practicadas las ideas elementales de Justicia y de Gobierno. ¿Me entiendes tú? A las sociedades les conviene volver de vez en cuando al salvajismo... Como ventilación, como saneamiento... Vivimos una vida de artificios, que a la larga nos van cubriendo de polvo y telarañas... Conviene barrer, ventilar, fumigar...

Recordando ahora, un poco lejos ya de aquel día y de aquellos sucesos, lo que entonces pensaba yo y decía, obligado me veo a reconocer que no me encontraba, el 18 de julio, en la completa serenidad de juicio que normalmente disfruto. Las escenas trágicas de la noche del 17, el fulgor de las hogueras, mis *ansias de belleza*, el *desarreglo estético*, digámoslo así, que se inició en mí desde el regreso de Vicálvaro, habían turbado mi espíritu. Al escaparme de mi casa, escabulléndome con Rodrigo Ansúrez por calles poco frecuentadas, me sentí romántico: la leyenda, la poesía política, si así puede llamarse, me seducía y me rondaba. Érame grato no llevar la compañía de *Sebo*, cuyo prosaísmo me apestaba, y sí la del hojalatero artista, de ingenua sencillez en su trato. Pensaba yo que el muchacho podría extasiarme tocando en el violín la *Tabla de los Derechos del hombre*, o el

Contrato social... Camino de la plaza de Oriente, rodeando calles y travesías, díjele que le nombraba mi escudero, y que, no gustando yo de cosas comunes ni de términos trillados, le llamaba *Ruy*, nombre conciso y de sabor arcaico.

No nos fue posible llegarnos a la plaza de Oriente, defendida por todos sus *approches* como campamento atrincherado. Rodeando seguimos, y por la calle de la Escalinata y de Mesón de Paños nos subimos a la calle mayor, donde la enorme aglomeración de gente dificultaba el tránsito; quisimos pasar a la plaza de San Miguel, y la ola humana que tratamos de atravesar nos arrastró hacia Platerías. No sé las veces que fui y vine a lo largo de la calle, no por mi voluntad, sino por traslación de la masa viviente a la cual pertenecíamos mi escudero y yo. Tan pronto me veía en la embocadura de la Puerta del Sol como en el arco de Boteros. En la plaza mayor sonaba horroroso fuego. La Guardia Civil trataba de arrojar de ella a los amotinados.

La confianza se establece pronto entre las moléculas que componen la muchedumbre, por más que estas moléculas cambien de sitio a cada instante. Caras que yo veía próximas me sonreían, y bocas de aquellas desconocidas caras me dijeron: «En Palacio no se dan a partido... No nos entendemos... Dicen que pitos, y luego son flautas...» En la onda fluctuábamos cuando aparecieron tropas por la Puerta del Sol, con un general al frente. Oí que era Mata y Alós. Con dificultad se abría camino. Antes de que llegase a la calle de Coloreros, apareció por ésta el popular Garrigó con escolta de infantería y caballería. Se encararon uno y otro caudillo; hablaron... Yo estaba lejos, nada pude oír. Mata siguió hacía los Consejos: sin duda iba a Palacio; el otro entró en la plaza. Observamos que cesaba el fuego. ¿Se entenderían al fin? ¿Traía Garrigó instrucciones de Palacio y nuevos arranques del bondadoso corazón de la reina? Sin duda no traía nada decisivo, porque el fuego se reanudó... Fue que la Guardia Civil, por orden del valiente coronel de Farnesio, puso culatas arriba. El pueblo entonces se arrojó obre los guardias para quitarles las armas. Pero los guardias no son gente que a dos tirones se deja desarmar... Otra vez el fuego, y algunos paisanos mandados al otro mundo.

Yo no presencié estos incidentes. Oí los tiros, y vi los heridos y muertos un rato después. Terminó la reyerta retirándose Garrigó con la Guardia Civil, y penetrando impetuosamente en la plaza por sus diferentes boquetes, el mar, el pueblo... En aquel mar iba yo con mi leal escudero, cuya vista de lince descubrió al instante rostros conocidos, y me dijo: «Vea, señor: allí, entre aquellos que manotean, está el valiente... Mírelo... Don Bartolomé Gracián, en mangas de camisa, sin sombrero... Arma no lleva, si no es que la esconde.

XXV

Corrí tras del hombre que en aquella ocasión a mis ojos tomaba proporciones de figura heroica, tribuno y caudillo de la plebe; pero las oscilaciones del gentío le alejaban de mí cuando ya creía tenerle al alcance de mi mano. Yo gritaba: «¡Gracián, Gracián!» Se perdía mi voz en el bramido estentóreo del viento y la mar, que esto era el pueblo, océano revuelto y aires desencadenados... Por fin, pude cogerle en el arco de la calle de Atocha, y hablamos brevemente, pues no había lugar de largas conversaciones. «¿Quiere usted armas? —me dijo—. ¿Se batirá usted con nosotros y por nosotros?

—Los hombres que se lanzan con tanto valor y entereza a una lucha desigual contra la burocracia y el militarismo, tienen todas mis simpatías. Pero yo no soy de armas tomar; no sirvo para esto... Vengo de curioso...

—De cronista quizás.

—Algo también de cronista. Quiero ver el atleta desnudo, inerme, luchando con su hermano, el otro atleta, vestido de todas armas, pueblo contra ejército, que es dos formas de pueblo la una frente a la otra. Entiendo, querido Gracián, que no hay ni puede haber en el siglo que corremos espectáculo más hermoso que este pugilato entre dos hijos de una misma madre: el hijo soldado, el hijo paisano... Dos gladiadores y una sola espada.

—Me parece que el gladiador desnudo llevará la ventaja. Ahora tenemos que ajustarle las cuentas a este asesino de Gándara, que sube de Atocha con Artillería de montaña, Ingenieros, Guardia Civil de a caballo, y la bendición del Patriarca de las Indias... Allá vamos. En la plaza de Antón Martín se verá quién es más guapo, si él o yo... Tengo antojo de merendarme a ese Gándara con toda su fachenda... Ya sabe él que estoy aquí; ya sabe que a estos pobres borregos los hago yo leones, y que con ellos y conmigo no se juega... No digo que no sea valiente... le conozco; nos conocemos; juntos peleamos el 48... Viniendo contra mí, crea usted que no viene tranquilo... En fin, ya nos veremos luego, y le contaré a usted nuestras hazañas para que las escriba.»

Siguió por la calle de Atocha, precedido y seguido de una turba de aspecto feroz, armada con variedad de instrumentos mortíferos, obediente al jefe, a él sujeta por una disciplina improvisada, mezcla de respeto, de entusiasmo a estilo militar, y de terror a usanza de bandidos. Pareciome el valor de Gracián como un producto de la arrogancia histriónica y farandulera. Era valiente por el aplauso, y acometía y realizaba sus hazañas para que le viera el público. Su heroísmo era orgullo con guirindolas y cascabeles; se había imaginado el tipo del héroe popular, y como gran artista, encarnaba admirablemente el papel que para sí mismo había compuesto.

Volvimos mi escudero y yo a la Plaza, donde tuvimos poco tiempo de tranquilidad. Por la calle mayor aparecieron tropas con intento de ocupar la Plaza, y el paisanaje corrió a cortarles el paso por los portales de Bringas y por los tres ingresos que dan a Platerías. El tiroteo arreció en pocos minutos. Adquirieron ventaja los paisanos por la ocupación previa de las casas. Mientras unos, parapetados en los porches, abrasaban a los soldados, otros, desde los altos pisos y desvanes, les dañaban horrorosamente con auxilio del vecindario: mujeres y chicos arrojaban sobre la cabeza del gladiador armado, tiestos, tejas, agua caliente y otras materias. El gladiador desnudo se defendía con todos los proyectiles que pudieran suplir la corta eficacia de su armamento. No creyéndonos seguros de un balazo en ninguna de las galerías de la Plaza, emprendimos nuestra retirada por la calle de Botoneras. Vimos un portal que se abría para dar paso a un hombre; descubrí en éste a un antiguo conocimiento mío, Sotero Trujillo, el esposo de la pobre Antoñita, que acabó sus tristes días el 48, en un segundo piso de la cercana Plaza: agraciome el tal con un fino saludo; invitome a guarecerme en su domicilio, desde donde podía ver la función sin riesgo; acepté, subimos.

Escalones arriba, me contó Sotero que había contraído segundas nupcias con una viuda, la cual con suave dominación le había curado de su vagancia y borracheras; que su mujer era sastra de curas y ganaba buen dinero, y él, por influencias de ella, había conseguido un empleíto en la expendeduría de las Bulas... Tiempo hubo de que me contara esto y algo más, por ser la escalera larguísima... Llegamos por fin al término de la ascensión... Sotero me presentó a su cara mitad, que es fea, gorda, tuerta; no tiene pescuezo, el seno casi se toca con la barbilla, y los hombros se dejan acariciar por los pendientes de filigrana que cuelgan de sus orejas. La sala en que nos recibieron, y que estaba llena de viejas de la vecindad espantadas de los tiros, era taller de sastrería eclesiástica, y no se veían allí más que sotanas y manteos en corte o en hilván, roquetes y sobrepellices, y algún modelo de bonete colocado sobre una cabeza de sacerdote de cartón. En la pared vi retratos de diferentes Papas, Vírgenes del Sagrario, de la Cinta, de la O, de la Fuencisla, de la Valvanera, y el escudo de la Santa Cruzada junto a un cuadro de mesa revuelta, que fue la especialidad de Sotero en sus floridos tiempos de dibujante.

Con remilgos de finura me hizo los honores de su casa la esposa de Trujillo, no sin decirme que ella es de la familia de los Samaniegos, oriundos de Mena, muy señores míos, y hablamos de aquella cruel guerra en las calles, que no había de traer más que desolación, hambre, irreligiosidad y, por fin, ateísmo... No pudimos extendernos en este coloquio, porque Sotero nos invitó a salir al tejado por un buhardillón, para ver desde lo alto la tremenda lucha entre los dos hermanos, según Gracián: el gladiador vestido y el gladiador desnudo. Yo, que no deseaba otra cosa, acepté la invitación de Sotero, sin hacer caso de los arrumacos de susto con que quiso retenernos la señora; subimos por empinadas escaleras, salimos a un ventanón de donde se veía toda la Plaza... El espectáculo era desde arriba muy interesante, no exento de peligro, pues bien podían algunas balas subir más alto que la intención de los que disparaban. Los paisanos defendían las entradas de Boteros y Amargura, el callejón del Infierno y los portales de Bringas; desde los techos de la Casa-Panadería y casas próximas hacían fuego contra la calle mayor...

Como el estado singular de mi espíritu ante la revolución visible solía distraer mi atención, apartándola de los objetos de mayor importancia para fijarla en los accesorios e insignificantes, me entretuve un momento, y aun dos momentos, en mirar los gatos que en aquellos irregulares y viejísimos tejados tienen su habitual residencia. Andaban los animales de un lado para otro, paseando su turbación, y excitados por el fuego... Contagiados por el ejemplo de los hombres, unos a otros se desafiaban con furiosos mayidos, y no lejos de mí, en un tejadillo que vierte a la calle Imperial, dos de atigrada piel vinieron a las uñas, y se sacudían y arañaban de firme como encarnizados enemigos. Probablemente se peleaban por dar gusto a la garra, y desconocían el motivo y fin de sus querellas. Observé asimismo que no se veían gorriones ni palomas por aquellos aires. Los tiros ahuyentaban a todos los pájaros que merodean en la zona urbana. Las golondrinas, menos asustadizas de la pólvora, no se habían perdido de vista, y volaban, trazando grandes círculos, en torno a la mole de San Isidro o sobre el copete de San Justo.

De estas observaciones me apartó *Ruy*, llamándome a que mirara lo que en la Plaza ocurría: «Señor, mire hacia abajo. ¿Ve aquellos dos hombres que cargan un herido, uno le coge por los pies, otro por los sobacos?

—Sí les veo... y paréceme que no es herido, sino muerto el que traen... Lo tiran en el suelo, como si fuera un saco, al pie del caballo de bronce...

—Muerto parece. De los dos que lo han traído y que ahora vuelven hacia los portales, fíjese en el que va delante, que lleva un gorro colorado... Es mi hermano Leoncio.»

Desde las alturas no pude ver del hombre que yo había conocido por *Ley*, y ahora es Leoncio, más que la gallarda estatura, el andar resuelto, y el encarnado turbante o pañuelo que ceñía su cabeza.

«Si esto se acaba y podemos andar por el suelo sin peligro —dije a mi escudero—, hemos de buscarle y echar un párrafo con él.»

El tiroteo era ya menos vivo. Los defensores de Boteros se retiraron al centro de la Plaza. Vimos uniformes que avanzaban. Parapetados tras el pedestal de Felipe III, aún defendían la Plaza los más tenaces. Heridos había muchos; muertos, no pocos. Un hombre de aspecto agitanado yacía junto a un farol, el cráneo deshecho, el calañés a media vara de distancia, y arrimados a la Casa-Panadería, tres hombres tumbados, que más parecían borrachos que muertos: eran cadáveres de héroes bebidos, que habían peleado enardeciendo su patriotismo con el aguardiente. Mujeres vimos recogiendo heridos y metiéndoles en una tienda de vaciador y en la zapatería de Arnáiz... La ventaja de la tropa se manifestaba bien a las claras y crecía por momentos. Al fin el pueblo se retiró a la calle de Toledo, y los soldados ocuparon la Plaza.

Admirable punto de defensa era para el gladiador desnudo el arranque estrecho de la calle de Toledo, entre gruesos porches que le servían de amparo. Allí y en la calle de Botoneras se entabló de nuevo el combate, que no fue de larga duración, porque al gladiador armado le llegó refuerzo por la Concepción Jerónima. El paisanaje se dispersó, filtrándose por los edificios. En tanto, la tropa no podía estacionarse, por no ser suficiente para guarnecer y fortificar todos los lugares estratégicos. Su misión era despejar la extensa línea entre Palacio y Atocha para impedir que en los puntos principales de ella se fortificase la insurrección, y contener a ésta en los barrios del Sur, impidiéndole la comunicación fácil con las zonas del Barquillo y Maravillas, donde también había, por lo que después me contaron, tiroteo gordo. Despejada la plaza mayor, la tropa siguió hacia la de San Miguel y calles de Milaneses y Santiago. Otras secciones recorrían la línea desde la plaza del Progreso hasta San Francisco.

En tanto, la más tremenda lucha de aquel día se empeñaba en la plazuela de Antón Martín, primero; después, en la del Ángel, entre el bravo Gándara y el paisanaje dirigido por el temerario Gracián y otros tales, no menos arriscados y feroces. Desde la atalaya en que nos habíamos subido, oíamos el estruendo de fusilería y cañones, y veíamos la humareda que el viento empujaba hacia el Oeste, arremolinándola en torno a la torre de Santa Cruz. Observando esto, dijimos que la torre se ponía mantilla. Si el humo nos daba idea de un terrible combate, no era menos pavoroso el efecto de los tiros. Creyérase que todo aquel núcleo de casas, entre la Trinidad y la Imprenta Nacional, entre Santa Cruz y las Niñas de Loreto, se resquebrajaba, y que a pedazos caían paredes y techumbres. La pelea se iba corriendo hacia el Este. Ya el humo no parecía tan amigo de la torre de Santa Cruz, y acariciaba la de San Sebastián. La artillería tronaba por la calle de Atocha...

A todas éstas, el reloj de la Casa-Panadería, que, por encima de la rabia y el delirio de los hombres, seguía fiel a su obligación, nos dijo que eran las cuatro; nos recordó que no habíamos almorzado ni comido, y el hambre nos advirtió que debíamos dar algún lastre a nuestros pobres cuerpos suspendidos en el aire. Discurriendo estábamos el modo y ocasión de comer algo, cuando el amigo Sotero subió a invitarnos en nombre de su señora. Aceptamos con gratitud, y la propia sastra nos sirvió unas malas sopas que sabían a sebo; una fritanga de mollejas, queso, vino y pan de picos, duro de cuatro días. Con ser tan malo el comistraje, nos supo a gloria, y reparamos las fuerzas del gran sofoco de estar todo el día sobre tejas, mirando a los hombres matarse de tejas abajo. Muy agradecidos a las amabilidades de Sotero y su esposa, abandonamos nuestra torre-atalaya; descendimos, y en la calle Imperial nos echamos a la cara un montón de muertos que había arrimado a la pared, en la rinconada del Fiel Contraste. No se llevó flojo susto mi buen *Ruy*, porque, viendo entre los cadáveres uno con trapos rojos en la cabeza, liados al modo de turbante, creyó por un momento que era Leoncio; mas, examinado de cerca el pobre difunto, nos tranquilizamos, y para mayor seguridad los miramos todos, pues en lo más bajo del montón vi asomar unos pies que me parecieron los del gran *Sebo*. Tampoco estaba *Sebo* entre aquellos mártires políticos, cosa natural en quien siempre tuvo por vocación lo contrario del sacrificio por una bandería pequeña o por una idea grande.

«Ya parecerá —dije a mi escudero—, debajo de alguna mesa, o embutido dentro de un armario donde los masones guarden los trastos y chirimbolos de sus ritos... Y entre tanto, Ruysillo, hazme el favor de guiarme hacia donde yo pueda ver y saludar a los queridísimos salvajes *Mita* y *Ley*.»

Aprovechando el despejo de las calles de Toledo y Latoneros, Ruy me llevó a la de Cuchilleros, diciéndome: «Antes de llegarnos a la *cangrejería*, donde me parece que no encontraremos a nadie, entremos en el establecimiento del señor Erasmo...» Siguiéndole, miraba yo los rótulos de las estrechas tiendas y pobrísimas industrias de aquel rincón de Madrid. Vi taller de *estañero*, con muestrario de jeringas; vi tienda de *albayalde* y *ocre*; vi *albardero* y *jalmero*, *cestero*, *jaulero*... Por fin, dijo Ruy: «aquí es»; y por la entornada puerta nos colamos en el local angosto de una tienda que tiene por muestra: *Obleas, lacre y fósforos*.

XXVI

Vi un taller parecido a los laboratorios de nigromantes o brujos que aparecen en las comedias de magia, calderos y vasos de extraña forma, hornillas, telarañas, y una pátina de polvo y mugre sobre paredes y techo; el suelo de tierra, apelmazado y endurecido por las pisadas. Suspenso el trabajo, sin fuego los hornos, volcados los calderos, todo revelaba pobreza y el mísero rendimiento de las industrias que viven un día sí y otro no, conforme a la desigual demanda de consumidores. Verdad que aquellas modestísimas artes se relacionan con otras artes o granjerías de alguna importancia: las obleas son hermanas de las hostias; el lacre tiene algo que ver con los barnices, y los fósforos con la pirotecnia. Por esto había surtido de carretillas de pólvora para jugar los chicos; pasta para pegar cristalería y porcelanas rotas, y diversas materias malolientes, en frascos y pucheros, solidificadas al enfriarse; cola, pez, trementina, ingredientes tintóreos y mixturas de todos los diablos... Me detuve a contemplar aquella miseria, y a considerar los esfuerzos que representa, titánicos, pero ineficaces para obtener un pedazo de pan. ¡Lo que luchan y se afanan estas clases inferiores de la industria para sostener una existencia mezquina sin esperanzas de mejora! Y los infelices que en aquel taller echan diariamente el quilo, estarían seguramente en las calles haciendo fuego contra el poder establecido, y presentando su pecho a las balas y a las bayonetas del Ejército.

A mis preguntas sobre este particular, contestó Ruy que era dueño del titulado establecimiento un pobre hombre, que había gastado su vida en aquellos trajines. Un hijo le quedaba, de los tres que tuvo, y ambos eran tan furibundos patriotas como cuitados menestrales, que empleaban toda su fuerza física y moral en la conquista de unas sopas, y éstas, ¡ay!, no se lograban todos los días. Representaban allí el *patriotismo* dos estampas: una, de Espartero a caballo; de Martín Zurbano la otra, en el acto de ponerle la venda para fusilarle. Yo no las había visto: estaban adheridas con engrudo a la pared, y del humo y la mugre apenas se conocían las figuras. Díjome Ruy que ambos, hijo y padre, tienen la monomanía de las revueltas, y son los primeros en echarse a la calle en días de motín, y que apetecen los puestos de mayor peligro. ¿Y por qué lucha esta gente? Por ésta o la otra Constitución que no conocen, por derechos vagos que no entienden, o por idolatría fetichista de hombres y principios, cuyas ventajas en la práctica no han de disfrutar jamás. De fijo que si esta revolución triunfa y tenemos Milicia Nacional *sobre sólidas bases*, como dice el programa de Manzanares, estos dos hombres, Erasmo Gamoneda y su hijo Tiburcio, serán los primeros que se gasten cuanto tienen para endilgarse el uniforme y salir a pintarla militarmente en procesiones y paradas. Y con esto se quedarán muy satisfechos, sin reparar que siguen y seguirán tan pobres como antes, y que irán al sepulcro sin que conozcan ni aun parte mínima del bienestar posible dentro de los humanos. ¡Inocentes y generosos hombres! De veras les admiro.

—Señor —me dijo Ruy—, espérese aquí un poquito, mientras yo subo a ver si está Virginia... Ella no bajará, ni le mandará subir a usted sin saber quién la visita, porque no se le pasa el miedo de la policía ni aun con estas trifulcas. Siempre está con cuidado. Se viene acá, porque los Gamónedas, primos de mi padre, son gente de toda confianza que en ningún caso la venderían.»

Desapareció Ruy por una escalera empinadísima, angosta como de dos tercias, con los peldaños de fábrica, gastados. Empezaba en un pasillo, al fondo del taller, y no se le veía el fin... Yo no quitaba mis ojos de los peldaños más altos, últimos para el que subiera, primeros para el que bajase, y no tardé en ver unos pies de mujer, una falda azul... Pies y falda se pararon cuando solo estaba visible menos de la mitad inferior del cuerpo. Yo me agaché para ver algo más... La media figura seguía inmóvil. «¿Será *Mita*?», me decía yo. Salí de dudas cuando ella, doblándose por la cintura, me mostró su cabeza ladeada al nivel del techo del taller... Con una exclamación de júbilo avancé hacia la escalera, y ella gritó: «Pepe, Pepillo, pero ¿eres tú de veras?» Bajó dos escalones y me alargó su mano para darme apoyo y guía en aquella subida gimnástica... Sin soltarme de la mano, me llevó a un aposento de bajo techo, pobrísimo, lleno de estrafalarios objetos, herramientas y cacharros. En el fondo oscuro, una mujer de mediana edad, sentada cerca de un anafre, cuidaba de los pucheros puestos a la lumbre. Era la dueña de la casa... Después de presentarme, Virginia me acercó una silla de paja desfondada, y en otra se sentó ella. «Me parece mentira que nos vemos, que me ves tú —fue lo primero que ella dijo en cuanto nos sentamos—. ¿Sabes, Pepe, que por primera vez, en mi vida de salvajismo, siento... No sé cómo lo diga... vamos, que me da vergüenza de que me veas en esta facha?»

La tranquilicé, mirándola bien y apreciando con rápido examen toda su persona, de pies a cabeza. Entiendo que está más bella de salvaje que lo estuvo de señorita y señora, y que los efectos del Sol y el aire superan a cuantos cosméticos inventa la industria del tocador. No obstante, se advierte en su rostro la fatiga del trabajo duro, que acabará por deteriorar su belleza si no le depara Dios un vivir reposado. Entre la Virginia de Madrid y la *Mita* de los bosques, entre la damisela frívola y la dríada correntona, ha puesto la Naturaleza sus mayores distancias elementales. Es ya otra mujer: figura, modales, expresión, y hasta la voz, han cambiado; conserva la gracia y el ingenio. Hablando con ella largo rato, pude advertir que sobre sus facultades brilla hoy un Sol nuevo que todo lo ilumina, la razón, antes apenas perceptible, como un resplandor de aurora entre brumas. Noto que se han desmejorado extraordinariamente las manos, antes blancas, finísimas, de perfecta forma, hoy ásperas, coloradotas; los dedos, que fueron los más bellos instrumentos de la holgazanería, son hoy duros, acerados, con lóbulos que marcan la deformación de los huesos, por causa de la ruda faena de lavar ropa en agua muy fría... En su vida silvestre ha sabido *Mita* conservar la limpieza y corrección de su dentadura; su peinado no es del estilo de pueblo, con moñitos y picaporte, ni tampoco el que en Madrid se usa, sino más bien un estilo propio suyo, sencillo y airoso; el calzado muy tosco, y bastante usadito, disimula la pequeñez y buena forma de sus pies. En su ropa, de todo hay: remiendos, agregados, telas que lucieron en Madrid, y otras que proceden del mercado de Bustarviejo, así como el corte del cuerpo denuncia los figurines de Miraflores de la Sierra.

Las primeras expresiones de *Mita* fueron para sus padres, dulce recuerdo acompañado de la indispensable ofrenda de lágrimas. Como yo hablase de posible reconciliación, con el solo objeto de sondar su ánimo, me dijo: «Pensar en eso es locura, Pepe. Para volver a llamarme hija, mis padres me pedirán que deshaga yo todo lo hecho desde mi fuga, y que me ponga el capisayo de un arrepentimiento que me parece tan absurdo como si el Sol saliera por Poniente. ¡Arrepentirme yo de lo único bueno que he sabido hacer en mi vida! Esto no lo verá mi familia... Por encima de mi familia está *Ley* y el amor que le tengo. Los padres son padres, y una les quiere porque a ellos debe la vida; pero sobre todos los amores está el del hombre que será padre de los hijos que una tenga... ¿No lo ha establecido así el mismo Dios?... El amor entre hombre y mujer ha de mirar más a lo que ha de venir que a lo que pasó. ¿Me das en esto la razón?

—Te la doy, hija... Pero es lástima que por algún medio no puedas consolar a tus padres de la tristeza en que viven.

—Pues busca tú ese medio, Pepe; búscalo con ayuda de los Cuatro Evangelistas, de los Siete Sabios de Grecia y de las Nueve Musas; porque yo he pensado mucho en ello, y no veo de dónde puede venir ese consuelo, que deseo más que nadie. Que maten al que se llamó mi marido por la Iglesia, o que reformen todo ese catafalco de la Religión y la Sociedad... A ver, a ver... vengan esos guapos reformadores y consoladores. Yo, dispuesta estoy a todo... A todo lo que quieran, de *Ley* para abajo... porque lo que es sin *Ley*, siendo *Ley* menos que el mundo entero, que no me hablen a mí de arreglitos...»

Por giro natural, la conversación fue a parar a su hermana. «Sácame de dudas, hombre —me dijo—. ¿Es dichosa Valeria? ¿Está contenta de su marido? En Valeria pienso cuando me sobra algún rato del tiempo que tengo que consagrar a mis cosas... y no sé por qué se me figura que mi hermana no es feliz... Siempre tuve a Rogelio por un tarambana; sería milagro que, por la sola virtud de las bendiciones de un cura, se volviera listo y bueno el que de soltero no inventó la pólvora, ni supo hacer nada con sentido... No, no me digas que mi hermana es dichosa, porque no lo creeré... Sospecho que se aburre, que se distrae recibiendo y pagando visitas, y asistiendo a todos los teatros... A no ser que le dé por matar el fastidio en las iglesias, comiéndose los santos... Si es así, de veras la compadezco.»

Respondile que yo también dudo de la felicidad matrimonial de Valeria, y que ésta no tiene el mal gusto de distraer sus ocios en devociones insustanciales, entre clérigos y beatas. La señora de Navascués, desatendida por su esposo, busca en los trapos elegantes y en los muebles de lujo y novedad el regocijo de su alma. Mimada por sus padres, Valeria es protectora de los que se dedican a la importación de telas suntuarias y de tapicería y ornamento de casas nobles. No hace muchos días me dijo: «¿Cuándo volverá Rogelio? No quiero estar sola: le aguardo y le tiemblo... todo me lo estropea. ¡Es tan bruto!... En cuanto entra en casa, se tumba en los sillones de la sala, forrados de terciopelo, y allí echa sus siestas... Como si mis sillones fueran camastros de campaña. Por más que le riño, no hace caso. Las colchas de seda, que cubren las camas durante el día, y otras cosas que son de puro adorno, no le merecen ningún respeto. A lo mejor se quita las espuelas y las pone en el platillo de ágata que tengo en la chimenea de mi gabinete; las alfombras las trata como si fuesen esteras; entra con las botas llenas de barro y todo me lo deja perdido... La mantelería fina la he retirado del uso diario, porque... parece que lo hace adrede... Siempre que come en casa, derrama el vino y hace mil porquerías... En fin, que es muy bestia... No se hace cargo de mis afanes para tener la casa tan bien adornada y tan decentita.»

Todo esto le conté a Virginia para que se enterara del estado psicológico de su hermana. Me oyó con interés, mostrando sorpresa, disgusto... Después se distrajo, haciendo menos caso de mí que de su propia inquietud y sobresalto por la tardanza de *Ley*. «¿Qué te pasa, hija?... ¿Esperas a tu hombre?... ¿Temes por él?

—Siempre temo, Pepe, y no puedo estar tranquila —dijo *Mita* mirando a la calle por un ventanucho no mayor que su cabeza—. Tengo una fe ciega en que Dios ha de guardar a *Ley* y librármele de todo daño; pero la fe es una cosa y el temor es otra. No estoy tranquila, y las horas que pasa en esas calles, disparando sus armas, se me han hecho siglos...

—Si tienes fe, no temas... Yo le he visto, serían las cuatro... Estaba en la plaza mayor recogiendo heridos...

Rodrigo corroboró este informe; pero *Mita*, sin acabar de tranquilizarse, mandó al hojalatero que se diese una vuelta por la plaza mayor y calle Imperial. Luego seguimos hablando de Valeria y de Navascués, y contesté como pude al sin fin de preguntas que me hizo acerca de ellos y de los Rementerías, hijo y padre, sin ocultar el desprecio que estos le merecen. De los míos también hablamos. Tanto se interesó Virginia por María Ignacia y por mi niño, que hube de referirle las gracias de éste, y hacer cuenta de los dientes que le han salido.

«Sácanos de una duda, Virginia. Ni mi mujer ni yo hemos podido desentrañar el significado de tu nombre salvaje. ¿Qué quiere decir *Mita*?

—Tonto, el amor tiene lengua de niño para abreviar los nombres. Al declararnos libres, quisimos olvidarnos hasta de cómo nos llamábamos... Él me decía *Mujercita*... y quitando letras y letras, vino a parar en *Mita*... Yo, sin saber cómo, convertí el Leoncio en *Ley*... Los salvajes, ya lo sabes, cuando no tienen otra cosa que comer, se comen las sílabas...

En esto llegó Rodrigo diciendo que detrás de él venían su tío Gamoneda y su primo Tiburcio... A Leoncio nada le pasaba. Entró un momento en casa de su hermana Lucila... Pronto llegaría. Tranquilizadas Virginia y la otra mujer, activaron la comida que hacían en el anafre, y pusieron la mesa. Entraron el Erasmo y su hijo, satisfechos, alabándose de su ardimiento, y de haber causado a la tropa el mayor daño posible. Por la noche tendríamos barricadas. Hijo y padre eran hombres de talla menos que mediana, desmedrados, paliduchos. El tizne de sus rostros y el desgaire de su ropa derrotada amedrentaría a cualquiera que se les encontrase de noche en un camino solitario. Arrimaron sus escopetas a la pared y vinieron a saludarme, a punto que *Mita* les decía mi nombre y mi antiguo conocimiento con su familia. Hablamos de la revolución, y de lo que vendría o debía venir. «Para mí —dijo el fabricante de obleas y lacre—, la partida está ganada. La reina no tendrá más remedio que llamar a la gobernación a los hombres del Progreso, y lo primero que *pongan* será la Milicia Nacional... Con Milicia no puede haber *polaquismo*, ni pillería, ni chanchullos. Ya estaremos al tanto para llevar al gobierno por buen camino... y todo marchará como Dios manda, y habrá pan para las clases... ¡Abajo el monopolio!» De estas y otras frases que luego echó de su boca tiznada, colegí su inocente optimismo. Pensaba que con el establecimiento de la Milicia Nacional se venderían más obleas, más lacre y más fósforos.

Alguien subía la escalera silbando, canturriando. Con decir que desalada corrió *Mita* a su encuentro, se dice que era Leoncio el que subía.

XXVII

No sé cuántos de julio. Leoncio era: su alegre rostro, su gallarda soltura me cautivaron desde que entrar le vi, reconociendo en él un hermoso ejemplar de la raza de Ansúrez. Su varonil belleza respiraba salud, fuerza, y un perfecto equilibrio de los dos elementos que nos componen, el animal y el hombre. «Éste es Ley —dijo *Mita* haciendo las presentaciones con una sencillez encantadora, su mano en la mano de él—. *Ley*, aquí tienes a nuestro amigo Pepe, que, aunque nada me ha dicho todavía, nos protegerá, ¡vaya si nos protegerá!... En la cara se lo conozco. Es un buenazo, y como nosotros, tiene ideas libres.» Con cierto embarazo me saludó Leoncio. Yo le animé con mi afabilidad sincera, y él se arrancó a decirme: «Don José, puede creerme que, antes de conocerle, yo le quería, por lo que mi *Mita* me contaba de usted... Muchas tardes, muchas noches hemos hablado de usted largamente, calculando lo que el señor haría por nosotros si nos viéramos entre las garras de la curia, por el aquel de casarnos por nosotros mismos.

—Sí haré, sí haré —dije yo con efusión de simpatía. Y él prosiguió repitiendo el último concepto: «Casarnos por nosotros mismos, y echarnos las bendiciones... Perdone el señor don José que hable tan a lo bruto, y que no sepa decir los verdaderos nombres de cada cosa... Poca instrucción tuvo un servidor... y luego, como hemos vivido *Mita* y un servidor tan a lo salvaje, se nos iba marchando de la memoria todo el vocablo fino... No gastábamos más que las palabras precisas para entendernos... y cada día... Nos entendíamos con menos palabras.

Le hice sentar a mi lado. *Mita* no se sentó, porque la reclamaba el trajín de la próxima comida. Iba y venía, moviéndose graciosamente, desde la mesilla en que ponían los platos, sin mantel, y el rincón en que Leoncio y yo estábamos. Sintiéndome poseído de inmensa piedad hacia los que ya miraba como amigos de mi predilección, casados a contrafuero, burladores de toda ley, les aseguré que yo les protegería contra viento y marea. Prometí yo lo que quizás no podría cumplir, sin desconocer las dificultades del asunto. Pero en España todo se puede, aquí donde lo provisional es eterno, donde lo ilegal se legaliza, y no hay montes que no se muevan con el influjo personal y las recomendaciones... Hablando luego de las enconadas luchas de aquel día, Leoncio me contó que tenía muchas ganas de andar a tiros con los *del gobierno*, y solo para desahogar su apetito y *dar gusto al dedo* había venido a Madrid con *Mita*. Se alabó de ser un buen tirador, y de conocer a la perfección el mecanismo de las armas de fuego. «Vea usted esta pistola —me dijo mostrando la que con la escopeta había dejado al entrar—. Es un arma de nuevo sistema, y casi desconocida en Madrid. La inventó un norteamericano, un *Mister* Colt... Se llama *pistola giratoria*... también la llaman *revólver*... El armero ése del 10 de la calle mayor la tiene de venta. Pero aquí, como no saben manejarla, los pocos que la han comprado, la descomponen a los primeros tiros. Ésta me la dio un amigo como cosa que no servía para nada. Yo la examiné, y en el taller de Rosendo, en esta misma calle, la puse como nueva... Vea usted, se carga de una vez para seis tiros...

Cuidado, Leoncio, no se escape una bala y me deje en el sitio...

—Está descargada: no tema usted. Pues hoy la estrené en los portales de Bringas con un resultado magnífico. Arrimado a un pilarote de aquéllos, me harté de apuntar a mi gusto: no perdía ni un tiro... Crea usted que con la rabia que les tengo a los que mangonean en la Nación, se me afinaba la puntería. Yo me hacía cuenta de que por cada bala que yo mandaba, había en la otra banda un enemigo nuestro que caía patas arriba. «*Pim*... ésta para el suegro de *Mita*... *Pim*: ésta para el cura que casó a *Mita*... ésta para su tía Cristeta... *Pim, pim*: éstas para los padrinos de su boda... ésta para los que duden que *Mita* es mi mujer...

—Y con todo ese furor, amigo mío, y eso de mandar las balas con sobrescrito como si fueran cartas, lo que ha hecho usted es matar a unos cuantos soldados inocentes...

—No sé, no sé a quién he matado: También pudieron ellos matarme a mí... Yo tiro contra los del Gobierno, y caiga el que caiga. Esto son las guerras... Y si por matar yo a muchos de allá, viene un gobierno que ponga las cosas en su punto, permitiendo que los mal casados se descasen, y que todo se ordene como es debido, y los pobres puedan respirar, unas cuantas vidas nada significan.»

Pusiéronse a comer, no sin invitarme cada uno por sí, y en coro. Por causa de las porquerías que metí en el buche en la casa de Sotero, no tenía yo ni asomos de apetito. Si lo tuviera, seguramente habría participado de la pitanza de aquella pobre gente. No cabían ellos en la mesa angosta, y Rodrigo y su hermano comían de pie, cogiendo los dos del plato de *Mita* lo que llevaban a las bocas con la cuchara o el tenedor de peltre. «Aunque tuvieras ganas —me dijo *Mita*—, no podrías comer en tanta pobreza. Este guisado que nos sabe tan rico, a ti te repugnará, como las herramientas con que comemos.» Y al decir esto, volviéndose en la silla, y mostrándome la feísima cuchara, el movimiento de sus hombros y de la cabeza desdecía del salvajismo pobre, pues fue movimiento de gran señora. Yo me excusé. Bebí el vino con sabor a pez que me ofreció Leoncio, y comí unas almendras con que graciosamente me obsequió *Mita*. Esto y pasta de higos era el único postre. Comiendo con voracidad, Erasmo Gamoneda explanaba teorías de gobierno, y profetizaba los próximos acontecimientos políticos. «Si ganamos, vendrá un gobierno de hombres del pueblo, pudientes, y lo primero que hagan será decirnos a todos que nos armemos. Milicia Nacional al canto, y ¡ay del gobernante que no ande derecho! Ladrocinio y agios no consentimos. Mucho ojo, caballeros, que aquí está el pueblo armado para vigilar, para deciros si vais mal o vais bien. Y que tendremos de todo: Infantería, Caballería, Artillería... Yo seré de Artillería, como la otra vez, por lo que sé de polvorista y de bombista... pues de todo habrá. Ingenieros también, y Ambulancias, y hasta nuestro poquito de Clero castrense... Conque, mucho ojo, caballeros.»

Tiburcio Gamoneda, que se había fogueado en diferentes puntos de Madrid, nos contó que si terribles fueron los combates de las plazas del Ángel y Antón Martín, donde Bartolomé Gracián con sus valientes *le quitó los moños al fantasioso* de Gándara, también se habían *machacado las liendres* paisanaje y tropa, allá en el *tras* de la Universidad, plazuela de los Mostenses y calle del Álamo... Pues en la parroquia de Santiago y en toda la *caída de calles* que bajan a la plaza de Oriente, la tremolina fue superior, con una de tiros que daba gloria oírlo, más de cuatro muertos en las calles, y uno en un balcón, con medio cuerpo fuera... Entraron dos vecinos, el estañero del número inmediato, fabricante de jeringas y otros objetos, y un cacharrero de Puerta Cerrada, tratante y expendedor de sanguijuelas. Venían ya preparados para las faenas de la noche, con escopeta en mano y pistola en cinto. Dijeron que las tropas *liberticidas* no se atrevían a salir de sus posiciones. Por la noche, Madrid se cubriría de barricadas. Un día más de constancia y valor, y la *masa patriótica*, dueña del campo ya, podrá escoger gobernantes a su gusto. Ya se decía que la reina quería entenderse con el pueblo, y formar un Ministerio de plebeyos ilustrados; pero que no la dejaban. Los *verdugos de la Libertad* y *los secuaces de la Reacción* tenían a Su Majestad con las manos atadas, como quien dice, y armaban mil enredos para quitarle la buena voluntad.

Sentí lástima de aquella pobre gente, y también admiración muy viva, pues desde la hondura de su vida miserable se lanzaban impávidos a la conquista de una España nueva. Cuanto tenían, las vidas inclusive, lo sacrificaban por aquel ideal de pura soñación, y por un programa de Gobierno que no habrían podido puntualizar, si fueran llamados a realizarlo. Y después de pasarse largos días y noches en tan peligrosas andanzas, volvería cada cual a sus obligaciones. El uno seguiría fabricando obleas y lacre; el otro, jeringas, y el tercero vendiendo sanguijuelas, para ganar un triste cocido y vivir estrechamente entre afanes y miserias. Todo lo soñaban, menos llegar a ser ricos, o al menos, vivir con desahogo. ¡A luchar y a pelearse por un principio fantástico, vagaroso, como las formas de hombres y animales que se dibujan en las nubes! ¡Y luego volver al trabajo, a las privaciones, a la insignificancia! ¿Cómo no admirarles si, en medio de su ruda ignorancia, advierto en ellos una elevación moral que en mí propio y en los de mi clase no veo, no puedo ver, por más que la busco?

Esto, con más concisa palabra, dije a *Mita*, mientras los hombres, en grupo aparte, hablaban de su plan defensivo. «Yo no entiendo de esas cosas —respondió la salvaje—; pero quiero que peleen... y no importa que muera alguno, con tal que no sea *Ley*; que haya mucha trapisonda y se estremezca todo eso que llaman *el Trono y el Altar*, para que resulte vencedora la Libertad. Sí, Pepe: que me traigan Libertad... y gobiernos muy libres... ¿No vendrá también, entre las libertades nuevas, el libre matrimonio, y el descasarse, que es, como quien dice, divorcio?»

Con una sonrisa le contesté, por no atreverme a manifestarle de palabra mi escepticismo acerca de los progresos de nuestro país en la legislación matrimoñesca. Luego, viéndola descorazonada, le dije: «Sí, que peleen y se destrocen, a ver si la sangre nos trae mucha Libertad, pero mucha; ideas nuevas, prácticas de otros países. Quién sabe, *Mita*: no pierdas la esperanza. Esta revolución será tan tremenda, que el Altar y el Trono quedarán necesitados de una mano de carpintería que los componga y los deje como nuevos. Confiemos en la Providencia; esperemos que después de estas guerras no se diga, como otras veces, que todo queda lo mismo que estaba.

—¡Ay, Pepillo!, en la manera de decirlo te conozco que no tienes fe... ¿Tú piensas que todo quedará lo mismo?

—No, hija, esperemos... Vendrá libertad, libertad a chorros, a torrentes...

No quise seguir tratando este punto, por no empañar con mi escepticismo las ilusiones de aquella Libertad áurea con que *Mita* soñaba, y que, según ella, debía organizar en forma nueva el mundo de los enamorados. Leoncio, llegándose a nosotros, dijo que si la caída del *polaquismo* y el triunfo de los patriotas traía mucha Libertad, vivirían ellos tranquilamente en un pueblo; pero que si la tal Libertad no venía, grande y con alma, poniendo patas arriba todo lo existente, se irían a Marruecos, y tomarían trazas y habla de moros, para vivir tranquilos. En Marruecos tiene él un hermano que se ha hecho al vivir berberisco, y ya no le conocería por español ni la madre que le parió... Esto y algo más que dijo del hermano marroquí, me movió a preguntarle por su hermana Lucila, que a dos pasos de donde estábamos vivía. Sin dar reposo a la lengua, Leoncio limpiaba sus armas y se proveía de pistones para una larga función de guerra, ayudándole solícita la que me atrevo a llamar su mujer, y su hermanillo, aunque más entendido en violines que en pistolas. Lo primero que contaron de Lucila fue que es dichosa en su matrimonio con el señor Halconero: ha sabido adaptarse a la vida campesina, y no se halla bien fuera de su casa y tierras. Vino a Madrid acompañando a su marido, por diligencias de éste, y esperan que amaine la revolución para meterse en la tartana y volverse al pueblo. «Es tan guapa mi cuñada —dijo *Mita* con extremos de admiración—, que cuando la veo me quedo embobada, y no sé quitar de ella mis ojos. Pienso que escultores y pintores debieran tenerla siempre delante para sacar del rostro de ella toda la belleza de sus cuadros y estatuas, porque de seguro no ha criado Dios modelo más perfecto de hermosura de mujer... Modelo de que se podrían sacar los retratos de Diosas y Vírgenes para los museos y las iglesias.

Como hablara yo de su gordura, recordando lo que Rodrigo aseguró, los dos salvajes se echaron a reír, de lo que no se abroncó poco el pequeño. «Está en el punto preciso de las buenas formas de mujer —dijo *Mita*—: ni un punto más ni un punto menos que la medida y peso justos.

—Su cuerpo —indicó Leoncio— es como su cara: la perfección, señor don José. Cuantos la ven lo dicen. ¿Sabe por qué ha dicho este tontaina que Lucila está de libras? Porque él tiene en su cabeza un tipo de mujer enteramente espiritado, y a toda la que no sea un palo vestido, la llama gorda.

—Ya ves, Pepe —dijo *Mita* riendo—: él es como una espátula, y tiene una novia que allá se va en corpulencia con el arco del violín. Perdidamente enamorado está de semejante lombriz... Mira, mira qué colorado se pone cuando hablamos de sus amores. La verdad, Pepe, no es fea la muchacha.

—Sería bonita si echara unas pocas de carnes... Pero a Rodrigo así le gusta, porque está enamorado de lo magro. Magro es lo que toca en el violín; magro todo lo que piensa.

—Su *bello ideal*, como se dice, es un alambre, y cuando ve comer a su novia pierde la ilusión. ¿Verdad, Rodrigo? Quieres que todo sea música; que las vidas sean, como las notas musicales, almas sin cuerpo.

Los tres nos reíamos de mi escudero, que ruboroso se defendía torpemente con monosílabos. Reconoció al fin que se había equivocado al decir que su hermana está gorda. Fue aberración de sus sentidos, incapaces de apreciar la verdad material y la verdad numérica, por natural desvarío de gran artista. Y no solo había desvariado en lo de la gordura, sino en lo de la fecundidad, pues hablando los cuatro aquella tarde, se deshizo el engaño de que Lucila era madre de numerosa prole. No tiene más que un niño, precioso como un ángel, y no hay indicios hasta hoy de que aumente la descendencia de Halconero. «Estos benditos músicos —dijo *Mita* con agudeza y donaire— no aprecian el número, y de una cosa hacen siempre dos. No hay aria que no tenga su *ritornello*. Así este tonto vio un niño; luego vio otro... y aun creyó que iba a venir un tercer niño.

—Es verdad que me equivoco en el número, y que duplico los objetos, y que, por gustarme lo flaco, paréceme gordo lo que no lo es —dijo el violinista burlándose de sí mismo—. Esto será porque mi maestro don Juan Díaz me dice a cada instante: «Afina, hijo, afina... No rasgues el sonido. Hay que ahilar, ahilar... busca el hilo del sonido... El hilo delgado, delgadísimo.» Y cuando me vuelvo yo tarumba para que el sonido me salga delgado y puro, el maestro me dice: «Repite, hijo: otra vez... Otra.»

XXVIII

Detonación cercana nos hizo estremecer. Recogió Leoncio todos sus bártulos de guerra para lanzarse a la calle. *Mita* quiso detenerle un rato más, y no lográndolo, dijo que ella también saldría... Salimos todos. ¿Qué habíamos de hacer allí? En la calle vimos sin fin de paisanos que subían a la plaza por la Escalerilla. No tomó Leoncio aquella dirección, sino la de Latoneros, donde le aguardaban los amigos a cuyo lado combatía siempre. Entramos en una tienda de cedazos, ratoneras, cucharas de palo y molinillos para el chocolate. Celebrose allí una especie de consejo de guerra o conferencia entre caudillos. No me enteré bien de lo que discutían; solo al fin pude comprender que todos los *patriotas* allí presentes, que eran más de siete y más de ocho, declaraban que no se batirían a las órdenes de Gracián, a quien tacharon de orgulloso y déspota, execrando su vanidad y su afán de lucirse él solo y de tomar para sí las glorias de los demás. No llegaron a mi oído razonamientos más detallados ni pormenores precisos de la conducta del héroe popular, porque *Mita* y el hojalatero me hablaban de cosas diferentes a las cuales no podía negar mi atención. Cuando de la tienda salimos, anochecía ya. En la calle oscura veíanse, como sombras fugaces, los *patriotas* que acudían a sus puestos. Despidiose Leoncio de su mujer, con la orden de que se fuese a la casa de Lucila y le esperase allí a media noche, o cuando tuvieran fin las refriegas que se preparaban. Le vi partir sereno, y acompañé a *Mita* hasta los soportales de la calle de Toledo, frente a la Imperial, notando que a pesar de su fe ciega en la invulnerabilidad de *Ley*, la salvaje no gozaba de tranquilidad. Es difícil que la fe y las balas se pongan de acuerdo, y a lo mejor la divinidad que protege a ciertos hombres escogidos sufre lamentables distracciones. Sobre esto me dijo algo la pobre *Mita* cuando íbamos hacia los porches, añadiendo que si Dios se volviese atrás de lo dicho y dejase morir a *Ley*, ella se iría para el otro mundo sin perder momento.

Ni *Mita* me invitó a subir a la habitación del señor Halconero, ni habría yo subido aunque me invitara. El síntoma más penoso de mi *Ansia de belleza* era que la atracción y el miedo del ideal se juntaban en un punto. Después me dijo Ruy que el señor Halconero es muy celoso, y aunque Lucila no le da motivo de escama, no gusta de que en su casa entren hombres, ni menos señoritos. Yo no entraría, ni tenía para qué. Entendía que mi dolencia, más punzante y angustiosa en aquel triste anochecer, requería como eficaz remedio el largo pasear y el tender mi espíritu por diferentes calles. Así lo hicimos, metiéndonos por la calle del Grafal y la Cava Baja hasta Puerta de Moros, regresando luego por la Costanilla de San Pedro y calle del nuncio. Animación y bulla vimos por todas partes; ventanas y balcones con luminarias en todos los sitios dominados por el pueblo; oscuridad siniestra en los parajes ocupados por tropa. El acaso nos trajo de nuevo al punto de partida. Desde Puerta Cerrada habíamos querido salir a Platerías por la plazuela de San Miguel, para irnos a casa por las Hileras y Santa Catalina de los Donados; pero no hallamos camino franco. Tenebrosas estaban aquellas barriadas, y a cada momento daban los soldados el *quién vive*.

Cuando llegamos a los portales de la calle de Toledo, ya habían echado los insurrectos el fundamento de la barricada, la cual avanzaba en ángulo para hacer frente con una de sus caras a la calle Imperial, y con otra a la de Toledo. Mi admiración de aquellos inocentes vecinos subió de punto viéndoles trabajar como hormigas en el parapeto que había de protegerles contra las iras del poder público, y no solo sacrificaban su vida y su tiempo por un ideal político que entendían como la escritura chinesca, sino que también ponían en ello el ajuar pobre de sus casas. Era de ver la diligencia con que hombres y mujeres, y también chiquillos, acarreaban de las casas trastos y trebejos para echarlos en el montón, y luego ponían encima los colchones, privándose de dormir en blando con tal de ofrecer cómodo abrigo a los defensores del pueblo. ¿En dónde y cuándo se ha visto mayor abnegación, ni entusiasmo más candoroso? El señor Erasmo Gamoneda, que como artillero con pujos de ingeniero dirigía la barricada, me dijo que los españoles sacrifican colchones, esteras, y aun sofás de paja de Vitoria, en *aras del patriotismo*. Cuando les pareció que la barricada tenía bastante altura y que la escarpa de ella ofrecía resistencia eficaz a las balas enemigas, se ocuparon en decorar la fortificación. Eran pueblo, que es como decir niños, y el poder imaginativo les arrastraba a la juguetería. En el extremo de la derecha, tocando al portal último, pusieron un retrato de Espartero clavado en la pared; al otro extremo, unas banderas en pabellón, donadas por un vecino ebanista, y que habían hecho su papel en el adorno de la calle cuando entró doña María Cristina para casarse con Fernando VII, y en el vértice del ángulo, un lienzo con el retrato de la Virgen de la Paloma, desclavado del bastidor y muy estropeadito. Después de servir de imagen titular en una tienda de la calle de Latoneros en el pasado siglo, estuvo largos años en un portal, con ofrenda de velas y aceite, parando al fin Nuestra Señora en patrona y capitana de la plebe amotinada. Desde el palo en que pusieron la Virgen hasta los dos extremos de la barricada, tendieron cuerdas con banderolas y pingajos de diferentes colorines; moñas de toros, y el indispensable cartel de *Pena de muerte al ladrón*.

Dentro de la barricada, en las dos bandas de soportales, tenía la calle aspecto de feria. Paseamos por un lado y otro, viendo las hileras de tiendas, que de día me parecían cavernas forradas de bayetas y paños. En noche de revolución estaban cerradas, o a media puerta, para entrar y salir la gente armada. Las mujeres y los niños se refugiaban en los entresuelos, tan lóbregos de noche como de día. Cerradas las tiendas, se destacan los rótulos: aquí nombres muy acreditados en el comercio, como el famoso Tío Rico, celebridad choricera; allí denominaciones simbólicas al uso, como *La Perla*, *El Jazmín*, que anuncian ropa de niños, camisería y género de punto. De todo hay en aquellas grutas, donde guarda su hacienda un pueblo de afanosas hormigas. Desde la puerta de una de estas tiendas señaló mi escudero al piso segundo de la casa de enfrente, dirigiendo mi atención a una ventana más iluminada que las demás de la calle, y me dijo: «Vea, señor: aquella ventana de tanta luz que parece un retablo, es de las habitaciones donde viven mi hermana Lucila y su marido don José Halconero.» «Liberal de veras será tu cuñado —observé yo—, cuando tan espléndida luminaria pone en su casa.» Y él: «Liberal y patriota fue, según dicen, en tiempo de aquel que llamaron *Héroe de las Cabezas*, verbigracia, Riego; y él mismo cuenta que en una batalla que dieron los Milicianos en el Arco de Triunfo, el día tantos del mes de julio de un año de aquel tiempo, se batió como un león, y sacó dos heridas en la cabeza que por poco le cuestan la vida. Hoy sigue liberal y partidario del Progreso; pero ya no le queda más que el compás, y todo lo que dice es: «¡Ah, en mi tiempo!... ¡Oh, aquellos eran hombres!...» También mi hermana Lucila es *patriota*, al modo de mujer, clamando por que triunfe el Adelanto; pero dice que no vendrá civilización grande si no tenemos antes Diluvio... El Diluvio, señor.

—Tiene razón Lucila. En este inmenso secano, no puede haber buena cosecha sin lluvias abundantes.

Sin hablar más de esto, pasamos al otro lado: nos llamaba Erasmo Gamoneda con fuertes voces, y en cuanto nos tuvo al habla díjonos que habíamos de tomar las armas o largarnos de la Plaza; éramos un estorbo y un cuidado, y no estaban allí los valientes para custodiar a los petimetres que venían de mirones. Antes de que yo le manifestara mi ineptitud para el heroísmo, y aun para el manejo de las armas de fuego, salió Ruy diciendo que bien podía yo permanecer en la Plaza sin necesidad de cargar el chopo, pues venía como historiador, y a los historiadores se les respeta en los campamentos por el bien que traen narrando las hazañas. Al oír esto Gamoneda, cambió de tono, y con gesto y expresiones corteses demostró la admiración que siente por los que consagran su ingenio a reproducir y encomiar las glorias de la patria. «Bien, muy bien, señor mío —me dijo estrechándome la mano—. Ya leeremos todo lo que Vuecencia escriba de este sufrido pueblo... y si sale esa Historia por entregas, a cuartillo de real, los pobres podremos comprarla...

—Yo —declaró un ciudadano, que a nuestro grupo se acercó, fusil al hombro— me quitaré el pan de la boca para tener en casa esa Historia y leérmela de corrido... Pero tenga cuidado de que no se le olvide nada.

—¡Ah! —indiqué yo—, de eso trato, de no perder el menor detalle de estas grandezas.

—Nos dará luego la Segunda Parte —dijo Gamoneda—, que traerá todo el relato del establecimiento de la Milicia Nacional... Yo, como dije al señor don José, seré de Artillería, por lo que entiendo de materias para disparos y explosiones...»

Invitáronme a visitar el local que allí tenían, en la cabecera de la barricada, un almacén que fue de paños, ya desalquilado y vacío. Ocupáronlo por ley de guerra los *patriotas*, y en él pusieron su almacén de provisiones de guerra y boca, con botijos de agua fresca, dos catres para los heridos, depósito de armas, y líos de esteras viejas para refuerzo de la barricada. Entramos y nos ofrecieron como asiento unas cubas vacías. Mientras Gamoneda daba órdenes a unos tipos con morriones de miliciano del año 22, y que debían de ser ayudantes o cosa parecida, el otro ciudadano me hacía los honores del *Cuartel general*, y de paso daba unos toques políticos y sociales: «Para mí, señor, la Revolución no debe cuidarse solo de traer más Libertad. Venga, sí, toda la Libertad del mundo; pero venga también la mejora de las clases... porque, lo que yo digo, ¿qué adelanta el pueblo con ser muy libre, si no come? Los gobernantes nuevos han de mirar mucho por el trabajo y por la industria. Hay que proteger al trabajador, y echar leyes que abaraten el comestible y den mayor precio a las cosas de fabricación. Yo, señor, soy fabricante de zorros para quitar el polvo a los muebles. Mi establecimiento está en la rinconada del Almendro, donde el señor tiene su casa, y puede visitar los *talleres* cuando guste. La muestra dice: *Hermosilla. Zorros y plumeros.* Hermosilla es un servidor, para lo que guste mandar... Mis zorros son especiales... Castiga usted con ellos los muebles de tapicería sin deteriorarlos, porque empleo material escogido de orillo. Ahora me dedico también al plumero, que fabrico para los muebles finos de Francia, que están de moda. Es un plumero tan suave, que se come todo el polvo y hasta el polvillo, y es de larga duración si cae en manos de criadas que lo manejen con suavidad, acariciando, señor, acariciando, sin dar golpes...»

Con todo lo que dijo estaba yo conforme, y así se lo manifesté al bueno de Hermosilla con franca urbanidad, añadiendo que la Revolución no sería eficaz si no nos traía un gran desarrollo de las artes industriales. Luego me quedé solo con Ruy, el cual me llevó por los espacios interiores de aquel local vacío, que iba a parar a la calle de Cuchilleros. «Esta puerta —me dijo mostrándome una claveteada y con fuertes cerrojos— da a la escalera por donde se sube al piso en que vive mi hermana Lucila, y por la misma se puede salir a cuchilleros; pero está cerrada y por aquí no podemos salir. Vámonos por donde entramos, señor, y veamos de procurarnos un sitio de descanso, ya que no pueda el señor ir a su casa y yo acompañarle, como es mi deber.» La idea de volverme al seguro de mi casa me halagó un instante; pero me sentía perezoso, o más bien, una fuerza de adhesión casi irresistible, pegajosa, en aquellos lugares me retuvo. Cierto que mi mujer estaría sin sosiego; pero ya se tranquilizaría viéndome entrar a media noche o a la madrugada... Con esta idea fuimos a la Plaza, y después de vagar por ella nos refugiamos en el quicio de una cerrada puerta, junto a la calle de la Sal... Fatigado yo y anhelando la quietud, me senté en el suelo; Ruy se puso a mi lado. Parecíamos dos mendigos: no nos faltaba más que alargar una mano y soltar la quejumbrosa plegaria para solicitar la caridad del transeúnte. El vivo resplandor de mi espíritu en aquella hora triste de la noche, que no parecía sino que cien hogueras ardían en él, es de tal importancia en estas memorias, que necesito tomarme tiempo y descanso para referirlo como Dios manda. Mañana, amiguita Posteridad, seré otra vez contigo.

XXIX

¿Julio todavía?... No sé en qué día vivo. Sigo contando, y describiré brevemente las batallas que andaban dentro de mí. Mi alma era toda tristeza,
considerando cuán poco soy y cuán poco valgo. ¡Entre aquellos hombres
inocentes y rudos que perciben un ideal y corren ciegos tras él menospre-
ciando sus propias vidas, y yo, existencia infecunda, inmóvil pieza de un
mecanismo que anda solo a medias y a tropezones, qué colosal diferencia!
Ellos me parecían materia viva, aunque tosca; yo, materia inerte, ociosamente
refinada. Ellos marchan; yo permanezco apegado al suelo como un vegetal.
Ellos son elemento activo; yo, formación petrificada del egoísmo y de la
pereza. Para consolarme de la envidia que me punza el corazón, pienso en
la barbarie de ellos; comparo su grosería con mi finura, y su ignorancia con
las varias erudiciones de segunda mano que me adornan. Pero esto no me
vale, y en lo mejor de mis comparaciones, les veo agigantarse, mientras yo,
de tanto empequeñecer, llego a ser del tamaño de un cañamón. Ellos tra-
bajan rudamente todo el año para vivir con estrechez, y yo vivo de riquezas
que no he labrado, y de rentas que no sé cómo han venido a mí. Y viviendo
en la inactividad, amenizando mis ocios con el recreo de ver pasar hombres
y cosas, ellos se lanzan a la hechura de los acontecimientos, a impulsar la
vida general, y a desenmohecer los ejes del carro de la Historia. Ellos dan
su hacienda corta y su vida, no por el beneficio y mejora de sí mismos, y de
la clase a que pertenecen, sino por la mejora de toda la sociedad. Si algo
bueno resultare de esta revolución, no será para ellos, que seguirán tan
pobres, oscurecidos y bárbaros como antes, mientras recogen el fruto de la
mudanza política los camastrones que han cultivado y adquirido la agilidad
oratoria, o los áureos gandules como yo.

No me conformo con esta inferioridad a que me condena mi propio juicio,
y evoco toda mi voluntad para ver si en ella encuentro fuerza bastante con
que acometer algo que a tales hombres me iguale. ¿Qué puedo hacer?
¿Coger un arma y lanzarme a la pelea junto a esos admirables ciudadanos?
No, porque ya sé lo que ha de pasarme si me meto a revolucionario de
acción. Me faltará ardimiento, la fiera impavidez ante el peligro. Me figuro
que intento ponerme a disparar tiros en una barricada, y antes de empezar

me sentiré invadido de un sentimiento humanitario, incompatible con el heroísmo bélico. Vamos, que si suelto el tiro con buena o mala puntería, y tengo la desgracia de matar a un pobre soldado, he de afligirme como si a mi propio hermano matara. No, no: he de buscar un heroísmo que no sea el militar. Pues ¿qué, entonces? ¿Recoger y asistir a los heridos, exponiendo mi cuerpo a las balas, como si éstas fueran motitas de algodón? ¿Predicar de casa en casa y de pueblo en pueblo las doctrinas salvadoras, y no cejar en ello, desafiando persecuciones, cárceles, presidios y la muerte misma? Estos y otros medios de elevación moral iban pasando por mi mente, sin que me decidiera por ninguno, pues aunque todos me parecieran buenos, yo ambicionaba el mejor, el insuperable. Había de ser algo que yo fuese a buscar a los más eminentes espacios de la bondad humana...

No sé a dónde fue a parar mi desconcertada mente. Sí sé que mis nervios cayeron en una sedación honda. ¿Yo dormía o velaba? Cualquiera lo averigua... ¿Sentí los ronquidos de Ruy, o es que éste tocaba el violín? «Ruy —le dije sobresaltado—, eso que tocas ¿es el aria del *Rapto en el Serrallo*, del amigo Mozart, o un motivo de tu invención?

—¿Qué motivo ni qué carneros?... Despierte, señor, y vea que no tengo violín, que estamos pasando la noche arrimados a una puerta, en la plaza mayor.

—¿Crees tú que yo he dormido?

—¡Anda! Pues no ha soñado poco...

—¿Sabes una cosa? Es muy agradable dormir al raso en estas noches de verano. En la calle, sueña uno cosas más bellas que en casa... Y dime, ¿has oído tú al reloj dar las horas?

—Le oí, señor; pero todas las horas las daba equivocadas. Dio dos veces la una; dio las once después de las doce, y repitió las dos para que parecieran las cuatro.

—¿De modo que con ese reloj no sabemos a qué hora vivimos? Así es mejor. No hay cosa más cargante que saber la hora, y sentir el tiempo marchar siempre hacia adelante. Yo he pensado que estábamos a prima noche, y que cuando *Mita* subió a casa del señor Halconero, subíamos con ella.

—Me parece, señor, que no es verdad que subiéramos... Lo que hay es que usted y yo deseábamos subir; pero no fue más que deseo... quiero decir, que el deseo subió, y nosotros nos quedamos en la calle viendo hacer la barricada...

—Más bonita es Lucila que la barricada, pienso yo... y también te digo que en los ojos de tu hermana están todas las revoluciones.

—Mi hermana es tan bella, que yo mismo, al mirarla, me quedo pasmado. Creo a veces que Lucila no es mujer, sino diosa, una diosa con disfraz, que tiene el capricho de pasar temporadas entre nosotros los humanos...

—Ciertamente: Lucila no es de este mundo, sino criatura celestial... Dios la encarnó en una raza escogida... porque has de saber, Ruy, que vosotros, los Ansúrez, sois celtíberos, la raza primaria. Tu padre es el perfecto tipo de la nobleza española, y tu hermana, el ideal símbolo de nuestra querida patria... Y el hijo de Lucila es como un príncipe que lleva en sí todos los caracteres de la realeza: cuando crezca, verás en él la más bella persona, y la más gallarda, la más generosa. No digo yo que reine; pero sí que debe reinar y que idealmente reinará... A propósito, ¿qué nombre le han puesto a ese niño?

—José... El nombre de su padre.

—Y mío... Has de notar que todos los españoles nos llamamos José. Casi, casi, llamarse José es como no llamarse nada, y tu sobrinito ha de tener otro nombre, que no conocemos; un nombre que le ha puesto Lucila, y que solo ella sabe... Porque no dudes que ese niño ha sido engendrado por el Dios celtíbero, o por el mismísimo genio de la patria.

—Poco a poco, señor marqués... Mire lo que dice. No está bien que una persona como usted vitupere a mi hermana, señora honrada, más honrada que el Sol, y aunque esposa de un viejo, es tan fiel, tan fiel y tan pura, que ninguna otra mujer la puede superar.

—¡Si lo sé, hijo: si la tengo por dechado y compendio de todas las virtudes! Pero lo uno no quita lo otro, querido Ruy.

—Todos cuantos conocen a mi hermana se hacen lenguas de su recato y honestidad, y mi cuñado Halconero es la persona más envidiada que hay en el mundo. La gente dice en coro: «Vaya una mujer que se ha llevado este tío.» Su buen comportamiento, digo yo, es lección que debieran aprenderse de memoria las demás mujeres.

—Lo sé, lo sé. Pero eso no quita... Pudo ser con ella el Dios celtíbero o el genio de la raza española, conservando sin menoscabo su virtud y, si me apuran, su virginidad...

—Señor, señor, tanto como eso no se puede decir... Cállese, por Dios, o creeré que delira... Si no estuviéramos a oscuras, vería usted que, oyéndole esos despropósitos, me he puesto muy colorado.

—Tú podrás ponerte como un cangrejo, si ése es tu gusto. Yo, sin cambiar de color, expreso una idea elevada, teológica... y en el terreno de la fe la sostengo. Claro que no podrá demostrarse; pero la demostración contraria, ¿quién será el guapo que hacerla pueda?...

—El señor conoce a Lucila: no es necesario que sea teológica para ser hermosa y buena como los ángeles.

—Cierto: esto lo sé por espontáneo conocimiento, inspiración si así quieres llamarlo, porque he tratado poco a tu hermana. Solo dos veces la he visto, y en ninguna de esas ocasiones he tenido el honor de hablar con ella.

—Pues si es así, no conoce el señor lo más bello de mi hermana Lucila, que es el acento, el metal de voz.

—Sin oírlo, lo conozco, Ruy, por percepción intuitiva. En la voz de esa mujer cantan todos los ángeles y serafines.

—Así es... No han oído los hombres música que a la voz de mi hermana pueda compararse... No puedo hacer comprender al señor cómo es aquella voz... Si hubiera traído mi violín, algo podría decirle acerca de esto.

—Pues que no se te olvide traerlo, siempre que salgamos a divagar de noche por las calles solitarias... ¿Sabes, Ruy, lo que estoy reparando? Que alumbra la Luna con luz tan clara como si tuviéramos en el cielo tres o cuatro lunas.

—No es claridad de Luna lo que vemos, sino del mismo Sol. Señor, es de día.

XXX

Julio... todavía julio. La primera embestida de esta dolencia tan vaga como cruel, a la que he dado diferentes nombres sin acertar, creo yo, con el verdadero, empezó a fines del 49 y no terminó hasta mi viaje a Roma el 51. Sufrí entonces desórdenes extraños de la inteligencia y aberraciones sensorias muy peregrinas; pero nunca llegué, como en este segundo ataque, a confundir la Luna con el Sol, y la noche con el día. Tampoco di entonces en la extravagancia de desayunarme con buñuelos y aguardiente, como hice en la ocasión que refiero. Fue Ruy quien me incitó a tomar tales porquerías, que en mi estómago, la verdad sea dicha, cayeron como veneno, poniéndome de cabeza y voluntad más perdido y desatinado de lo que estaba. En lo que sí coincidían mi primero y mi segundo ataque era en el olvido de mi cara familia, en el amor ardiente al pueblo y en la insana ambición de realizar yo una o más acciones heroicas, siempre dentro de lo popular; es decir, que mi quijotismo tenía el carácter de amparo de los humildes por estado y nacimiento...

Hoy, mejorado de tan raras turbaciones, no puedo traer fácilmente a mi memoria mis acciones de aquel día... El día de los buñuelos y el aguardiente... porque desde que embuché aquella ponzoña se me inició la inconsciencia, y ésta fue aumentando, según me dijo Ruy, hasta que llegué a ser como autómata que iba y venía, y maquinalmente funcionaba moviendo los muelles y resortes de mi organismo, sin apreciar la causa impulsora ni darme cuenta de sus efectos. En mi cerebro ha quedado el estruendo de los tiros que oí, tiros próximos, lejanos lejanísimos, y después he sabido por Ruy que eran el lenguaje de la batalla empeñada en las calles, y me ha informado de las defensas que hubo en estas o las otras posiciones: barricada en la calle de la Montera, en Antón Martín, en Santo Domingo, en los Mostenses... qué sé yo... Todo Madrid debió de ser barricada... Mas si el estampido de la fusilería y cañonazos era recogido por mi cerebro, nada del lenguaje humano que en aquella mañana oí persiste en mi memoria. Los que hablaron conmigo, háganse cuenta de que hablaron con una estatua.

Pero lo más peregrino, entre los muchos fenómenos de inconsciencia de aquel indefinido lapso de tiempo que duró mi turbación, fue que yo me encontré armado sin saber quién había puesto en mi mano un fusil. Y nada me ha causado tanto pasmo y terror como el decirme Ruy con ingenua convicción que yo había hecho fuego... Veinte veces me lo aseguró y aún no le daba yo crédito. Yo disparé mis armas; alguien me las cargaba, y vuelta otra vez a disparar... Añadió mi escudero que durante una hora o más me batí en la barricada, y que por mi arrojo y mi desprecio de la muerte parecía un insensato. ¡Válgame Dios con mi heroísmo sin saberlo! ¿Por desgracia mía, algún cristiano fue víctima de mi despiadado, inconsciente furor? Las referencias de Ruy y las de Tiburcio Gamoneda convienen en que fue Leoncio quien me dio las armas y quien las cargaba. ¡Y mis locas acciones, trabajo de un maniquí de perfeccionado mecanismo, hiciéronme pasar por valiente a los ojos de los tiradores de verdad!...

Si nada quedó en mi memoria de los disparos que hice, según cuentan, con marcial coraje, nada recuerdo tampoco de haber comido. Ruy me asegura que sí. ¡Vaya por Dios! Comí pan, aceitunas negras, un pedazo de cecina, medio arenque, y apuré un vaso de vino... Lo más singular y maravilloso es que mi escudero jura por la salvación de su alma que lo comí con apetito... Mi memoria no recobró su poder hasta después de anochecido, y la primera prueba del renacer de la preciosa facultad fue verdaderamente muy desagradable. Hallábame yo en la calle de Botoneras: me complacía en observar cómo iba recobrando el sentido del lugar y el tiempo, y para comprobarlo reconocía la casa de Sotero, y apreciaba la entrante noche... En esto vi que un hombre a mí se llegaba: era Gracián. Su presencia me hizo temblar. Aunque ni su rostro ni su actitud indicaban hostilidad, despertó en mí un horrible miedo. Con palabra balbuciente contesté a sus preguntas, que no sé si se referían a mi salud o a mi valentía. Dudé si eran manifestaciones de amistad o de burlas; y deseando perderle de vista, porque su mirada me causaba pavor, antipatía, consternación, antes que él se apartase me escabullí yo rozando con la pared de las casas... Intenté dar el pretexto de que alguien me llamaba; pero no sé si lo di...

Entrada la noche, y sosegado ya del miedo que me causó Gracián, tuve mayor prueba del restablecimiento de mi memoria. Fue para mí sorpresa y confusión grandes verme cómo estaba vestido. Hasta entonces no había caído yo en la cuenta de que llevaba un chaquetón holgado y vetusto, en vez de la levita que saqué de mi casa, y de que en lugar de mi sombrero llevaba una gorra de cuartel. Pantalones y chaleco eran los mismos de mi anterior vestimenta, y conservaba el reloj y dinero; pero mis botas de caña, por arte de magia, se habían convertido en zapatos de orillo, blandos y feos. Lo peor de todo fue que mi escudero no supo darme razón de aquel cambio de ropa. ¿Me había mudado en mis horas de máquina inconsciente, o me transformaron los demonios? Ruy no lo sabía, lo que me probaba que él también había tenido eclipses de la memoria y del conocimiento. La mejor prueba de que mi cerebro recobraba su normalidad, la tuve oyendo cuanto se decía de los acontecimientos de carácter público, y asimilándome aquellas referencias, apuntes que pronto habían de ser páginas históricas. La lucha en las calles se había suspendido. En la tregua fraternizaban pueblo y tropa. ¿Qué Gobierno había? Lo ignorábamos. Sabíamos que una Junta magna tomaba sobre sí la obra de pacificación... Entre los nombres que oí, se estamparon en mi mente con vigor y claridad los de Sevillano, Vega Armijo, don Joaquín Aguirre, Fernández de los Ríos y el general San Miguel. Ya estaban en negociaciones la Junta y Palacio... ya se vislumbraba la paz; el triunfo del Pueblo era evidente. Se contaban maravillas del arrojo y constancia de los patriotas en las barricadas de la calle de la Montera, en la confluencia de las calles de San Miguel y Caballero de Gracia, en las Cuatro Calles, plaza de las Cortes... Las tropas que Córdova tenía en la zona de Palacio no habían podido comunicarse con las que ocupaban el Prado y Recoletos... Entre todas las barricadas, la más ineficaz había sido la nuestra, calle de Toledo, y conceptuándola disparate estratégico, Gracián había mandado abandonarla. Esta noticia me llenó de confusión. ¿Dónde me había batido yo? ¿Dónde tuvieron su teatro mis estupendas hazañas?... Mas ¿cómo habíamos de dilucidar este oscuro punto, si Clío, que todo lo sabe, ignoraba en qué lugar se habían separado de mi cuerpo mis botas y mi levita?

Muertos vi en gran número en la calle Imperial, Atocha y entrada de la de Carretas. Heridos transportamos al Fiel Contraste; y hallándome en esta operación, tuve el sentimiento de acompañar en sus últimas al bueno de Erasmo Gamoneda. El pobrecito me pidió agua: se la di de un botijo que pasaba de mano en mano y de boca en boca; bebió con ansia. Parecía sentir alivio del escozor de sus heridas, que eran tremendas: un agujero en la clavícula derecha; en el vacío del mismo lado, otro que le pasaba de parte a parte; la cabeza rota, una mano casi deshecha. Mirándome agradecido, me dijo con sencillez y satisfacción tranquila, como si se alabara de terminar felizmente una partida de obleas: «Hemos ganado. Bien, bien... Milicia Nacional: bien... Yo artillero...» Y repitiendo el *bien, bien, yo artillero*, estiró piernas y brazos, y abriendo la boca en todo su grandor, entregó el alma.

XXXI

Este y otros espectáculos tristes deprimieron horrorosamente mi ánimo. Iniciado el despejo de mi entendimiento, ganaba terreno por instantes la querencia de mi familia y el gusto de la vida normal. Pero no volvería yo a mi casa sin resolver dos problemas de importancia: recobrar mi ropa, y saber la suerte y paradero de *Mita* y *Ley*. Más fácil era, según Ruy, lo segundo que lo primero, pues solo Dios podía encontrar una levita y un sombrero en aquel *maremágnum* de pobreza y confusión. En el Rastro quizás parecerían, y quién sabe si veríamos ambas piezas, dos días después, en la hinchada persona de algún funcionario de la flamante situación popular. No hallando a *Mita* y *Ley* en la casa de los Gamonedas, desierta y abandonada, fuimos a la *cangrejería* de la plazuela de San Miguel, donde nos dijeron que cansada *Mita* de esperar a Leoncio, y medio muerta de ansiedad, andaba en busca de él, de barricada en barricada. ¡Vaya por Dios! Afanosos nos lanzamos mi escudero y yo a la misma caminata, y en ella se nos pasó gran parte de la noche, sin encontrar a los salvajes. Lo peor fue que con tanto ajetreo me sentí nuevamente amagado de mis desórdenes cerebrales y nerviosos: yo estaba fatigadísimo. Para contener el mal que me rondaba, y dar algún descanso a mis pobres huesos, me metí en el desalojado almacén de paños de la calle de Toledo, ahora convertido en cuartel general de la plebe, depósito de armas y algo que con optimismo burlón llamábamos víveres... Entramos. Vimos diversa gente; hombres fatigados que no podían moverse; otros que perezosos recogían objetos diversos para devolverlos a los hogares: botijos, sillas, colchones. En un rincón había heridos graves, rodeados de sus familias, que no sabían si dejarles morir allí o llevárselos a casa. Mujeres vi en actitud estoica, mujeres desesperadas... Mi cansancio físico no me permitía ya ni aun ser piadoso... Me interné por aquellas oscuras y destartaladas estancias, y fui a parar a la más interior, que cae sobre Cuchilleros. No podía yo con mi cuerpo ni con mi alma; en un montón de esteras que me brindaba las blanduras de un diván, me dejé caer, y estirándome todo lo que daban de sí brazos y piernas, sin llegar a las medidas del camastro, me dormí profundamente.

El tiempo que duró mi sueño no puedo precisarlo... Desperté con una idea triste, una desfavorable opinión de mí mismo: yo era inferior, muy inferior a toda la caterva popular entre la cual había vivido tantas horas; yo no podía compararme a ellos, pues mis hazañas eran fantásticas, quizás burlescas, y ellos sabían luchar y morir por un ideal tanto más grande cuanto más nebuloso. Volvería yo a mi clase o jerarquía social, materializada y egoísta, sin haber hecho nada fuera de lo común, sin encontrar medio de ennoblecer mi alma con un acto hermoso de piedad, o de justicia, o de moral grandeza... Esta idea me mortificaba, y también la sed: revolví mis ojos por la estancia, que alumbraban candiles moribundos; vi a Ruy, dormido a mi lado como un tronco; en el opuesto rincón, un hombracho, envuelto en manta gris, era también tronco durmiente. Creyendo ver junto a éste un cántaro de agua, me levanté para cogerlo, y no había dado dos pasos cuando entró en la estancia un hombre, que al punto reconocí... ¡Ay, qué miedo!: era Bartolomé Gracián. No esperó a que yo le hablase, y reconociéndome al punto, y llegándose a mí jovial, me dijo: «Hola, Beramendi: no creí encontrarle aquí... ¿Salía usted?...» «No —le respondí temblando—; iba en busca de aquel cántaro: tengo sed.» Por disimular mi miedo, me dirigí a donde estaba el cántaro, y volviendo junto al héroe de la plebe, con un gesto le ofrecí agua... Me sentía mudo.

«Gracias, que aproveche. Pero ¿qué, se asusta de mí?... Al contrario, diviértase con lo que voy a decirle, amigo Beramendi. Es usted de los míos... Ha terminado la partida militar, y ahora empiezan las amorosas partidas... Yo soy así: salgo de una locura, y emprendo locura mayor... De ésta saldré tan bien como de la otra... ¿Qué le pasa a usted, que no dice nada? Beba si tiene sed... Y si quiere presenciar un grande atrevimiento de amor, más interesante y más dramático que todos los que le conté caminando de Vicálvaro a Vallecas, espéreme aquí un momento.»

Al decir esto, ponía la mano en los hierros de una puerta. Siguiendo con mis ojos su mano, reconocí la puerta de la escalera que por arriba conduce a las habitaciones donde moraba Lucila con su marido, por abajo a la calle de Cuchilleros. Interrogado por mis ojos, que debieron de echar lumbre, Gracián me dijo: «En el piso segundo está una mujer a quien yo amé tres años ha; me quiso ella con locura... El Destino nos separó. No he vuelto a verla desde entonces. Casó Lucila con un viejo campesino... Ayer supe que está en Madrid y en esta casa... No soy quien soy si no la saco esta noche del domicilio conyugal para llevármela al mío. Después de estos terribles combates, ¿qué puede apetecer el soldado más que descansar en un éxtasis de amor? Marte nos irrita; Venus nos consuela... Parece que usted no me cree, y aun que se burla de mí. ¿Quiere que hagamos una apuesta? Lucila no me ha visto desde aquella separación de comedia; Lucila, esta tarde, no sabía que yo existo... A media noche le escribí una carta, de las que yo pongo, con el alma, toda la fascinación del mundo en pocas letras... Con Servanda se la mandé. ¿Sabe usted quién es Servanda? Una mujer muy sutil que *celestinea* maravillosamente... Sé que la carta está en su poder. Lucila no me contestó, ni hace falta su respuesta... ¿Qué creerá usted que puse yo en mi carta?... Cuatro palabras de fascinación, y pocas más diciéndole que... Todo ello es sencillísimo, mi querido marqués... Diciéndole que en cuanto deje a su marido bien dormido, pero bien dormido, salga al pasillo de su casa... Allí me espera... Entro yo...

—Pero usted no entrará —le dije poniendo mi mano sobre la suya, que tocaba la puerta.

—Tengo la llave de aquí... y la de arriba también... véalas. Servanda me las ha dado.

—Pero Lucila no se prestará, no, a ese ardid impropio de un caballero... Lucila es honrada.

—Yo subo; yo entro...

—Y a encontrarle saldrá don José Halconero, armado hasta los dientes.

—Ríase usted de Halconeros y de dientes armados. Es usted un candidote que no conoce el mundo misterioso de la infidelidad conyugal, ni los impulsos de una mujer que, enamorada ciegamente una vez, no deja en ningún caso de acudir al reclamo de su ilusión.

—No acudirá, no acudirá, Gracián —afirmé yo, libre ya mi alma de todo miedo.

—Hagamos la grande apuesta. Usted aquí se queda en expectación de mi aventura. Si al cuarto de hora no me ve pasar por aquí con Lucila, pierdo... Estipulemos lo que se ha de perder o ganar, según falle o no la empresa.

—Yo no apuesto, señor Gracián —respondí sintiéndome todo entereza— Yo no hago más que decir a usted que no subirá... porque no debe subir, porque yo no debo permitirlo; más claro, porque yo le prohíbo que suba.

—No contaba yo con este guardián caballeresco —dijo Gracián echándose atrás—; pero va usted a ver cómo me sacudo yo a los caballeros de la *Guarda y Vela*.»

Al movimiento que hizo para echarme sus crispadas manos al pescuezo, me anticipé yo levantando con poderoso impulso y coraje el cántaro mediado de agua; y ello fue tan rápido, que al tiempo que sus dedos me tocaban, se estrelló el cántaro en su cabeza, y los cascos y el agua envolvieron su rostro, le cegaron... En el mismo instante oí una voz que gritaba: «¡Mátele, señor, mátele!» Y el hombracho aquel que dormía se llegó a mí y puso en mi mano una pistola... Antes que Gracián, rehecho del golpe y mojadura, volviera sobre mí con furiosa exclamación de cólera, la bala se le metió en el cráneo, y de golpe toda su arrogancia y toda su maldad cayeron en los profundos abismos.

Segundos duró lo que cuento. El hombre que me había dado el arma, me cogió del brazo, y sin dejarme ni tan siquiera mirar a la víctima, me llevó fuera diciéndome: «Señor, no le tenga lástima... Vámonos de aquí. ¿No me conoce? Soy Hermosilla, el fabricante de zorros y plumeros... Almendro, 14... Ha quitado el señor de en medio la mayor calamidad del mundo. ¡Vive Dios que ha sido grande hazaña!... Ese tunante me *perdió* a mi hija mayor, la Rafaelita; después a mi segunda, la *Generosa*. ¡Qué dolor! Las dos andan por esas calles...»

¿Dónde estaba yo en la mañanita del 20, con Hermosilla? En una sombrerería de la Concepción Jerónima, buscando una prenda decente, cobertera de mi cráneo, para poder entrar en mi casa con el decoro propio de la clase a que pertenezco. Mi diligente escudero, a quien había mandado por cigarros, vino desolado a decirme: «Ahí están, señor... Míreles... *Mita* y mi hermano Leoncio... Se van, se van de Madrid.»

Salí, y en la misma puerta de la tienda me vi cogido de las manos por *Mita*, que, con premioso acento de despedida, me dijo: «Nos vamos, Pepe... Adiós. Ya hay Gobierno; otra vez hay leyes: ya no podemos seguir en este pueblo maldito.

—¿Y *Ley?*

—Mírale allí, metiendo nuestros baulitos en la tartana... «Nos vamos al campo, al Sol... ¡Salvajes otra vez, hasta que Dios quiera!...»

Corrí a donde estaba el coche, y apenas tuve tiempo de despedir a mis buenos amigos con toda la efusión de mi cariñosa amistad y sinceros ofrecimientos de protección. El coche partió. ¡Cuándo volveríamos a vernos! Díjome Ruy que se iban a la Villa del Prado, donde vivirían al amparo de Lucila.

«¿Y tu hermana, y el bendito señor de Halconero, a quien estimo mucho sin tener el honor de conocerle?

—Pues han salido hace un cuarto de hora en otra tartana que va delante.»

Se iban a la paz y a las alegrías del campo, y aquí quedaba Madrid con su corte, su política y el eterno rodar de los artificios, que se suceden mudándose, y se mudan para ser siempre los mismos... Y yo a mi casa: ya era irresistible mi deseo de ver a mi mujer y a mi hijo... No me faltaba más que buscar una levita semejante, si no igual, a la que perdí, pues no me resignaba, no, al deplorable efecto de mi aparición con la facha de *jamancio crúo.* Y me faltaba también discurrir la ingeniosa mentira con que debía justificar mi ausencia de casa en las turbulentas noches y días de la Revolución. Pensando en ello estaba, y ocupado además en la diligencia de buscar la *levosa,* cuando vi pasar por la calle de Toledo abajo al general San Miguel, a caballo, con abigarrado séquito de patriotas y militares, también a caballo. Vestía don Evaristo de paisano, con fajín, y a su paso le saludaba la multitud con aclamaciones de respeto y júbilo. Era el pacificador, la personificación del feliz consorcio de Pueblo y Ejército. A poco de verle pasar, una ideíta que yo buscaba entró gozosa en mi mente. «A casa mandaré a Ruy —me dije— para que prepare la vuelta del prófugo con un lindo embuste. Dirá que me cogió el general San Miguel el día 18 para que le ayudara en sus trabajos de pacificación... que no pude zafarme del compromiso, ni de la encerrona en patrióticas asambleas... No, no: esto no lo creerán... Tengo que inventar otra cosa, fabricar mi novela en históricos moldes... Diré que Córdova me llamó a Palacio; que luego se me encargó una misión muy delicada cerca de la Junta que se reunía en casa del señor Sevillano; que fui detenido por un grupo de revolucionarios ardientes; que me encerraron en la Posada del Peine... En el palacio del nuncio... En las casas de Porras... Averígüelo Vargas... guardándome prisionero con exquisitas consideraciones y esmerado trato de aposento y boca...»

Esto contaría yo *mutatis mutandis*, y una vez salvado el decoro de mi presentación, a mi mujer le contaría la verdad escueta, sin omisión ni aditamento, historiador sincero y leal de una de las páginas más interesantes y dolorosas de mi pobre existencia... Así lo hice. No se cuidaba mi mujer más que de llevarme al reposo y a la franca sedación de mi mal, y lo consiguió con su dulzura. A los trágicos y cómicos lances que le referí, y a mis variados cuentos y descripciones, puse un juicio sintético que aquí reproduzco como término de esta parte de mis Memorias. Ved aquí el juicio y la fría opinión, una vez pasado el hervor revolucionario y entibiadas las pasiones que del corazón de los demás pasaban al mío: Todo es pequeño, en conjunto. Relativa grandeza o mediana talla veo en la obra del pueblo sacrificándose por renovar el ambiente político de los señoretes y cacicones que vivimos en alta esfera. Menguados son los políticos, y no muy grandes los militares que han movido este zipizape. Pobre y casera es esta revolución, que no mudará más que los externos chirimbolos de la existencia, y solo pondrá la mano en el figurón nacional, en el cartón de su rostro, en sus afeites y postizos, sin atreverse a tocar ni con un dedo la figura real que el maniquí representa y suple a los ojos de la ciega muchedumbre. De mezquina talla es asimismo mi hazaña, la rápida muerte que di a Gracián, en defensa de la paz oscura de una mujer... única paz que en lo humano existe... Todo es pequeño, todo; solo son grandes *Mita* y *Ley*.

Mi mujer no me deja continuar mis Memorias, y por culpa de su cariñosa prohibición, en el tintero se queda la trágica muerte de Chico, y la entrada de Espartero, explosión grande del entusiasmo inocente y de la candidez revolucionaria. Otros contarán estos hechos, que yo no presencié, porque mi esposa me aísla de lo que llamaremos *emoción pública*... Desde mi doméstico retiro, atendiendo a mi salud, que lentamente recobro, y privado de la compañía de *Ruy* y de *Sebo* (que ahora goza un lucido empleo en el Gobierno Civil), sigo con la imaginación los varios acontecimientos, y ya sean dramáticos, ya de risa, les pongo por comentario un grito que me sale del corazón. Siempre que mi mujer me da cuenta de algo que merece lugar en la Historia, yo digo: «¡Viva *Mita*!... ¡Viva *Ley*!»

FIN DE *LA REVOLUCIÓN DE JULIO*
Santantder, septiembre 1903. Madrid, marzo 1904.

Libros a la carta

A la carta es un servicio especializado para
empresas,
librerías,
bibliotecas,
editoriales
y centros de enseñanza;
y permite confeccionar libros que, por su formato y concepción, sirven a los propósitos más específicos de estas instituciones.

Las empresas nos encargan ediciones personalizadas para marketing editorial o para regalos institucionales. Y los interesados solicitan, a título personal, ediciones antiguas, o no disponibles en el mercado; y las acompañan con notas y comentarios críticos.

Las ediciones tienen como apoyo un libro de estilo con todo tipo de referencias sobre los criterios de tratamiento tipográfico aplicados a nuestros libros que puede ser consultado en Linkgua-ediciones.com.

Linkgua edita por encargo diferentes versiones de una misma obra con distintos tratamientos ortotipográficos (actualizaciones de carácter divulgativo de un clásico, o versiones estrictamente fieles a la edición original de referencia).

Este servicio de ediciones a la carta le permitirá, si usted se dedica a la enseñanza, tener una forma de hacer pública su interpretación de un texto y, sobre una versión digitalizada «base», usted podrá introducir interpretaciones del texto fuente. Es un tópico que los profesores denuncien en clase los desmanes de una edición, o vayan comentando errores de interpretación de un texto y esta es una solución útil a esa necesidad del mundo académico.

Asimismo publicamos de manera sistemática, en un mismo catálogo, tesis doctorales y actas de congresos académicos, que son distribuidas a través de nuestra Web.

El servicio de «libros a la carta» funciona de dos formas.

1. Tenemos un fondo de libros digitalizados que usted puede personalizar en tiradas de al menos cinco ejemplares. Estas personalizaciones pueden ser de todo tipo: añadir notas de clase para uso de un grupo de estudiantes,

introducir logos corporativos para uso con fines de marketing empresarial, etc. etc:

2. Buscamos libros descatalogados de otras editoriales y los reeditamos en tiradas cortas a petición de un cliente.

www.ingramcontent.com/pod-product-compliance
Lightning Source LLC
Chambersburg PA
CBHW030121260626
47156CB00008B/2745